JN079255

宇山佳佑

いつか君が運命の人

THE CHAINSTORIES

Keisuke
Uyama

集英社

いつか君が運命の人

THE CHAINSTORIES

#1 僕らはあの頃と変わらない

Closer

「ねぇねぇ、どうして指輪って特別なんだろうね」

「特別？」

「うん。ネックレスとか、ピアスとか、ブレスレットとか、アクセサリーって色々あるけど、指輪は特別な感じがするでしょ？　どうしてなんだろう？」

「そりゃあ、結婚式で使うからじゃないかな」

「そういうことじゃなくて。もっとロマンチックなことを言ってほしいの」

「ロマンチック？　なにそれ。嫌だよ、恥ずかしいから」

「えー、いいじゃん！　ちょっとでいいから言ってみてよ！」

「無理」

「お願い！　ね！」

「そうだなぁ……。指輪って、心とつながるものなんだって」

「心と？」

「古代ギリシャだと、心は心臓にあるって思われていたんだ。その心臓と左の薬指は一本の血管でつながっていて、そこに『永遠』を誓った指輪をつけると――」

「相手の心と永遠につながれる！」

「まぁ、そういうことかな」

「へぇ〜、ロマンチック！　やるやるぅ〜！　そっかぁ、指輪にはそういう意味があったんだね。じゃあ征ちゃんがくれたこの指輪があれば、わたしたちの心はずっと一緒なんだね」

「ずっと？」

「うん！　ずっと！　ねぇ、征ちゃん。初めて逢った桜の朝から、きっときっと、これからも、わたしはあなたのことが、ずっと、ずーっと――」

「大好きだよ！」

恋をした。今までの片想《かたおも》いが全部ニセモノだったって感じるくらいの圧倒的な恋だと思った。

昨日よりも太陽がうんと綺麗《きれい》で、春の匂いがくすぐったい。風の歌は優しくて、胸の奥で果実のような甘さが広がって心が痛いよ。手のひらがあなたに触れたいって叫んでる。

五感で、心で、全身で、わたしはあなたに恋をした。

世界の色が全部塗り変わっちゃうくらいの、正真正銘、本物の恋を……。


安藤花耶《あんどうかや》はそんなことを思いながら一人で勝手に盛り上がっていた。

彼女がその『圧倒的な恋』と出逢《であ》ったのは入学式のあとのことだ。式を終えて一年A組の教室に入ると、黒板に貼り出されていた席順表に従って座席に腰を下ろした。男女混合の名前の順らしい。『安藤』というア行でも比較的後ろの方になることの多い彼女は、一列目の一番後ろの席になった。

ラッキー！　一番後ろだ！　授業中でもスマホいじれるじゃん！

そんなことを思いながら、椅子の後ろ脚に体重をかけて扉の向こうに目をやった。一階に位置する教室。廊下を挟んで並ぶ窓の外では桜の花が満開だ。その姿がこの上なく美しい。

花耶はロッキングチェアのように椅子をゆらゆら揺らしながら、ちょっとだけ緊張していた。同じ中学校の友達とは別のクラスになってしまった。心機一転、友達作りを頑張らないと……。

そんなことを思っていると、柔らかな風が扉の横の廊下を吹き抜けた。春風に誘われて、桜の花びらがひとひら、窓から迷い込んできて宙を舞う。その軌道をなんの気なしに目で追いかけていると、桜に続いて一人の男の子が花耶の横を通り過ぎていった。うんと背の高い男の子だ。

花耶はバランスを崩してひっくり返ってしまった。けたたましい音が教室内に響き渡る。クラスメイトたちが一斉にこちらを見た。なんという高校デビューだろうか。恥ずかしさを唇の端に浮かべて「あはは、ごめんなさい」と苦笑いで立ち上がり、椅子を引き起こして、目立たぬように腰を下ろそうとした。そのとき、前の扉が開いて、さっきの男子が入ってきた。

教室で唯一立っていた花耶は彼と目が合う。

その瞬間、時間が止まった。壁の時計の秒針が、クラスメイトたちが、宙を舞う桜が、ピタリと一時停止した。そんな気がした。ほんの数秒の視線の会話が、何秒間、何分間、何時間、何日間、何年間、何光年にも思えた。心臓まで止まってしまったみたいだ。息すらできない。なにも考えられない。そんなふうに花耶のすべては、いともあっさり、奪われた。

背が高くて、肌が白くて、整いすぎているほど綺麗な顔立ちをした男の子。少し寂しげな漆黒の瞳に思わず吸い込まれそうになる。文字通り、彼に釘付《くぎづ》けになってしまった。

再び世界が動き出したのは、二人の間をチャイムの音が駆け抜けたときだった。彼は黒板で自分の席を確認すると、隣の列の一番前に座った。大きな背中だ。長い黒髪が春の風に揺れている。花耶の心もゆらゆら揺れていた。

席順表をチラッと見た。そこに記された圧倒的に素敵な彼の名前を知りたかった。

「市村征一《いちむらせいいち》君……」

口の中で呟《つぶや》くと、それは特別な呪文のように思えた。神秘的で美しい恋の魔法だ。

こうして花耶の恋ははじまった。

忘れじの　行く末までは　かたければ　今日を限りの　命ともがな

これは、花耶のお気に入りの一首だ。平安時代の和歌で、新古今和歌集に収録されており、百人一首にも載っている。詠み人は儀同三司母《ぎどうさんしのはは》という人だ。

花耶は文学少女じゃない。小説なんてほとんど読んだことがないし、知っている文豪は太宰府治くらいなものだ。本より動画が好きで、年がら年中YouTubeを観《み》たり、TikTokの動画を指で弾《はじ》いている。成績は中の下。それでも和歌は好きだった。特にこの歌の意味に心打たれたのだ。

「いつまでも愛は変わらないよ」というあなたの誓いが、遠い未来まで変わらないなんて分からないから、その言葉を聞いた幸せな今日の間に、命が尽きてしまえばいいのに。

この刹那感がたまらない。うんうんと激しく同意したくなる。遠い未来のことなんて分からない。永遠の愛とか、消えない想いも、来世も、別に信じてない。そんな不確かなものよりも、それよりも今、この瞬間に「好き」って言葉がほしいんだ。花耶は常々そう思っていた。

そんな打ち上げ花火のような思考のせいか、彼女は幼い頃から恋多き乙女だった。小学生の頃からクラス替えがあるたびに片想いをしていたような気がする。初恋の相手はダンスが得意な秋山《あきやま》君。次は算数が得意な大磯《おおいそ》君。サッカークラブの太田《おおた》君、伊藤《いとう》君、柄本《えもと》君……などなど、中学を卒業するまでの間に十人くらいに想いを寄せた。だけど、どれも実らなかった。告白する勇気がなかった。

バレンタインチョコを渡したこともなければ、誕生日プレゼントも渡せずじまい。だからいつも背中を見ていた。大好きな人の背中を。遠くから見つめるだけで十分だった。

「この人がわたしの『運命の人』でありますように！」と心の中で祈りながら、いつも、いつでも、見つめ続けた。他人が見たら本格派のストーカーだと思うほど、意中の彼を目で追いかけていた。

しかし運命は残酷だ。大好きな背中の隣には、いつも別の背中があった。

恋にもなれない片想い——それが花耶の恋だった。

そんな報われぬ日々の中で、彼女は次第に思うようになっていった。

わたしには『運命の人』はいないのかなぁ……と。

失恋の胸の痛みで眠れぬ夜、花耶は悲しげに左の薬指を見た。そこから伸びているであろう赤い糸の行く先は、この世界の誰ともつながっていないのかもしれない。そう思うと切ない。悲しい。寂しくてたまらない。孤独でどうにかなってしまいそうだ。

どうしてわたしの恋はいつも上手《うま》くいかないの？　別に多くは求めてないのに。永遠の愛なんていらないのに。たった一言、「好きだよ」って言葉がほしいだけなのに。

花耶はいつも、いつでも、恋に恋い焦がれていた。

運命の人と出逢えるように願いながら。

そして、ついに出逢った。それが市村征一だった。

市村君は、わたしの『運命の人』に違いない……。花耶は強く強くそう思った。

「それさぁ、前の人のときもおんなじこと思ってなかった？」

そう指摘してきたのは、中学時代からの友達の上原叶恵《うえはらかなえ》だ。

耳に小ぶりのターコイズのピアスをつけた明るい髪色の女の子。なかなかの優等生だ。花耶よりもずっと勉強ができるのだが、第一志望の高校に落ちたことで、一緒の学校に通うことができたのだった。

校舎の中庭のベンチに座って購買部で買ってきた菓子パンを齧《かじ》りながら、叶恵は冷ややかな視線をこちらへ向けてくる。長い睫毛《まつげ》に彩られた目を細めている表情がなんとも憎たらしい。花耶はちょっとムッとして「そんなことないってば！」と言い返した。

しかし、待てよ、とすぐに思った。言われてみればそうかもしれない。前に好きになった大林《おおばやし》君も「運命の人だ！」って一人で勝手に盛り上がっていた気がするぞ。結局、彼には恋人がいた。女子バレー部の超美人の恋人が。並んで歩く姿を見て「はいはい、あなたも面食いなのね」と冷めてしまった。そんな苦い記憶がよぎったが、花耶はぶんぶんと頭を振った。

「今回は違うよ！　全然違うから！　なんていうか、輝きが違ったの！」

「輝き？」

「そう！　輝き！　市村君を見た瞬間、世界がぱーっと輝いた気がしたの！　今までとは全然違ったんだから！　もうね、教室中がキラッキラに輝いたんだってば！」

「あんたさぁ、それ人には言わない方がいいよ。恥ずかしすぎて黒歴史になるから」

「うるさいなぁ」と花耶は焼きそばパンを口に突っ込んだ。

「それに、あれだけ背が高くて格好良いなら、彼女くらいいるんじゃないの？」

「いないよ、絶対」

「なんで断言？」

「だって毎日彼のことを見てるけど、女子と親しげに話してるところなんて見たことないもん。高校入学と同時に横浜から引っ越してきたから、同中《おなちゅう》の友達もいないし、親しいクラスメイトもまだいないの。もう五月なのに。きっとわたしと一緒で人見知りなんだよ。部活もしてないし、アルバイトもしてないし、学校が終わったらいつもまっすぐ帰ってるみたいだし。家はＪＲ横須賀《よこすか》駅のすぐ近くね。ほら、あの大きなマンション。オーシャンビューの」

「花耶さぁ、それぜぇぇったい人に言っちゃダメよ？　ストーカーだって思われるから」

「ストーカー？　どうして？」

「ううん、なんでもない」と叶恵はなぜだか苦笑いしていた。

「じゃあさ」と叶恵が肩を叩《たた》いてきた。「彼が『運命の人』って言うなら、動き出してみたら？」

「動き出す？」

「勇気を出して話しかけてごらんよ」

　焼きそばパンを喉に詰まらせてしまった。パックのコーヒー牛乳で大慌てで胃に流し込むと、花耶はゲホゲホと何度か咳《せ》き込み「それはそうなんだけどさ」と弱々しく新品のローファーを見た。

「彼ってさ、なんていうか、『話しかけるなオーラ』がすごいんだよね。影があるっていうか、暗いっていうか、クールっていうかさ。まぁ、そこが格好良くもあるんだけどさ」

「高校からこっちに来たってことは、中学時代になにかあったのかもしれないね」

「なにかって？」

「イジメられてたとか」

「えー！　あんなに格好良いのに!?　背だって百八十センチ以上あるんだよ!?」

「容姿背丈は関係ないでしょ」

「それはそうだけど」

「まぁ、とにかく話しかけてごらんって。動き出さなきゃ、赤い糸も腐って切れちゃうよ？」

「叶恵ってさらっとひどいこと言うよね。分かってるよ、そんなこと。あーあ、ただでさえ好きな人に話しかけられない性格なのに、その上、彼の負のオーラがすごすぎて近づけないよ」

「弱音弱音。せいぜい頑張りな。今までと同じように話しかけられずに終わらないようにね。じゃあ、そろそろ行くね。次の授業、移動教室だから」

叶恵が手を振りながら去ってゆくと、花耶はブレザーの右ポケットからスマートフォンとワイヤレスイヤホンを出した。入学祝いにお父さんが買ってくれた念願のアイテムだ。

イヤホンを耳に突っ込んで音楽アプリの再生ボタンを押すと、リズミカルな音楽が耳を喜ばせてくれる。叶恵に教えてもらった洋楽のダンス・ポップ・デュオ。その代表曲だ。

少し散歩してから教室に戻ろうかな。ゴミ箱にパンの空き袋と牛乳パックを捨てて歩き出した。

入学して一ヶ月、はっきり言って、友達作りには苦戦している。だから今日も中学時代からの友達である叶恵にお昼を付き合ってもらった。教室で一人で食べる勇気はない。ひとりぼっちの陰キャだって思われるのは絶対に嫌だ。花耶は引っ込み思案な性格だから、いつもクラスに馴染《なじ》むのには時間がかかった。だから春は一年で一番嫌いな季節だ――桜は好きだけど――。特に中間テストが迫ってくる五月のこの時期は憂鬱ゲージが満タンになる。教室にいると肩身が狭いし、家に帰るとお母さんに「勉強は？」と迫られる。どこにいても居心地が悪い。ため息ばかりが漏れてしまう。

ため息って春の季語に認定されるべきだよね……。

天を仰いでいつものように嘆息をこぼした。その途端、ちぎれ雲が東の空へと流れていった気がした。春風の成分って半分くらいはわたしみたいな不器用な子のため息なのかもしれないな……と、そんな馬鹿げたことを思いながら、花耶はまた彼のことを考えた。

市村君もおんなじ気持ちだったりするのかな。もしわたしと同じ憂鬱を彼も感じているのなら、それだけで救われる気がするんだけどな。なんてね。そんなことを叶恵に言ったら「それ、人に言うのは絶対にやめなよ」って馬鹿にされるに決まってるよな。

苦笑いで黒いローファーを一歩前に出す——と、心が大きく胸を叩いて足が止まった。

校庭の隅っこにある体育館。その扉の前に征一がいる。彼は制服のズボンに手を突っ込んだまま、ぼんやりと体育館の中を覗《のぞ》いている。館内では男子生徒がバスケットボールに興じているようだ。その様子を眺める彼の瞳は、いつも以上に憂いの色を帯びていた。

どうしてそんなに悲しそうな顔をするの？　花耶は征一を見守った。

彼は苦笑いで頭を振った。「バカバカしい」と言いたげな、そんな痛々しい笑みだ。こちらへ向かってやってくる。花耶はたじろいだ。このまま逃げようか。でも、胸の奥で叶恵の声がした。

——動き出さなきゃ、赤い糸も腐って切れちゃうよ？

左の薬指を見た。そこにあるはずの目には見えない赤い糸の行く先が、彼の薬指とつながっていることを強く強く、強く願った。

この恋は今までのとは違う。彼はわたしの運命の人だ。だから動きだそう。よし……！

花耶はイヤホンを外してポケットに突っ込んだ。そして、でも待って！　なんて話しかければいいの!?　「市村君！　元気!?」とか？　いや、わたしってそんな元気潑剌《はつらつ》キャラじゃない。じゃあ「市村君！　なにしてたの!?」とか？　うん、自然な感じだ！　いやいや、でも待って！　どうして急にそんなこと訊《き》くわけ？　馴れ馴れしいって！　だったら「ちゃんとご飯食べた？」とか？　いやいやいやいやいや、親じゃないんだから！

そんなことを考えていると、彼が無言で横を通り過ぎていった。

靴音がどんどん遠ざかってゆく。

どうしよう！　行っちゃうよ！　早くしないと！　ええい！　こうなりゃ出たとこ勝負だ！

「い、市村君！」

後先考えずに叫んで振り返ると、彼もこちらへ踵《きびす》を返した。

入学式のあとの教室以来、彼と久しぶりに目が合った。

体育館から聞こえるボールのドリブルの音が胸に大きく響く。

花耶は恐る恐る、震える声で、言葉を放った。

「どうしてですか……？」

「え？」

「どうしてあなたは――」

恋のため息のようなそよ風が新緑の葉を揺らした。

その風の中、彼に伝えた。

「どうしてあなたは、いつもそんなに暗いんですか？」

消えたい……。このまま消えてしまいたい。国語の授業中だけど、このまま木《こ》っ端《ぱ》微塵《みじん》に破裂したい。隣の席の小沢《おざわ》君にわたしの汚いものが飛び散っちゃうけど、それでも今すぐ消滅したいよ。ていうか、「どうしてあなたは、いつもそんなに暗いんですか？」ってなに？　もうちょっと言い方があったでしょうが。「いつもクールだよね」とか「なんだか寂しげだよね」とかさぁ。それなのに、よりにもよって「暗い」ってなにさ？　一番チョイスしちゃダメな言葉じゃないのよ。

突っ伏していた顔を上げ、隣の列の彼の背を見る。その距離が天の川の対岸くらい遠く感じる。パニクっていたとはいえ、あまりにひどいことを言ってしまった。怒ったに違いない。その証拠に、あの言葉のあと、彼は「悪かったな、暗くて」と去ってしまった。追いかける勇気はなかった。その場でただただ立ち尽くしていた。泣きべそをかいている情けない顔をバスケ終わりの上級生たちに大爆笑されたけど、そんなのもうどうだってよかった。風に吹かれて世界の果てまで飛ばされたかった。それほどまでに花耶は今、人生最大、最上級の失態を心から悔いていた。

もう話しかける勇気はない。完全に、完璧に、完膚なきまでに嫌われたもん。

今回は違うって思ったのにな。正真正銘、本物の『運命の人』だって思っていたのに……。

花耶は自席で頭を抱えた。しかしその脳裏に、去り際の彼の顔が浮かんだ。

──悪かったな、暗くて。

そう言ったときの彼の表情が忘れられない。なにか辛《つら》いものを抱えているような、そんな翳《かげ》りのある顔だった。どうして彼はいつも悲しそうなんだろう。どうして友達を作らないんだろう。

どうして？　どうして？　すごくすごく気になる。「どうして？」が頭の上でぐるぐる回った。

花耶は自分の左薬指をもう一度見た。失言によって一度は消えたと思われた赤い糸。でもこの指からはまだ微《かす》かに糸が伸びているのかもしれない。まだ腐っていないのかもしれない。

そして、ぎゅっと手を握りしめた。

大丈夫だ。わたしは今も信じてる。彼が『運命の人』だって。だから諦めちゃダメだ。諦めたら糸が切れちゃう。それに簡単に諦められるような安い想いじゃない。だから――、

「あ、あの！」

放課後の下駄《げた》箱に花耶の強《こわ》ばった声が響き渡った。上履きをしまってローファーを取り出していた征一は、彼女の声にビクリと肩を震わせた。こちらを見るなりムッと眉の間に皺《しわ》を作って「なに？」と素っ気ない顔をする。その態度に花耶は怯《ひる》んだ。でもここでビビったら負けだ。きっと一生後悔する。自分にそう言い聞かせ、全身全霊、頭を下げた。

「さっきは暗いなんて言ってごめんなさい！　そんなつもりで言ったんじゃないんです！　わたしはただ市村君がいつも寂しそうな顔をしているのが気になっただけなんです！　ずっと心配してるんです！　それで気になって、つい訊いちゃったんです！　あなたの性格が暗いだなんてちっとも思っていません！　むしろわたしと似てるって思ってるくらいです！　わたしも友達作るの苦手だし、春のこの時期はいつもいっつも憂鬱なんです！　だから、あの！　こんなお願いしたら図々《ずうずう》しいと思うかもしれないけど、もしよかったら、友達がいない者同士これから仲良く――」

顔を上げたとき、彼の姿はどこにもなかった。

神様、なんなんですか？　このベタな展開は……。

わたしって前世でなんか悪いことしましたっけ？

学校を出ると、当てもなく彷徨《さまよ》った。

普段ならば京急線《けいきゅう》の津久井浜《つくいはま》駅から自宅最寄り駅である三崎口《みさきぐち》駅まで電車で二駅という距離なのだが、今日はなんだか寄り道したい気分だった。反対の上り電車に乗ると、そのまま横須賀中央駅で下車して、三笠《みかさ》ビル商店街でコスメをいくつか買った。おかげで財布の中身はほとんど空っぽ。お金もないいし、やることもない。仕方なく海の方へと足を延ばした。ワシントンヤシモドキの木々が並ぶ海沿いの道をぶらぶら歩く。この日はうんと天気が良かった。夕方五時の茜空《あかねぞら》には雲ひとつない。ぷかんと海に浮かぶ猿島《さるしま》の島影も太陽の光を浴びて鮮やかな色を放っていた。ため息が潮騒《しおさい》に溶けて消える。

春の夕暮れは切ない。どんな季節よりもずっとずっと。海は薄紫色の絹が風になびくが如《ごと》く優しく、柔らかく、一定のリズムで気持ちよさそうに揺れている。その表面をオレンジ色の陽光が走ると、宝石をちりばめたように海面がキラキラと煌《きら》めいた。波音が響く。時に大きく、時に優しく。まるで地球の鼓動のようだ。この星は生きている。八十億人近くの人たちを乗せて、今日も呼吸をしながら生きているんだ。その中のたった一人の女子高生の憂鬱なんて、知らんぷりして自分勝手に回っているんだ。そんなことを思いながら、灰色のように重くなった身体《からだ》を引きずりながら歩き続けた。やがて公園が見えてきた。

スケボーエリアとバスケットコートを有する海沿いの公園は、休日こそ人が多いが、平日のこの時間はほとんど人の姿はない。花耶は歩き疲れたのでしばらく休むことにした。近くの自動販売機でサイダーを買って園内を散策する。ペットボトルのキャップを捻《ひね》ると、プシュッと大きな音を立ててサイダーが溢《あふ》れて手が濡《ぬ》れてしまった。

あーもう、最悪……。またため息が溢れそうになった——が、ふと顔を上げた。

バスケットボールのドリブルの音が聞こえたのだ。

その音の方に目を向けると、征一がゴールに向かってシュートをしている姿があった。花耶はサイダーで濡れた手を拭うのも忘れて見入っていた。指先から滴《したた》り落ちる透明な雫《しずく》が夕陽《ゆうひ》を浴びて光る。スローモーションで落ちてゆく。征一の汗もまた夕陽色に染まっていた。

すごい……。花耶はごくりと息を呑《の》んだ。征一の放つシュートも、ドリブルも、身のこなしも、素人とは到底思えない。どう見たって経験者だ。しかもかなり上手い。どうしてバスケ部に入らなかったんだろう。

夕陽と同じ色をしたボールがネットをまた揺らすと、地面の小石に弾かれてイレギュラーにバウンドした。こちらへ向かって一直線に転がってくる。そして花耶の靴にぶつかって止まった。

ボールを追いかけてきた征一が花耶に気づく。驚いた表情だ。すぐに気まずそうに顔を背けた。

し、しまった。ストーカーだと思われた……。

花耶は慌てふためいた。その拍子に手に持っていたサイダーのボトルが滑り落ちて中身がボールにかかってしまった。「ご、ごめん!」と慌てて拾って、ガーゼのハンカチで拭こうとしたが、征一は「いいよ」とそのボールを強引に奪った。興をそがれたせいか、ボールがベタベタになってしまったせいか、彼は鞄《かばん》と脱ぎ捨ててあったブレザーを取って帰ってしまった。その後ろ姿を見送りながら、花耶は今度こそ神様のことを心から恨んだ。

神様、なんなんですか? まじでほんとに。

わたしって前世で人でも殺しましたか? これはその報いですか?

その夜、食事を終えた花耶はリビングのソファでスマートフォンをいじっていた。今日の数々の失態を思い出すと穴の中に埋まって五十年くらい熟成されたい気分だ。さっきから『激ヤバ変身メイク動画』が頭に一切入ってこない。

アプリを閉じて検索ボックスに『市村征一　バスケ』と入力してみた。しかし彼にまつわる情報はなかった。花耶は自分の行いをまたも恥じた。

なにしてるんだろう。これじゃあ本当のストーカーだよ……あれ？

気になるページを見つけて手を止めた。開いてみると、それは二年前に横浜市内で行われた中学生のバスケットボール大会の結果だった。その最優秀選手の名前に目が行った。

『市村征一』と書いてある。

名前の下には、今より幼い征一の写真が載っていた。中学二年生のときのようだ。彼はバスケットボールを持って満面の笑みを浮かべている。

可愛い……。待ち受けにしたい。そんな気持ちもよぎったけれど、それよりも「どうして？」という疑問が頭を支配した。

こんなに優秀な選手だったのに、どうしてバスケをやめたんだろう？

「こーら！」と頭を叩かれた。お母さんだ。

「花耶、あんた勉強は？　もうすぐ中間テストでしょ？」

「もうちょっとしたらやるよ」

「またそんなこと言って。どうせ今日もやらないつもりでしょ」

「やるってばぁ！　自分だってこれからネトフリで韓国ドラマ観るくせに」

「あら、言ってくれるじゃない。お母さんはいいの。仕事頑張ってるご褒美だもん。眼福よ、眼福。でもあんたはダメー。全然勉強しないんだもの。学生の本分は勉強なのよ。まったく」

小言がはじまったので、「はいはーい、やりますよーだ」とリビングから逃げた。

二階へと続く階段の途中で足を止め、もう一度思った。市村君、どうしてバスケやめちゃったんだろう。横浜市の最優秀選手になるほどだったのに。あんなに上手だったのに……。

あくる日、学校が終わると、花耶は電車に乗って横浜方面へと向かった。上大岡《かみおおおか》駅で普通電車に乗り換えて、二つ隣の井土ヶ谷《いどがや》駅で下車すると、そこから地図アプリを頼りに十分ほど歩いた。やがてクリーム色の外壁が煤《すす》で汚れた古びた校舎が見えてきた。征一の出身中学校だ。

き、来てしまった……。花耶は自分のストーカー的行動力に若干引いていた。昨日の夜から「どうしてバスケをやめちゃったんだろう」という疑問が頭から離れずにいた。気になって仕方なかった。とはいえ、彼に直接訊くわけにもいかない。ネットのどこを探しても理由なんて書いてない。こうなったら直接母校で聞き込みをするしかない。そう思って、帰宅途中に反対方面の電車に反射的に飛び乗ってしまったのだが……。

彼にバレたら絶対引かれるよな。ううん、引かれる程度じゃ済まないよ。軽蔑されるよ。それなのに、なにしてるんだろう。薬指から伸びる赤い糸で自分自身の首を絞めるような真似《まね》をして。

若干の後悔を胸に、花耶は校門をくぐって体育館の方へと向かった。下校が一段落したようで生徒たちの姿はもう少ない。校庭では陸上部と軟式野球部の部員たちが汗を流していた。

無断で入ったことを叱られやしないだろうかと心配しながら体育館まで辿《たど》り着くと、バスケ部が練習をする姿があった。どうやら強豪校らしい。部員数が男女合わせて四十人を超える大所帯だ。

花耶は体育館のドアのところからこっそり中を覗いていた。すると、スリーメンの練習をしていた生徒の一人がこちらに気づいて、顧問らしき体格の良いジャージ姿の男性になにやら耳打ちをした。

ヤバい、怒られる。ネズミのように勢いよく逃げようとしたが、それよりも先に「そこの君！なにしてるの!?」と男性が駆け寄ってきた。花耶は観念して、ぺこりと会釈をひとつした。

「――市村がどうしてバスケをやめたか？」

顧問である江口《えぐち》教諭と花耶は、体育館の前の石段に並んで腰を下ろしている。

「はい、教えてほしくて」と花耶はしおらしく頷《うなず》いた。

「でもなぁ、そういうのは個人情報だからさ」と江口教諭は困っていた。

「ちなみに、君は市村とはどういう関係？　同じ高校？」

かなり怪しんでいるようだ。太い眉の下の目を糸のように細めて、こちらをじぃっと睨《にら》んでいる。

「関係ですか？　ええっと……」

なんて言おう。正直にクラスメイトですって言おうかな。でも関係が薄すぎるよな。ただのクラスメイトがなんで彼の過去を詮索してるんだろうって思われそうだ。じゃあ友達？　でもな、友達だったら直接訊けばいいじゃないかって思うよね。よし、やっぱりここは、これしかない。

「恋人です」

「恋人？」と江口教諭は目をしばたたいた。

「はい。恋人なんです。最近お付き合いをはじめたんです。市村君、ううん、征一君、入学初日にわたしのことを好きになったみたいで、それで彼の方から告白してくれたんです」

言っててちょっと虚《むな》しくなった。現実とは真逆だ。あまりにかけ離れすぎている。それに、こんなのはどうでもいい情報だ。早く本題に戻らなきゃ。花耶は早口で続けた。

「付き合ってから今日まで、いろんな話をしてきたんですけど、バスケをやめた理由だけはどうしても言ってくれなくて。彼ってば、わたしのことが大好きだから弱いところを見せたくないのかもしれません。でもわたしとしては市村君、ううん、征一君のことはなんでも知っておきたくて」

「そうか」と教諭は唸《うな》るように呟いた。心が動いているようだ。よし、あと一押しだ。

「だから母校の先生に教えて頂きたくて今日はお邪魔したんです。ぶしゅつけ？　ぶしゅつ？」

「不躾《ぶしつけ》？」

「それ！　不躾！　な、お願いだって分かっています。でもお願いします！　教えてください！」

「無理だな」

「ええぇ!?　なんで!?」

「市村が言いたくなくて黙っているなら、他人である俺が告げ口をするような真似はできないよ」

ド正論だ。この男、なかなかの教育者じゃないのよ。花耶は歯ぎしりする思いで江口教諭の横顔を見た。体育系の部活の顧問なんて、ちょっと情にほだされれば簡単に口を割るような単純熱血野郎ばかりだと思っていた自分が恥ずかしい。

「まぁでも、市村と付き合ってるなら、これだけは言っておくよ」

教諭は膝に両手をついて立ち上がると、

「あいつの右膝、これ以上、悪くしないように注意してやってくれ」

「膝？」と花耶が目をパチパチさせていると、江口教諭は鷹揚《おうよう》に頷いた。「これで分かるだろ？」

と目顔で告げてくる。その表情でピンときた。

そうか、彼は右膝を怪我《けが》してバスケをやめたんだ……。でも本当は続けたいんだ。だからあんなふうに今も一人で練習を続けているんだ。それでも治らずに苦しんでいるのかもしれない。

「市村は良い選手だったよ。練習熱心だし、チームメイトを大切にする優しい心もあった。なにより才能に恵まれていた。俺が受け持った選手の中では一番だったな。こいつはきっとプロになる。入部初日にそう思ったよ。その証拠に、二年生の時点で有名高校から続々とスカウトがくるような選手になってくれた。将来を期待したくなる、そんな自慢の生徒だったな。だからこそ高校の三年間は市村にとって大事な時間になるはずだった。あいつもそれをよく分かっていた」

それなのに怪我を……ん？　待って。よく考えたら、この人、結局市村君の秘密をペラペラ話してるじゃん。そう思いつつも、花耶は江口教諭の話の続きに耳を傾けた。

「プロのスポーツ選手を目指す奴《やつ》にとって、高校三年間は特別な時間なんだ。三年間で将来進める道が決まってしまうかもしれないからな。高校時代にどれだけ活躍できたかで、プロの門をくぐれるかどうかが決まると言っても過言ではない。所謂《いわゆる》ゴールデンコースなんだよ、高校時代で活躍してプロの世界に入ることは。無論、その分、競争も激しい。もしもプロへの切符を逃すと茨《いばら》の道だ。大学でもまた活躍が求められ、そこでもこぼれると今度は社会人、トライアウトで争うことになる。体力はだんだん落ちて動きも鈍くなってゆく。周りと争うだけでなく、自分の衰えとも戦うことになる。だから高校時代は、プロを目指す選手にとって重要な時間なんだ。それなのに――」

江口教諭は、遠くで金属バットを振る軟式野球部の生徒を見ながら寂しそうな声音で続けた。

「市村の時計は止まってしまったんだ。中三の春でな」

彼の時計の針はもう動かないんだ。歯痒《はがゆ》いはずだ。悔しいはずだ。何度も何度もその針を動かしたいって願ったはずなのに……。だから今もあんなふうに練習を続けているんだろう。もしかしたら時計が動くかもしれないと思って。

わたしには夢はない。将来どんな仕事に就きたいかなんてまだ分からない。だから市村君がどれだけ悔しい思いをしているか、その気持ちの百分の一も理解できないと思う。

でも——花耶は痛む胸に手を当てた。

彼の怪我が治ってほしい。その気持ちは市村君に勝るとも劣らない。

ないのかな。わたしにできること、なにかひとつでもいいから……。

「なんにもないでしょ、そんなの」

断言するような叶恵の口調に、花耶はちょっとだけムッとした。

数日後の昼休み、他に友達がいない花耶は、この日も叶恵にお昼ご飯を付き合ってもらっていた。

五月も中旬を過ぎて、校内の雰囲気は少しずつ中間テストへと向かっている。高校最初の試験ということもあって、みんな良いスタートを切りたいのだろう。もちろん、勉強とは無縁の生徒たちもたくさんいる。彼らはいつものように友達との他愛ない会話に興じていた。花耶もその一人だ。

「なんにもないって、そんな言い方ひどくない？」と花耶は隣で弁当をつついている叶恵のことをじろっと睨んだ。しかし彼女は表情ひとつ変えずに、アッシュグレーのインナーカラーの入った髪を揺らして首を振った。そして「花耶に限らずだよ」と冷静な口調で言葉を続けた。

「わたしたちみたいな子供にできることなんて、ほとんどなんにもないと思うよ」

「子供？」

「そう。わたしたちなんてまだまだ子供だよ。社会的な立場もなければ、お金も、特別なスキルもない。高校生って無力な存在なんだよ」

「叶恵って変なところ冷めてるよね」と花耶はむぅっと片頬を膨らませた。「もしかしたら彼のこと、慰めてあげられるかもしれないじゃん」

「慰めるねぇ。彼、本当にそんなこと求めてるのかなぁ」

「そりゃあ……求めてる……でしょ。ちがうの？」

「わたしは志望校に落ちたとき、慰めなんていらなかったな。ほしかったのはチャンスだけ。もう一回チャレンジできるチャンス。市村君もそうなんじゃないかな。膝の怪我が治るチャンスがほしいはずだよ。慰めの言葉よりも優秀な医者の方が、今の彼にとってはずっとずっと必要なんだよ」

「だったらわたしがそのお医者さんを探すよ！」

「無理でしょ、そんなの」

「どうして!?」

「彼の方がずっと前から探してるって。それでも治ってないってことは、お医者さんが見つかってないか、治る見込みがないって言われたんだよ」

「なんか納得いかないな」と花耶は拗《す》ねて顔を背けた。

子供みたいに不貞腐《ふてくさ》れていると、叶恵が「ごめんごめん」と肩にポンと手を置いてきた。

「じゃあさ、願ってみれば？」

「願うって、なにを？」

「奇跡が起きることを。奇跡が起きて、彼の怪我が治ることをさ」

「奇跡……」

「まぁ、奇跡なんてそう簡単には起こらないと思うけどね」

奇跡……か。奇跡が起こらないと彼の膝は治らないのかな。夢は叶《かな》わないのかな。

叶恵の言うとおり、奇跡は簡単には起こらない。起こし方も分からない。そんなのきっと、この世界の誰も知らない。じゃあ、わたしにできることって、もうなにもないってこと？

それから数日してテスト期間がやってきた。

花耶は真っ白な答案用紙を前に絶望していた。真面目に勉強してこなかったから敗戦は濃厚だったが、まさかここまでの惨敗だとは思いもしなかった。お母さんになにを言われるか分かったものじゃない。お小遣いカット。塾への強制収監。絶望的な未来が予知できて恐ろしい。

本当はもうちょっと勉強するつもりだった。しかし机に向かっても集中できなかった。征一のことを考えてばかりだった。彼の負った怪我がどんなものかは分からない。それでも傷ついた膝を治せる医者がいないか、スマートフォンを使って調べたりしていた。登下校中も、授業中も、家に帰ってからもずっとずっと。実際に病院に電話をかけて質問もしてみた。でも彼の膝の状態が分からないと答えようがないと言われてしまって成果はゼロ。徒労に終わっただけだった。

こうなったらわたしが将来お医者さんになって、彼の膝を治せばいいのでは!?　とも思った。

しかしこんな学力で医学部に入るなど夢のまた夢。仮に入学できたとして、花耶が医者になる頃、征一はもう二十代半ばだ。そこからプロスポーツ選手を目指すのはかなり難しい。だから今の花耶にできることと言えば、近所の神社に毎日通って、なけなしの小遣いからお賽銭《さいせん》を捻出して祈ることくらいだった。無力な自分にほとほと嫌気が差す思いだ。

わたしにできることってなにもないんだな……。花耶は完璧に打ちのめされていた。

試験監督の先生にバレないようにため息を漏らすと、ひとつの設問に目が留まった。

和歌に関する問題だ。

我が背子は　物な思ひそ　事しあれば　火にも水にも　我がなけなくに

万葉集に載っている阿倍女郎《あべのいらつめ》の歌だ。

その意味で正しいものを選びなさいという問題だった。

勉強はできないけれど、和歌はロマンチックなものが多くて大好きだ。だから得意中の得意だ。

答えは簡単。四択の中から選んで解答用紙に番号を書いた。

わたしもこの歌と同じ気分だよ。花耶は問題用紙の和歌の意味を指先でなぞりながら思った。

愛《いと》しい私のあなた、独りで悩まないでください。いざというときには、たとえ火の中でも、水の中でも、私は飛び込んでみせるから。

千二百年以上も昔の人も、わたしと同じように思っていたんだな。この歌を詠んだ人は、愛しい人のためにすべてを捧《ささ》げたのかな。わたしは恋するあの人のために、一体なにができるんだろう。

奇跡を願うことくらいしかできない、こんなわたしなんかに……。

その日は、静かな放課後だった。テスト期間中は部活動がすべて休みになるため、夕方になると校舎は怖いくらいに静まり返る。図書室で明日の試験科目の勉強をしていた花耶は、見回りの先生に帰るように促され、勉強道具を鞄に突っ込み廊下へと出た。これっぽっちの勉強でどうにかなるとは思っていない。付け焼き刃もいいところだ。でも今日の惨敗の罪悪感から、少しくらいは勉強しなくてはと思ったのだった。

下駄箱でローファーに履き替えて校舎の外へと一歩出ると、そこはもう見渡す限りオレンジ色の世界だった。いつもより影法師の色を濃く感じる。黒が長く伸びて校庭に横たわっている。その漆黒をまたぐように大股で校門へと向かう。そのときだ。ダム……と、バスケットボールが弾む音が聞こえた。体育館からだ。その音が、あの公園で聞いた音と重なる。征一だとすぐに分かった。しかし花耶は視線を逸《そ》らして無視するように俯《うつむ》いた。どうせわたしは嫌われているんだ。それにわたしじゃなにもできない。顔を合わせたところで意味なんてない。そう思いながら下を向いて歩いた。

しかし心が身体を止めた。足の裏が地面にくっついているみたいに動かない。

このまま逃げていいの？　本気で思ったんじゃないの？　彼のためなら、たとえ火の中、水の中でも飛び込んでみせるって。それなのに、このまま下を向いて逃げてもいいの？

暮風《ぼふう》が花耶の背中を押す。風が「行きなさい」と言ってるみたいだ。

その風に力を借りて、花耶はゆっくり踵を返した。

そして踏み出した。右のローファーが地面の砂埃《すなぼこり》を舞い上げる。

それが、彼女の人生を動かす一歩となった。

体育館では征一がシュート練習をしていた。無造作に床に置かれたブレザーの影が伸びるコートで、小気味よいバスケットシューズの靴音が鳴り響いている。

彼が放ったジャンプシュートがリングに嫌われる。ボールが床を跳ねて花耶の方へと転がってくる。追いかけてきた征一が彼女に気づいて、あの日のように視線を逸らす。花耶はボールを拾って彼に差し出した。征一は「ありがとう」と短く呟き、花耶の手からボールを取ろうとしたが、

「怪我のこと、聞いたよ」

征一の手が止まった。前髪の間から覗く片方の目が驚きで丸くなっている。

「ごめんなさい。市村君の通っていた中学校に行って、顧問の先生に訊いちゃったの」

どうして正直に言っちゃったんだろう。嫌われるに決まっているのに。軽蔑されるって分かっているのに。でも嫌だった。好きな人に嘘《うそ》だけはつきたくないんだ。

「ストーカーかよ」と吐き捨てると、彼は乱暴にボールを奪った。それから背を向け、ドリブルしながら歩き出した。

「どうしてバスケ部に入らないの？」

彼はなにも言わない。

「膝の怪我が治っていないから？」

なにも言わない。

「有名高校からスカウトがたくさん来るような選手だったんでしょ？　もったいないよ。もう一回頑張ってみなよ。わたし応援する。上手くいくように毎日神社でお祈りする。だからもう一回——」

「うるさい」と彼は語気を強めた。それから「お前には関係ないだろ」とシュートを放った。

彼の戸惑いを乗せたボールはまた外れてしまった。着地した途端、右膝が痛んだのか、征一は顔を歪《ゆが》めた。花耶は靴を脱いで体育館の中へ入ると、ブレザーの脇に転がったボールを拾った。そして、ボールを見つめながら叶恵が言っていたあの言葉を思い出した。

――願ってみれば？　奇跡が起きることを。

わたしにできることは奇跡を願うことだけだ。それでも――花耶は決意を込めて振り返った。

「ねぇ、市村君。奇跡って信じる？」

「奇跡？」と征一は眉をひそめた。

「うん、奇跡」

それでも、心から願えば起こるかもしれない。

「わたしが奇跡を起こしたら、もう一度バスケをやってみない？」

「なに言ってんの？　奇跡なんてどうやって起こすんだよ」

「そうだなぁ」と花耶は斜め上を見た。

それからひらめき、「あ！」とボールをポンと叩いた。

「わたしね、バスケってほとんどやったことがないの。中学の体育の授業でちょこっとボールを触ったくらい。だからめちゃくちゃ初心者なの」

「だから？」

「だから、今から十回連続でシュートを決めたら、それって奇跡だって思わない？」

征一は呆気《あっけ》にとられていた。口が半開きになっている。

「フリーなんとかラインから十回連続でゴールを決めたら奇跡決定！　そしたら市村君はもう一度

バスケを頑張る！　どうかな!?」

彼は口の端を微かに歪めた。馬鹿にして笑ったんじゃない。虚を衝かれて思わず苦笑いが漏れたのだろう。「どうせ無理だと思うけど」とステージの上に腰を下ろした。

どうやら誘いに乗ってくれたみたいだ。花耶は嬉《うれ》しくなって彼を指さし、

「言ったね！　約束だよ！」

そして、勢いよくブレザーを脱ぐと、靴下まで脱ぎ捨てた。彼に裸足《はだし》を見せるのはなんだか恥ずかしいけど、滑ってシュートを外したら元も子もない。こうなりゃ本気だ。なにがなんでもゴールを決めてやる。その気概でフリースローラインの前で仁王立ちした。

しかし「ゴ、ゴールまでってこんなに遠いの？」と臆してしまった。

口の端をヒクヒクさせながら彼のことを見ると、征一は冷ややかな目をこちらへと向けていた。ハナから成功するとは思っていないようだ。さっさと終わらせてほしいと言いたげな憎たらしい表情を浮かべている。その顔にムカついて、花耶のハートに火がついた。

よぉし、やってやろうじゃないのよ。気合いを入れて、両手のひらにそれぞれ息を吹きかける。

両手でボールをしっかり持って頭上で構えた。そして思った。

どうしてこんなにムキになっているんだろう。市村君と仲良くなりたいから？　好きになってもらいたいから？　どれもちょっと違う気がする。ああ、そっか。わたしはただ――、
両膝に力を込めてジャンプした。そして、思い切りボールを放った。

ただ、見たいんだ。

彼が笑ったところを……。

ボールが不器用な軌道を描いて飛んでゆく。

入学してから今日までずっと寂しそうな顔をしている彼が、思いっきり、心から、笑うところを。楽しそうに笑う姿を。わたしはただ、見たいだけなんだ。

だからお願い。神様、奇跡をください。

ボールがリングの手前にぶつかって上へと跳ねた。花耶は「あ！」と声を上げた。

もう一度リングの縁でバウンドすると、ボールはそのままネットを揺らした。

「やったぁ!!」

バンザイして喜ぶ花耶。征一は無表情だ。ステージから降りてきてボールを拾うと、ワンバウンドさせてこちらへパスをした。それから「二本目」と冷たく言った。

あと九本もあるのか。奇跡への道のりはなかなかに遠い。花耶は深呼吸してボールを構えた。さっきの感じを身体が覚えている。同じように、同じリズムで、同じタイミングでボールを放つんだ。

奇跡を信じてシュートを打った。

ボールは美しい軌道でリングをくぐった。その途端、冷静だった征一もちょっとだけ動揺したようだ。花耶はしてやったりと言わんばかりの表情で彼のことを見やった。

「ふふふ、わたしって天才かも！」

そしてボールを拾って再びラインに立った。

なんだろう。すごく嬉しい。シュートが二本連続決まったからじゃない。高校生になってから、こんなに楽しいのは初めてだからだ。高校デビューに失敗して、クラスに馴染めず、友達もできなくて、なんだかいつも息苦しかった。ため息ばかりの毎日だった。でも今日、久しぶりに心から笑えている。心からワクワクしている。そんな自分が嬉しいんだ。

彼の笑ったところを見たいだなんて思ったけど、でも違うや。笑顔にしてもらったのはわたしの方だ。一人で勝手に盛り上がって笑っているだけだけど、それでも、今日のこの笑顔は市村君がくれた笑顔だ。生まれてからの十五年間で一番最高の笑顔だと思う。

この気持ち、彼に返したいな。

深呼吸をひとつした。三投目だ。花耶はありがとうの気持ちをボールに込めた。そして願いと共にシュートを放った。彼も笑ってくれますように……と、心から願って。

ボールが綺麗な弧を描く。空気中を漂っていた埃の膜を裂いて、窓から差し込む夕陽を浴びて、ゆっくりと、美しく飛んでゆく。太陽の光を受けて、ボールの縁が笑うように輝いた。

いけ……！　花耶は拳を握った。

しかし、リングにかすることなく無残に地面に落下した。

体育館にボールの弾む音が響く。乾いた寂しい音だった。花耶は言葉を失った。一方の征一は至極当然と言わんばかりの表情だ。ボールが舞台下の収納台車にぶつかって、こちらへ戻ってくる。

裸足の足元で止まると、花耶は無言でそれを拾った。彼が「まぁ、頑張った方だと思うよ」とやってきた。手のひらを向け、ボールを返すよう目で言ってくる。もう帰りたいようだ。

花耶は「うん、頑張ったよね」と、わずかに笑った。それからボールを彼に渡して、

「じゃあ、次は市村君の番だね」

「は？」

「君が十本連続ゴールを狙う番」

「なに言ってんだよ。話が違う――」

「今度は」

大きく放ったその声に、征一は思わず言葉を呑んだ。

花耶は真剣なまなざしで彼に伝えた。

「今度は、君が奇跡を信じる番だよ」

呆気にとられていた彼の口の端に皮肉の影が浮かぶ。

「奇跡なんて起こるわけないだろ」

「うん、そうかもしれない。でも奇跡が起こるかどうかを決めるのは、市村君じゃないよ」

「誰だよ？　神様とか言うつもり？」

「違うよ」

「じゃあ誰？」

「未来の君だよ」

征一の目に微かな光が宿った気がした。

「だから答え合わせしようよ。市村君が十本連続ゴールを決めて奇跡を起こせるかどうかを。その奇跡が起これば、次もまたきっと起こるはずだよ。バスケだってきっとできるよ」

征一は俯いた。ボールを持つ手に力がこもっている。自分を信じたい気持ちと、信じられない気持ち、その二つの間で揺れているのだ。闘っているのだ。それが分かるから、花耶はなにも言わずにただただ祈った。負けないでほしいと願った。

今の自分に負けないでほしい。未来の自分を信じてほしい。

征一が動いた。フリースローラインに立つと、ワイシャツの胸の辺りをぎゅっと摑《つか》んだ。自分自身に立ち向かう決意をしたのだ。花耶はゴール下の邪魔にならない場所から彼を見守ることにした。さすがは横浜市の元最優秀選手だ。あっという間に五本連続でシュートを決めてしまった。花耶はボールを拾うことだけに徹した。応援はしなかった。彼の闘いの邪魔はしたくなかった。

六本目、七本目、八本目……ボールは綺麗にネットに吸い込まれていった。あと二本。そう思った途端、花耶の心臓は早鐘を打った。たったあと二本。しかしすさまじいプレッシャーの中で決めなくてはならない二本だ。わたしなら耐えられない。花耶は背中が汗ばんでいるのを感じた。

九本目。ボールはゴールの輪を迷いなくくぐった。いよいよあと一本だ。

フリースローラインに再び立った彼も緊張しているみたいだ。しきりに右の膝を撫《な》でている。痛いのかもしれない。声をかけてあげたい。でもその気持ちを固唾と一緒に呑み込んだ。

そして最後の一投。彼がボールを構えた。

そのとき、二人はふっと目が合った。

征一が薄く笑った気がした。気のせいかもしれない。でも今まで見たことのない柔らかな表情だ。驚いたのも束《つか》の間《ま》、彼はその手からボールを放った。


夕空が頭上に広がっている。群青色《ぐんじよう》の空の隙間には、微かに太陽の名残を感じさせる橙色《だいだい》が混じっている。学校から駅までのなだらかな坂道はうら寂しい空気に包まれていて、人の気配はほとんどない。花耶は並んで歩く征一のことをバレないように横目で何度も見ていた。無言のまま俯いている征一。その横顔はなんとも悔しそうだ。

十本目のシュートは惜しくも外れてしまった。

たったあと一本。奇跡まであと一歩だったのに。

花耶は無言の重圧に耐えきれず「神様ってほんとムカつくよね！」と明るい声音で話しかけた。

「だってあと一本だよ？　一本くらいおまけしてくれてもいいじゃんね。でも十本中九本でもすごいよ。本当にすごい。もうさ、奇跡って呼んでもいいと思うけどな」

「ダメだろ。外したんだから」

ですよね……と、花耶は心の中でしょんぼりした。

困ったぞ。元気づけようと思ったのに、これじゃあ逆効果だよ。きっと彼は今、心の中で「僕ってやっぱりダメな奴だ」って思っているに違いない。これでバスケを完全に諦めちゃったら……。それってわたしのせいだよね。あーもう駅に着いちゃうよ。なんて励ましたらいいんだろう。

二人は無言のまま改札をくぐった。征一は「上り電車だから」と奥の階段に向かってゆく。

結局、声はかけられなかった。花耶は肩を落として目の前の階段に足をかけた。

駅のホームには二人以外誰もいない。向かいのホームの征一は黙ったまま黄色い線の内側に立っている。真正面からその姿を見ている花耶は、こうしている間も必死に言葉を探していた。彼を元気づける言葉が心のどこかに落ちていないか懸命に探している。

「あの！」と花耶が声を上げた。その途端、電車の訪れを告げるベルが鳴る。彼女の声はかき消されてしまった。ガタンガタンと響く車輪の音が近づいてくる。花耶が乗る下り電車だ。

電車が来ちゃう。言葉が出ない。こんな肝心なときなのに。

花耶は唇を噛《か》みしめて俯こうとした。

そのときだ。

「悔しかった！」

その声に、はたと顔を上げた。

「あのとき、最後のシュートを打つとき、安藤さんの言葉を信じてみたくなったんだ！　本当に奇跡が起こるような気がしたんだ！」

わたしの名前、覚えていてくれたんだ……。

「それなのに、決められなくて悔しかった！　めちゃくちゃ悔しかった！　あんなに悔しいのはバスケをやめてから初めてだったよ！　それで、思ったんだ！」

花耶は我が目を疑った。嬉しさで涙腺が焼けるほど熱くなった。

征一は笑っていた。満面の笑みだ。

「こんな悔しい思いするのは、きっと人生でバスケだけだって！」

彼の健康的な白い歯を電車のライトが眩《まぶ》しく照らす。警笛がひとつ鳴った。

「だから、信じてみてもいいかな！」

「え？」と花耶は首を傾《かし》げた。

「未来の僕が奇跡を起こせるかどうか、もう一度、信じてみてもいいかな！」

「それって……」と呟くと、赤い車両の電車が二人の間に割って入った。

ドアが開いて何人かの乗客が降りてゆく。そしてドアが閉まった。重たげに走り出す電車。やがてホームは再び静寂《しじま》に包まれた。反対ホームの征一の顔に新しい笑みが咲いた。電車に乗らなかった花耶を見て笑ったのだ。

花耶も笑っていた。満面の笑みで。

そして親指を立てて彼に言った。

「そんなの、信じていいに決まってるじゃん！」

彼は決意したんだ。自分の未来を、人生を、信じようって。だったら——、

「だって市村君の人生だもん！」

だったらわたしは願うだけだ。こうなりゃとことん願ってやる。神様が嫌がるくらいに。

彼の人生が、ずっとずっとこの先ずっと、遠い未来の果てまで幸せでありますようにって。


征一がバスケ部に入部したのは中間テストのすぐあとのことだった。

膝の怪我のせいでハードな練習はできない。だから入部の許可が下りるか不安だった。しかし文武両道を掲げる学校は、部活動も教育の一環だということで、征一の入部を快く認めてくれた。顧問も部員たちも怪我のことを理解して、できる限り練習に参加することで受け入れてくれたのだ。

部活初日の朝、長かった髪を切って教室に現れた征一は、女子たちの注目の的となった。突然現れたイケメンのスポーツマンにみんな驚き、あっという間に虜《とりこ》になってしまったようだ。

花耶は色めき立つ女子たちを見て、ヤキモチを焼きすぎて焦がしそうになった。彼の格好良さに最初に気づいたのはわたしなんですけど？　とクラスメイトに宣言したかった。でもそんな勇気はない。それでも、クラスの真ん中で照れくさそうに笑っている彼を見ると幸せな気分になれた。

征一がこっちを見て小さく笑う。二人だけにしか分からない特別な合図だ。それがなによりも嬉しい。彼の笑顔を独り占めしているみたいで幸せだった。

「――それで、いつ告白するわけ？」

ぐいっと顔を寄せてくる夏服姿の叶恵のプレッシャーに花耶は思わず目を背けた。

輝くような青い夏空の下、久しぶりに叶恵と昼食を共にしていると、触れられたくない話題に触れられて困ってしまった。おかげさまで、あれから親しい友人がクラスに数人ほどできた。だから叶恵とこんなふうにご飯を食べるのは本当に久しぶりだった。

「あれから市村君と仲良くしてるんでしょ？　知ってるのよ？　部活終わりにしょっちゅう一緒に帰ってること。それなのに、なんでさっさと告白しないのよ」

「だって部活大変そうだし、邪魔したら悪いかなぁって……」

「彼って髪切ってから、めちゃくちゃモテてるのよ？　この間も美人の先輩に告白されてたし」

「うそっ！」

「ほんと。バスケを続けるきっかけをあげたっていう最強のヒロインポジションをゲットしたのに、なにボサッとしてんのよ。さっさとしないと、そこらの脇役美女に奪われちゃうわよ？」

困る困る。それは困る。美女が出てきたら勝ち目はない。主役の座をあっさりと奪われてしまう。わたしは可愛くない。背は百六十センチくらいあるけど、スタイルは全然ダメだし、髪だってゴワゴワでメイク映えする目鼻立ちじゃない。どうやったって美女には太刀打ちできないよ。

「でもさ、なんていうかさ、タイミングを逃しちゃったのよね」と花耶は肩を落とした。

「タイミング？」

「告白するタイミング。そりゃあ、一緒に帰ることも多くなったし、他愛ないことを話せる間柄にもなれたと思うよ？　だけど告白する雰囲気には、なかなかなれなくてさ」

「なら、今日告白すれば？」

「今日!?」

「思い立ったが吉日って言うでしょ」

「無理だよ無理！　今日は無理！　仏滅だし！」

「若いんだから仏滅とか気にしないでよ。じゃあ夏休み明けまで待つつもり？　来週から一ヶ月以上、逢えなくなるんだよ？」

「じゃあ夏休み中に逢う約束する！」

「ラインも交換してないのに？」

うっ……と、花耶はたじろいだ。未《いま》だにラインのＩＤも、インスタのアカウントも、電話番号も訊けていない。そんな臆病者の自分が情けない。

「知らないよ～。夏休みの間に彼にぶっちぎりに可愛い彼女ができちゃってもさ～」

ぶ、ぶっちぎり……。それは嫌だ。絶対にイヤだ。

よし、こうなったら――と、花耶は下腹部に力を込めて立ち上がった。

「分かった！　する、告白！　今日、絶対する！」


橙色の教室に浮かない顔の花耶が一人。さっきから落ち着かなくて室内をぐるぐるぐるぐる回っている。壁の時計を見ると、もうすぐ部活が終わる時間だ。学校の規則で部活動は六時までと決められている。あと十分もしたら彼がここに来る。そして、あと十五分もしたら人生初の告白タイムだ。そう思うと心臓が口から飛び出して床を転がって埃まみれになってしまいそうだ。

さっきホームルームのあと、彼にこっそり「放課後、教室で、待ってる。話ある」と伝えた。死ぬほど緊張した。しゃべり方が壊れたロボットみたいになってしまった。それなのに、「好き」だなんて伝えたら、どうなってしまうか分からない。目とか口から出ちゃいけないものが出てしまうかもしれない。そのくらい過去最大級に緊張していた。

でもな、叶恵の言うとおりかもしれないな。今のままでいいわけないよね。クラスメイトって呼ぶにはちょっと物足りなくて、友達ともちょっと違う。かといって恋人と呼ぶにはまだまだ幼い。そんな関係に今日こそ終止符を打ってみせるんだ。う〜〜ん、でもなぁ！　フラれたら気まずくなるよなぁ！　今の良好な関係が崩壊しちゃうよなぁ！　それはすんごく困るよなぁ！　と、さっきからそんなことを考えてばかりだ。そして教室をぐるぐる。身体中が汗でびっしょりだ。

「ごめん、安藤さん。待った？」と征一の声がして後方のドアが開いた。

黒板の前にいた花耶は石のようにカチンと固まる。彼が入ってきた。予定よりも五分ほど早い。まだ告白の言葉も決めていないというのに。

「は、早かったですな」

「なにその変な口調」と彼は目を糸のようにして愛らしく笑った。「三年生が引退して、新体制になったばかりだからね。ちょっとだけ早く終わったんだ。それで、話って？」

「あ、新体制ってことは、市村君もレギュラーになれるチャンスがあるってこと？」

「どうかな。難しいと思うな。まだ膝も痛いし、練習も時々休んでるから。みんなについていくだけで精一杯だよ。今の目標は引退までに一試合だけでもいいから出ることかな。それで、話って？」

「たった一試合だけでいいの？」

「うん、いいんだ。中学生の頃みたいにプレーすることはもうできないし、随分下手になっちゃったけど、こうしてバスケができているだけで嬉しいから。安藤さんのおかげだよ」

「わたしはなにも」

「ううん、感謝してる。ごめんね、ちゃんとお礼言ってなかったね」

「とんでもないっす……」

彼のこういうサラッと嬉しいことを言ってくる感じはズルいと思う。天性のイケメンスキルだ。ますます緊張してしまうじゃないのよ。

「それで、話って？」と征一がまた訊《たず》ねてきた。

も、もしかして勘づいてる？　さっきから「それで、話って？」って連呼してくるし。

緊張が頂点に達した。束ねた髪からこぼれたもみれ毛を指先でくるくるさせる。花耶の強ばった表情に気づいたのか、征一も首の後ろを撫でて視線を逸らしていた。彼の緊張も痛いくらい伝わってくる。無言の二人。開かれた窓の向こうから下校途中の男子生徒の笑い声が聞こえる。金属バットがボールを弾く快音が響く。風がカーテンを微かに揺らす音。優しい夕風が迷い込んできた。

言葉って不思議だな……と、花耶は思った。

わたしはおしゃべりだから、いつも友達とどうでもいいことを何時間でも話してる。言葉の無駄遣いをしてばっかりだ。それなのに、今は「好き」っていう二文字が出てこない。たった二文字なのに、口にすれば一秒なのに、それでも、どうしても口に出せない。もし言ってしまったら世界の形が変わってしまうかもしれない。人生が変わってしまうかもしれない。そんな禁断の呪文みたいに思えて、どうやったって言葉が出ない。声がかすれちゃったらどうしよう。届かなかったらどうしよう。そんな臆病風がさっきから目の前の空気を揺らしているんだ。

何分くらいが経《た》っただろうか？　体感では十分、いや、二十分以上が過ぎたようにすら思える。本当は十秒くらいなのだろう。もう限界だった。征一もそのようだ。「そろそろ帰ろうか」と苦笑いで夏服のシャツをパタパタさせて鞄を背負った。

ねぇ――と、黒板を背にして、思い切って彼を呼んだ。征一が目だけでこちらを見る。

花耶は熱い吐息に言葉を混ぜた。

「目を閉じて……」

「え？」

「お願い」

「う、うん」

彼は困惑しながら、静かにそっと目を閉じた。

中学生の頃、クラスの友達が好きな人にラインで告白しているのを知って「好きなら直接伝えるべきだよ！」なんて偉そうに語ってしまったことがある。でも今日、初めてみんなの気持ちが分かった気がする。フラれるのが怖いから。「ごめん」って言われてしまったら、そのあとの気まずい空気に耐えられないから。彼の微妙なリアクションを見るのが辛いから。必死な顔を見られたくないから。理由はたくさんある。だからついついラインに逃げちゃう。

だけど――花耶はチョークを手に取った。そして黒板に走らせた。

だけど、それより、わたしは見たい。

「いいよ。目、開けても」

彼のまぶたがゆっくり上がる。

見たいんだ。一番最初に好きって伝えたときのあなたの顔を。

だってそれって、人生でたった一度だけの瞬間だから。

後にも先にもこの一回だけ、そんな唯一の表情だから。

彼の整った顔が赤く染まったのは夕陽のせいじゃない。黒板の字を見たからだ。二人の間を強い風が通り過ぎると、カーテンが羽のように羽ばたいた。黒板の粉受けに積もっていたチョークの粉がその風に誘われて舞った。赤、黄、白の粒子が宙を泳ぐ。夕陽に照らされて鮮やかに輝いている。無言の二人の間に降り注ぐと、教室が虹色の雪の世界に変わった。その光の向こうに花耶の不器用で控えめな文字がある。そこには、こう書いてあった。

あなたのことが好き

その文字を見つめる征一の瞳が瑞々《みずみず》しい輝きに彩られている。熱そうなほっぺた。その下の厚ぼったい唇が微笑《ほほえ》みの形に変わる。三日月のような優しい目。柔らかな笑顔だ。

「ありがとう」と、彼は言ってくれた。

でもそれ以上の言葉はなかった。花耶にも返事を訊く勇気はなかった。

帰り道、駅までやってきた二人はずっと無言のままだった。自動改札機に定期券をタッチしようとする花耶を、「あのさ」と征一が引き留めた。振り返ると、彼は頬を赤らめながらこう言った。

「スマホの番号、教えてくれないかな」

「え？　ラインのＩＤじゃなくて？」

「うん、電話番号がいいんだ」と彼が俯きがちにぼそっと呟く。なんだかすごく緊張している。

言葉の意図は分からなかったが、花耶は自分の番号を口にした。彼はそれをｉＰｈｏｎｅに入力する。連絡先のアプリの新規登録。名前と電話番号と誕生日。それから『関係と名前』の欄をタップした。親でも兄弟でも友達でもない。『その他』を選んで、こう打った。

僕の恋人――。

それからすごく照れくさそうに、上目遣いでこっちを見て、

「これで登録してもいい？」

さっきの告白の返事をしてくれたんだ。

我慢しなきゃ顔が緩んで溶けてしまいそうだ。なんて答えていいか分からない。だから「いいっすね。いい感じっす」と意味不明なことを言ってしまった。彼は「なにそれ」と笑った。それを合図にいつもの二人に戻れた。ううん、いつもとは違う。全然違う。

今日から恋人。恋人同士。新しい二人だ。

帰りの電車の車窓に広がる世界の色が、毎日のように見てきた退屈な風景が、今日は嘘みたいに鮮やかで素敵だった。恋は、世界の色を変えてしまう不思議な魔法みたいだ。

茜色の夕陽が架線柱や送電線に遮られて黒い影のアクセントを作る。花耶は嬉しそうにその光景を見て笑っている。彼女の心は今、夕陽よりも眩しい色に染まっていた。恋という名の美しい色で。

こうして花耶の恋ははじまった。運命の人との初めての恋が。

あっという間に終わってしまう、ほんの束の間の短い恋が……。

初めてのプレゼントは可愛らしい指輪だった。

花耶の十六回目の誕生日。寒い冬の日、部活が休みだった彼と出かけた遊園地でもらったのだ。シンプルなクロスリングの真ん中で小さな石が光っている。イミテーションのダイヤだけれど、太陽にかざすと誇らしげにキラリと笑うように輝いていた。普段ピアスやネックレスをつけない花耶にとって――つけたい気持ちはあるけど恥ずかしいのだ――人生最初のアクセサリーがこの指輪だった。だから嬉しさもひとしおだ。感激のあまりキャーキャー騒いで周囲の人たちに白い目で見られてしまった。彼も恥ずかしそうだった。だけどこの喜びは止められない。

「ねぇ、つけて！」と彼に渡すと、征一は迷いなく花耶の左手を取った。彼女は驚いた。

「左の薬指につけるの!?」

そう告げた途端、彼の顔は節分の鬼のように真っ赤になった。きっと頭の中で〝結婚〟の二文字が浮かんだのだろう。慌てて左手を離して反対の手を取ろうとしたが、花耶は右手を引っ込めて顔をしかめる。ううんと首を大袈裟《おおげさ》に振る。人生最初の指輪だ。最初の恋人からの贈り物だ。どうせだったら特別な指につけてもらいたい。そう目で訴えると、征一は観念したようだ。もう一度、花耶の左手を取り、はにかみながら薬指に指輪をはめてくれた。二人を祝福するように、真っ白な初雪がふわりと彼らを優しく包んだ。

二人の恋は順調すぎるほど順調だった。付き合って半年、周りから見たら亀のような歩みかもしれない。それでも二人の恋には二人だけのリズムがあった。二人だけの呼吸があった。二人にしか分からない特別な時の流れがあるように思えた。とはいえ、百パーセント完璧な恋など存在しない。

不満という名の小さなシミは純白の恋を汚してしまうものだ。花耶にとって唯一であり最大の不満、それは、征一が「好き」と言ってくれないことだった。今では花耶が口癖のように「好き」と伝えている。最初はあんなに伝えるのが大変だった特別な二文字は、一度口にしてしまうと、洪水のように溢れ出して止めることができない。だから逢うたびに、一日の終わりに、学校で隠れて、たくさんたくさん「好き」って伝えた。だけど彼から一度だって「好き」という言葉をもらったことがない。今は指輪のプレゼントで満足だけど、それでもいつかはとっておきの「好き」が欲しいのです。と、そんなことをぶつぶつ叶恵に文句を言う花耶だった。もちろん、叶恵は「恥ずかしいから、他の人には言っちゃダメよ」とからかってくる。でも恋とは常に恥ずかしいものなのだ。

　高校二年生になると、征一とは別々のクラスになってしまった。叶恵とは同じクラスになれたが、花耶はショックで昼食の菓子パンをふたつからひとつに減らすくらい食欲を失っていた。

「たちかへり　泣けども吾《あれ》は　験《しるし》無み　思ひわぶれて　寝《ぬ》る夜しそ多き」

「なにそれ？　どういう意味？」と叶恵が箸を止めた。

「万葉集に載ってる中臣宅守《なかとみのやかもり》の歌。『春がめぐってきても、私は何度泣いてもどうしようもない。あなたを思い、やるせなく眠る夜が多いのです』って意味。今のわたしにぴったりだと思わない？　やっと春が来たっていうのに、クラス替えで彼と離ればなれになるなんて。やるせない夜が多いわ」

「はいはい、ごちそうさま。でもさ、よかったんじゃないの？」

「よかった？　どうして？」

「勉強に集中できるじゃん。大学、行くことにしたんでしょ？」

「まあね」と花耶は恥ずかしそうにほっぺたを掻《か》いた。

征一と付き合ってからの一番の変化は、夢ができたことだと言っても過言ではない。

花耶の夢、それは――、

「大学でなんの勉強がしたいの？」

「わたしね、先生になりたいんだ。高校の先生」

「へぇ〜、あんたが先生ねぇ〜」と叶恵は驚嘆の吐息を漏らした。

「バスケを頑張ってる彼を見て、わたしもなにか頑張らないとって思ったの。でね、自分の好きなものってなんなんだろうって改めて考えてみたんだ。それで気づいたの。勉強は嫌いだけど、唯一和歌は好きかもって。だったらそれを仕事にしたいなって」

「いいんじゃゃん。似合うと思うよ。生徒にナメられてる先生の花耶って」

そう言って茶化してきたけど、叶恵の優しげなその目は、花耶の夢を心から応援してくれていた。

自分の中に隠れていた新しい想い、新しい目標、新しい夢。そういうものに出逢えるきっかけをくれた恋人に改めて感謝したい気分だ。もちろん応援してくれる親友にも。

「指定校推薦取るつもりなんでしょ？　だったら次の試験は頑張らないとね。あ、じゃあ、その前に横浜に買い物にでも行かない？　明日はどう？　夏休み初日だし！」

「ごめん！　明日は用事があるの！」

「用事？」

「うん。明日、征ちゃんが初めて試合に出るの」

彼はあれからも努力を続けていた。未だに膝は完治していない。レギュラーの座もまだまだ遠い。

しかし先日、バスケ部の顧問の先生から「次の試合では出番を作るから、しっかり用意しておけよ」と言ってもらえたのだ。彼は大喜びだった。その夜は珍しく一時間以上も長電話をして喜びの声を聞かせてくれた。以来、彼は練習に燃えている。逢う時間がますます減ったのは寂しいけれど、それでも彼の努力が実ろうとしていることがなによりも嬉しい。だから明日は、その雄姿をどうしてもこの目に焼きつけたかった。

「そっか。じゃあ、しっかり応援しておいで」

叶恵が先に教室に戻ると、花耶は一人、夏空を見上げた。そしてもう一度、奇跡を願った。

明日、征ちゃんが大活躍できますように……と。

その夜、征一にラインを送った。

『明日の試合、10時からだよね！　遅刻しないように、がんばって起きるね！』

『多分途中交代で出ることになると思う。相手はかなり強いから。だからあんまり期待しないで』

『ううん、期待期待！　大期待だよ！　めちゃくちゃ期待してます！』

『とりあえず、ワンゴール決めることを目標にするよ』

『うん！　がんばって！』

『ありがとう。じゃあまた明日。おやすみ』

『待って！』

『なに？』

『今日も征ちゃんのことが大好きだったよ』

『それはどうも……』

『征ちゃんは？』

困り顔をしたネズミのスタンプが届いた。

『おーい、スタンプで逃げるなー』

『明日、言うよ』

『ほんとにぃ～？』

疑いのまなざしのスタンプを送った。

『明日、シュート決めたら言うから』

『ほんとね!?　約束だよ！』

『うん、約束』

しかし、その約束は叶わなかった。

あくる日の試合会場に向かう途中で、花耶は車に撥《は》ねられて死んだ。

彼がシュートを決めたかどうかを知ることもなく、教師になるという夢を叶えることもなく。運命の人と結ばれぬまま、花耶は十六年という短い生涯を風のように駆け抜けていった。


お母さんが泣いている。お父さんも、おばあちゃんも。それに、叶恵も……。

病院の霊安室のベッドの上に亡骸《なきがら》になった自分がいる。花耶はその姿をただ呆然《ぼうぜん》と部屋の隅から見つめていた。自分はここにいるのに誰にも話しかけることができない。触れることもできない。ただこうしてみんなが泣いているのを見ているだけだ。身体がやけに軽い。その気になれば、どこへでも飛んでゆけそうなくらい体重を、いや、命の重さを感じることができなかった。

なんだか悪い夢を見ているみたいだ。花耶は両手のひらに目をやった。傷ひとつない肌は白く透き通るように美しい。しかしそこに血の巡りを感じないのは、命が尽きてしまったからなのだろうか？　でも今もこうしてここにいる。そんな曖昧な存在の自分が恐ろしく思えた。

わたしはこれからどうなるんだろう。そう考えた途端、言い知れぬ恐怖が胃の底から込み上げてきて吐き気に変わった。不安という刃物で心を引き裂かれているようだった。しかしそれよりも、目の前で泣いている大切な人たちの涙が、今の花耶にはなにより痛くてたまらなかった。

霊安室のドアが乱暴に開いた。肩で息をした征一が入ってきた。バスケのユニフォームにジャージの上着を手にした姿だ。靴はバスケットシューズのままだった。事故の報《しら》せを受けて試合会場から飛んで来たのだろう。彼は目の前の光景が信じられないようで、ドアの前で立ち尽くしている。

目を真っ赤にした叶恵が声にならない声でなにかを叫んで彼の胸に飛び込んで泣いた。その拍子に彼の手からジャージが落ちた。

ややあって、花耶の両親は征一を気遣い、叶恵の肩を抱いて出て行った。征一と横たわる花耶。二人だけの室内は、水を打ったように静かになる。

彼は花耶の遺体から少し離れた場所で突っ立っていた。征一の方が幽霊のような真っ青な顔色だ。その姿を見つめる花耶は、いたたまれずに「征ちゃん」と弱々しく声をかけた。しかし彼には届かない。それがまた花耶の心をえぐるように痛くさせた。

「花耶……」と彼が呟いた。眠る花耶にその声は届かない。抜け殻になった彼女はなにも言わない。

彼が右足を引き摺《ず》りながらゆっくり歩く。バスケットシューズの音が響く。征一は恐る恐る恋人の死に顔を覗いた。生々しい頬の傷が事故の凄惨さを物語っている。痛々しい傷だ。征一は手を伸ばして花耶の頬に触れた。しかし反射的にその手を引っ込めた。あまりの冷たさに驚いたのかもしれない。今まで何度も触れてきたはずの彼女のぬくもりは、もうどこにも残されてはいなかった。そんな無情な冷たさが彼の両目から大粒の涙を引っ張り出した。

「どうして……」

征一の口元が震えだした。

「どうしてこんなに冷たいんだよ……」

征ちゃん……と、花耶は届かぬ声で呟いた。

「試合、どうして見に来てくれなかったんだよ……」

ごめんね、征ちゃん……。

「シュート、決めたんだ。たった五分しか出られなかったけど、ワンゴールだったけど、めちゃくちゃなフォームだったけど……それでも頑張って決めたんだ……花耶の前で格好つけたくて……」

ごめんなさい……と、花耶は両手で顔を覆った。涙が溢れた。でも、その雫は地面に落ちる前に儚《はかな》く消えてしまう。

「それなのに」と彼は奥歯を噛みしめて号泣した。

「それなのに、いつまで寝てるんだよ！　遅刻しないように頑張って起きるって言ってたのに!!」

わたしが死んでしまったことを認めたくないんだ。そう思うと余計に泣けてくる。この涙を届けられないことが、この声を届けられないことが、この気持ちを、心を、なにも渡せないことがやるせなくてたまらない。この手を伸ばして彼の涙を拭ってあげたい。でも、手はすり抜けてしまった。それが辛くて花耶の瞳からは新しい涙が次々と生まれた。征一は声を上げて泣いている。膝から崩れて、床を拳で何度も叩いている。悲鳴のような泣き声が部屋に痛いほど木霊《こだま》する。花耶は彼の前に跪《ひざまず》いて一緒に泣いた。手を握ろうとして何度も指を這《は》わせた。それでも触れることはできなかった。花耶も、征一も、子供のようにいつまでも声を上げて泣き続けた。

お寺の斎場で執り行われた花耶の通夜には、クラスメイトのみんなが来てくれた。一年生のときのクラスの友達もいる。最初はなかなか馴染めずにいたけれど、今はこんなにもたくさんの人が自分のために泣いてくれている。それが嬉しくもあるが、同時に悲しくも思える。もっとたくさんの「ありがとう」を伝えればよかった。わたしの友達になってくれてありがとうって。でも花耶にはもう伝えられない。祭壇の脇でうずくまって自分の通夜を眺めることしかできないでいる。

涙で濡れた膝頭から顔を上げると、目の前に並んだ椅子で背中を丸める叶恵が見えた。憔悴《しょうすい》しきっていて目には生気がない。中学生の頃からの友達が死んでしまったのだ。仕方ないことだ。

花耶は親友のことが心配で心配でたまらなかった。

通夜が終わっても叶恵は椅子から動こうとしなかった。叶恵の母親が隣で娘の肩をさすっている。彼女は「花耶と二人だけにさせて」と弱々しく言葉を吐いた。母親は不安そうだったが、その願いを聞くことにしたようだ。後ろ髪を引かれるような表情で部屋をあとにした。

しんと静まりかえった室内に風はない。立ち上る線香の煙がまっすぐと天井へ昇ってゆく。天国へと続く糸のようだ。その煙の向こうでは、弾けるような笑顔の花耶がいる——遺影だ。叶恵と遊園地に遊びに行ったときの笑顔を切り取ったものだ。

叶恵が遺影を眺めながら「あんたってひどい奴よね」と微苦笑した。その乾いた声に誘われて、花耶はゆるゆると顔を上げる。立ち上がり、叶恵の隣に静かに座った。

「横浜に買い物に行こうよって誘ったのに、あんたってば、わたしよりも彼氏のことを優先させるんだもん。わたしの方が市村君より付き合いが長いんだよ？　中学の頃からずっと仲良かったのに、それなのに彼氏ができた途端、友達より恋人を大事にするんだもん。ひどいよ。花耶はひどい奴だよ」

涙で震える声を聞いていると胸が苦しくなる。花耶はたまらず俯いた。

「でも、一番ひどいのはわたしだね」

顔を上げて叶恵のことを見た。

「ごめんね、花耶……」

どうして謝るの？　花耶は心の中で訊ねた。

「無理矢理にでも買い物に連れて行けばよかったよ」

叶恵は泣きながら、悔しそうに固く握った拳で膝を叩いた。

「彼氏なんてどうでもいいじゃん。それよりわたしとの買い物の方がずっとずっと大事でしょって、そう言えばよかった。わたしはあんたの親友なのよ。だから付き合いなさいよって、そう言って嫌がられてでも無理矢理連れて行けばよかったよ。そしたらあんな事故……だから……だから……」

親友はしゃくり上げながら泣いた。

「許して、花耶……」

彼女の膝の上で震える手に、花耶は左手を重ねようとした。しかし握ってあげることはできない。

「それと、もうひとつ」

叶恵が涙を拭って遺影を見つめた。

「奇跡なんて起こらないって言って、ごめんね」

花耶の視界が涙で歪んだ。そんなことを気にしていたんだ。征ちゃんのためになにかできないか悩んでいるとき、叶恵がなに気なく言った一言だ。他愛ない言葉だったのに。

「わたしが奇跡を信じなかったから、あんたのこと助けられなかったのかなぁ……」

違うよ。叶恵はなにも悪くないよ。悪いのはわたしだ。試合に遅れちゃうと思って、無理して赤信号を渡ろうとしたからだ。全部わたしのせいなのに。

「今更だけど、起きないかなぁ」

叶恵はまた泣き出した。

「奇跡が起きてほしいよ……」

友達の悲しみに染まる声を聞くのは、心に無数のガラス片を突っ込まれるほど痛かった。

「お願い……帰ってきて……花耶……」

わたしはたくさんの人を悲しませている。お父さんを、お母さんを、おばあちゃんを、クラスのみんなを、叶恵を。それに――と、左手で涙を拭った。まだそこで輝いているシルバーの指輪。征一がくれた人生最初の、最高のプレゼントだ。

花耶は、この場に姿を見せなかった恋人のことを想っていた。


あくる日、自分の身体が火葬されると、花耶は自由になれた。今までは遺体から遠く離れることはできなかった。十メートルも離れようとすると、足の裏が地面にくっついて動けなくなってしまっていた。でも骨になった途端、どこへでも行けるようになった。だから花耶は征一の家へ向かった。かつて一度だけお邪魔したことのあるＪＲ横須賀駅の近くのマンションだ。自動ドアをすり抜けて二十階にある彼の自宅に入ったが、征一の姿はどこにもなかった。

花耶は踵を返して走り出した。必死になって彼を捜した。太陽が沈みはじめた街角を。初めてバスケをしているところを見た海沿いの公園を。秋のデートで出かけた久里浜《くりはま》の花畑を。冬に二人で歩いた近所の海を。バスケを続けることを宣言してくれた駅のホームを。

しかし彼の姿はどこにもなかった。思い当たる場所はもうひとつだけだ。

この日の学校は静かだった。花耶の死を受け、喪に服すために数日間は部活動が中止のようだ。体育館の扉は固く閉ざされている。中には誰もいない。教室へ行ってみよう。花耶は渡り廊下を通って校舎へ入った。橙色に染まる階段を上って、二階の廊下の突き当たりにある二年Ａ組の教室の前までやってきた。ドアをすり抜けて中へ入ると、そこに彼を見つけた。

膝を抱えて死んだように座っている征一がいる。黒板の前で静かにうずくまっている。大きな彼の身体が今日はとても小さく見えた。

「征ちゃん……」と声をかけたが、その声はやはり届かない。花耶は下唇を噛んだ。

それから何時間くらい経っただろうか。太陽は明日へ帰り、月が命を宿したように窓の向こうで白く輝いている。それでも征一は動かぬままだ。花耶は少し離れた席から彼のことを見ていた。

月華《げっか》が教室の床に青色の光の溜《た》まりを作っている。真夏にしてはやけに冷たい夜風が開かれた窓から迷い込んで、慰めるように彼の肩を叩く。その風の感触に誘われて征一がゆるゆると顔を上げた。涙で腫らした両目は真っ赤だ。月明かりの中でもそれがよく分かる。なんて痛々しいのだろう。

彼が「花耶……」と囁《ささや》いた。花耶は思わず立ち上がる。

もしかしてわたしの気配を……？

入学式のあとのように目が合った気がした。しかし気のせいだ。征一は首を振る。こんなところにいるはずもないのにと苦笑している。それから彼は這うようにして立ち上がった。そして、風に消えてしまいそうなほど小さな声でなにかを呟いた。花耶は聞き漏らさぬように耳をすました。

「約束……」

約束？　花耶は首を傾げた。

「守れなくて、ごめんね……」

約束って？　彼女は心の中で訊ねた。

「ちゃんと言ってあげればよかったね」

涙の予感で鼻の奥が痛くなった。その約束がなにか分かったからだ。

征一は、あの日の花耶のようにチョークを取った。そして黒板に走らせた。

彼女の頬が涙で濡れたのは月の光のせいじゃない。黒板の字を見たからだ。二人の間を強い風が通り過ぎると、カーテンが羽のように羽ばたいた。黒板の粉受けに積もっていたチョークの粉がその風に誘われて舞った。赤、黄、白の粒子が宙を泳ぐ。月光に照らされて鮮やかに輝いている。言葉を交わせぬ二人の間に降り注ぐと、教室が銀色の世界に変わった。その光の向こうに征一の整った文字がある。そこには、こう書いてあった。

僕も君のことが好きだよ

初めて伝えてくれた「好き」って言葉だ。そのたった二文字の短い言葉が、なによりも尊くて、なによりも愛おしい。ずっとずっとほしかった特別な言葉だ。

彼は黒板に背中を預けると、チョークの粉で煌めく教室内をぼんやりと見つめていた。

「征ちゃん」

花耶は届かぬ声で彼に言った。

「目を閉じて……」

届かないことは分かっている。それでも伝えた。

「お願い」

すると、チョークの粉が目に入ったのだろうか。彼がそっと両目を閉じた。その拍子に涙が一筋頬を伝った。それを合図に花耶は歩き出した。宙を舞うチョークの粉の輝きの中を進み、まっすぐ、一歩一歩、征一に向かってゆく。そして彼の前に辿り着くと、愛おしげに征一を見上げた。

花耶は征一にくちづけをした。

それはただの仕草にすぎない。触れられないキスだ。

それでもよかった。どうしても最後に一度だけしたかった。

ぬくもりのないキスを交わす二人を月が照らす。床に伸びた影はひとつだけだ。彼の右腕に触れる仕草をする花耶の左手で指輪が輝いている。大好きな征一がくれた一番のプレゼントだ。

「変わらないよ」と彼の声がした。

花耶が目を開くと、もう一度だけ、目が合った気がした。今度は気のせいなんかじゃない。しっかりと、あの桜の朝のように、目が合っている。

「ずっと変わらないからね。花耶のこと、ずっと好きだからね……」

その宝物のような言葉を抱いて、花耶は心の奥でそっと思った。

ずっと運命の人がほしかった。

この世界にいる唯一の誰かと出逢いたかった。初めてあなたに逢ったとき、この人だって確信したんだ。バカみたいに心から信じたんだ。でも――。

わたしたちは、運命の人同士じゃなかったね……。


次の春がやってきた。

あれから九ヶ月が経ち、征一は三年生になった。学校は今も休みがちだ。行けば花耶の面影を探してしまうからだろう。かといって、家にいると親を心配させる。だから毎日のように海辺の公園で過ごしていた。バスケットコートを有する公園では、少年たちが3オン3のゲームに興じている。その様子をベンチに座って眺める征一。その傍らには花耶がいる。

あれから彼女は、毎日毎日、征一の隣で過ごしていた。

毎日毎日、泣き続けている恋人の姿を、ただただ横で見つめ続けた。

毎日毎日、苦しくてたまらなかった。辛い辛い日々だった。

春色の公園。ソメイヨシノは満開に咲き誇り、憎らしいほど愛らしい花を枝に纏《まと》っている。

征一は手のひらの上の指輪をぼんやり見ていた。花耶にプレゼントしたあの指輪。遺品として譲り受けたものだ。収まる場所を失った指輪は彼の悲しみを反射するように鈍い色に光っている。

ひとひらの花びらが征一の髪に止まると、花耶は「桜、ついてるよ」と微笑んだ。本当ならこの手で取ってあげたい。でもそれはできない。だからこうして見守っている。

征一も気づいたようで髪から桜を摘まんで取った。

するとそこにバスケットボールがバウンドしてやってきた。少年の一人がキャッチミスをしたらしい。オレンジ色のボールが征一の隣に置いてあったペットボトルを倒して地面へ落とす。サイダーがこぼれてボールが濡れてしまった。まるであの日のようだ。征一は指輪をズボンのポケットにしまってベンチから立ち上がると、ボールを拾って「ごめん、濡れちゃったよ」と少年に返した。

地面にできたサイダーの水たまりに桜の花びらが落ちる。

ゆらゆらと泳ぐ薄紅色の花を見て、彼が「花耶」と囁いた。

なに？　と花耶は応えた。

「あの日、この公園で君に冷たくしちゃったね」

本当だよ、とむすっと眉をひそめた。

「ごめんね……」

ううん、と首を振る。そして思った。

ねぇ、征ちゃん。わたしたちは運命の人同士じゃなかったね。

運命の人なら、ずっと一緒にいられたもんね。でも――、

「でも、あのとき実は、ちょっとだけ嬉しかったんだ」

そう言って、征一は恥ずかしそうに微笑んだ。

「僕を気にして、追いかけてくれたことが」

運命の人じゃなくても、この恋は――、

「だから、ありがとう。花耶」

運命の恋だって信じたい。

「僕は変わらないよ」

わたしも変わらないよ。

あの頃となにも変わらない。

「ずっとあの頃と変わらないから」

征一は、声を震わせながら言った。

「ずっと、ずっと、大好きだよ……」

わたしもだよ。ずっと、ずっと、あなたが大好き。

花耶は左の薬指で薄ぼんやりと光る指輪を見つめた。

――指輪って、心とつながるものなんだ。

あの日、この指輪をくれたデートの帰り道で、茶化すようにロマンチックなことを求めたときに彼が言ってくれた言葉だ。

子供の頃から思ってた。遠い未来のことなんて分からない。永遠の愛とか、消えない想いも、来世も、別に信じてなかった。そんな不確かなものよりも、それよりも今、この瞬間に「好き」って言葉がほしかった。でも、彼の言葉だけは信じたい。ずっと変わらないよって言葉だけは。それに、征ちゃんがくれたこの指輪があれば、わたしたちの心はずっと一緒だ。

わたしの心は、この想いは、ずっとずっと残り続ける。だから――、
征一が力なく歩き出す。その背中を見つめる花耶。

彼が去った場所には、指輪がぽつんと残されていた。
ボールを取るとき、ポケットからこぼれ落ちてしまったのだろう。
花耶は指輪に視線を向けた。
お願い。彼に奇跡を届けてあげて。
そして、左の薬指の指輪を外した。
宝物の指輪にひとつの願いを込める。
征一が落としていった指輪の上に重ねた。
溶けるように、指輪がひとつに合わさった。
そっと微笑み、心から祈った。本気で祈った。
神様に、世界のどこかにいる誰かに、届くように。
未来の彼に、どうか奇跡が起こりますように……と。

#2

どうして機嫌のいいときしか好きって言ってくれないの？

H i g h

なんだろう、これ……。神田雅《かんだみやび》は、桜の花びらが積もるベンチに置かれた〝あるもの〟を指で摘まんだ。雪に埋もれるようにして桜の中で眠っていたもの――それは、指輪だ。

横須賀にあるバスケットコートとスケボーエリアが併設された海辺の公園。その隅にあるオレンジウッドの木製ベンチの上に指輪はちょこんと置いてあった。

太陽にかざしてみると、春の新鮮な光を吸い込み、クロスリングは銀色の輝きを放った。その真ん中では小さな石が笑っている。ダイヤだろうか？　多分ニセモノだと思う。

指輪の形を手に馴染ませるようにして、雅は手のひらの中で転がして遊ばせた。そして考えた。

誰かが忘れていったものかなぁ。結婚指輪ではなさそうだよね。高価なものでもないみたい。若いカップルの忘れ物？　日焼け止めクリームを塗るときに外して、そのまま忘れていったのかも。

若いカップルか……。どうせ仲の良い高校生がここでイチャイチャしていたんだ。顔を突き合わせながら、ニコニコ笑い合いながら、パフェみたいに甘ったるい言葉を交わしていたのかもしれないぞ。うわ、ウザい。ほんとにウザい。なんだかちょっとムカついてきた。

手のひらの指輪をじろっと睨むと、クリーム色のショートパンツから伸びた白い脚を広げてバスケットコートを突っ切った。そして海に面した欄干の前で立ち止まった。

嫉妬なんかじゃない。そういうんじゃない。こんなところに忘れていった奴が悪いんだ。

自分にそう言い聞かせ、彼女はオーバーサイズの黒いTシャツの袖をまくり上げ、野球部のエースピッチャーよろしく大きく大きく振りかぶった。と、そこに、

「みやびー!?　そろそろ帰ろー！」

腕を振り抜こうとした瞬間、友達の声が聞こえて急停止。日頃の運動不足のせいか、首をグキッ

とやってしまった。痛《い》てて、と顔を歪めていると、美奈《みな》と友香《ともか》が「なにしてるの？」とやってきた。

我に返って「ううん」と苦笑い。指輪をショートパンツの尻ポケットに突っ込んだ。

「――でもさ、ほんとよかったね。羨ましいよ」

駅までの帰り道、友香が脇腹を小突いてきた。雅は「なにが？」と眉を上げて、とぼけた顔をする。友達の言葉の意味は分かっている。きっと彼のことだろう。

「そんなの決まってるじゃん。弘樹《ひろき》君のことだよ」

やっぱりね。雅は心の中で呟いた。

「だねだね！」と美奈も同意している。「スケボーしてるところチョー格好良かったしね。しかもはじめてまだ少しなんでしょ？　センスあるよ。ガチでオリンピックとか出られるんじゃない？」

彼氏の岸本《きしもと》弘樹は、趣味でスケボーをやっている。この日もさっきの公園で仲間たちと練習をしていたのだ。見に行く予定はなかったが、近くのカフェで中学時代の友達と久しぶりに会っていた雅は、ついそのことを話してしまった。「彼氏が今、うみかぜ公園でスケボーやってるの」と。恋人ができたことをちょっとだけ自慢したかったのだ。すると、美奈と友香は変なスイッチが入ったようで「見たい！」と店内で大騒ぎ。収拾がつかなくなってしまった。

でも、よかった……と、歩きながら雅はホッとする。

今日の弘樹は機嫌が良かった。きっとスケボーの大技を決めたからだ。もしも機嫌が悪かったら、無断で友達を連れて行ったことに腹を立てていたに違いない。

「弘樹君と付き合って、どのくらいなんだっけ？」と友香が訊ねてきた。

「えっと、まだ二ヶ月かな」

「今が一番楽しいときじゃん。いいなぁ〜。わたしも彼氏ほしい〜」と美奈が天を仰ぐ。

「雅ってさ、高校に入ってから、なんかちょっと変わったよね」

友香の言葉に、「え?」と足を止めた。

「なんていうか、可愛くなったよ」

「なにそれ」と雅は、あははと笑って再び歩き出す。

「ほら、中学の頃は、将来のこととかにもっとストイックだったじゃん。でも今は丸くなった感じがする。やっぱ彼氏ができたからかな」

「そんなに丸くなった? 太ったってことじゃないよね」

作り笑いの裏側で、友達のその言葉が胸に刺さってチクチク痛かった。


横須賀中央駅で美奈と友香とバイバイすると、雅はコンコースのベンチに腰を下ろした。

この日は春にしては気温が高くて、眠っていた桜たちは太陽に叩き起こされたようだった。おかげでどこもかしこも桜色。休日の夜の駅前には、ほろ酔いの花見客の姿が目立った。そんなご機嫌な人たちをすり抜けて、生ぬるい風がやってきた。湿気をたんまり含んだ嫌な風だ。

親にバレないくらい微かに染めた茶色の髪が、その風に誘われてふわりと揺れる。雅は乱れた髪を手のひらでなでつけるようにして直すと、さっき友香に言われた言葉を思い出した。

「将来にストイックだった……か」

苦笑いと共に口の端から漏れた言葉は、嫌われ者の風のぬくもりの中に混じって消えた。

辺りはとっぷりと日が暮れているが、街を彩る光によって暗さは一切感じない。むしろ明るすぎるくらいだ。ビルの窓を染める白銀。街灯のオレンジ。赤、青、黄色が眩しいLED式信号機。手元で光るスマートフォンが、雅の頬にできた痛々しい真っ赤なニキビを青白く染めている。

新しい恋人ができたというのに幸せの色はどこにもない、そんな味気ない表情だ。

さっき弘樹に送った『帰りにちょっと話さない？　駅前で待ってるね』というラインのメッセージにはすでに既読がついている。返事はない。『既読』の二文字はいつも残酷だ。

機嫌、悪くなっちゃったかな……。雅は口元に不安の色を宿した。

硬いベンチに居心地の悪さを感じて身体の位置を少しずらすと、右の臀部《でんぶ》に違和感があった。指輪だ。持ってきてしまった。引っ張り出して、もう一度じっくり眺めた。

あのとき本気で捨てちゃおうかと思った。誰かの幸せが憎らしかったからだ。でもな、さすがにそれは最低だよね。雅はそんなことを思いながら眉をハの字にした。

左の薬指にリングを運んでみる。あの公園で見たときよりも指輪は神秘的な色を纏っていた。微笑するように柔らかく光っている。第二関節で引っかかる。でも入りそうだ。指に力を込めて――、

「いたいた。待った？」

雅は慌てて指輪を外して握りしめた。少しハスキーな声。弘樹だ。

セミロングの髪を揺らして顔を向けると、スケボーを小脇に抱えた恋人が街灯の下で笑っている姿が見えた。パーマをかけた髪の下にあるアーモンド形の大きな目。鼻梁《びりょう》はすっきりしていて、厚ぼったい唇が好印象な男の子だ。スポットライトのような街灯の光が彼の頭上から降り注ぎ、愛嬌《あいきょう》たっぷりなその顔を杏色《あんず》に染めている。機嫌が良いときの弘樹の笑顔がそこにあった。

来てくれたんだ。雅は嬉しくなって指輪を尻のポケットに戻して恋人に駆け寄った。

「ごめんね！　スケボーのみんなと一緒だったのに呼び出しちゃって！」

「全然いいよ。ご飯食べない？　腹減った」

アニエスベーの革ベルトの腕時計は七時十五分を指している。今日は日曜日だからパパが家にいる。あんまり遅くなると怒られてしまう。でも弘樹がこんなに機嫌が良いのは珍しいことだ。だから雅は「うん！」と即答した。パパのお説教の躱《かわ》し方は、帰りの電車で考えるとしよう。

「——うわ！　エグ！　エクスカリバー当たったじゃん！　三連で星5武器とかマジエグいわ！」

駅の近くのファミリーレストランに入った二人は、窓際の席に腰を下ろしていた。ドリンクバーと安いドリアを二つ注文すると、弘樹はコーラを飲みながらお気に入りのスマホゲームをはじめてしまった。雅はちっとも詳しくないが、課金をして武器やアイテムを当てる『ガチャ』というものをしているらしい。お目当ての武器が手に入ったようで弘樹はいつも以上にテンションが高かった。

「ヤッバ！　ガチで奇跡じゃん！」と目を爛々《らんらん》と輝かせて笑っている。

雅は頬杖《ほおづえ》をつきながら、スマートフォンを操作する弘樹を見ていた。

もっと話したいんだけどな……。

この春、高校三年生になった。卒業後の進路のことを本腰入れて考える時期が来たのだ。話を聞いてほしかったし、意見もほしかった。悩みだって聞いてもらいたい。でも弘樹は真面目な話を極端に嫌う。ノリと勢いで生きているような人だから、ちょっとでも暗い話をはじめると「重い話はやめようよ」と顔をしかめて露骨に不機嫌になってしまうのだ。だからいつもこうして彼がゲームをしているところを眺めている。一緒にいてもスマホばっかり。好き勝手にスケボーをしたり、友達とカラオケに行ったり。彼はいつでも自由人だ。だからいつでも振り回されてばっかりだった。

わたしの望んでた恋愛って、こういうのだったっけ……。

付き合って二ヶ月、もう何回も同じことを考えている。思い描いた最高の恋は、なんていうか、もっともっとキラキラ光っていたはずだ。それこそ、窓の向こうの光くらいに。ううん、違うな。もっとだ。もっともぉーっとだ。彼となら日本中の夜景がつまらなくなるほど、煌めくような恋ができると思ってた。でも今、わたしがしている恋に煌めきはない。色のない恋だ。ううん、それも違う。色はある。彼の顔色だ。わたしはいつでも弘樹の顔色ばかりを窺《うかが》っている。

「ねぇねぇ、弘樹」

彼がゲームをしているところに言葉を差し込んだ。

少し嫌な顔をされてしまった。その表情に怯みそうになったが、雅は弘樹に訊ねてみた。

「わたしのこと、好き？」

「なんだよそれ」と彼は再び画面に目を落とす。それからスマートフォンと指で会話だ。

不機嫌になっちゃったかな……。

雅は苦笑いして「なんでもない」と話を終わらせようとした。すると、

「好きだよ」と彼が上目遣いでこちらを見て微笑んでくれた。

その言葉と笑顔が心に沁《し》みる。雅は「ほんとに!?」とテーブルに身を乗り出した。

「うん」と照れくさそうに短く言うと、彼は会話を終わらせた。

相変わらずちょっとつれない。でもいいや。今日はこれで十分だ。

よかった。弘樹の機嫌が良くて。

好きって言ってくれたの、久しぶりだったな……。

雅は空っぽの彼のグラスを手に取って「ドリンクバー取ってくる！　コーラでいいよね！」と踊るように席を立った。

午後九時、駅のホームで弘樹とバイバイした。

特急電車に乗る彼と、普通電車に乗る雅。先に彼女の電車がやってきた。弘樹は「またね」と軽く手を上げた。別れ際の涙なんて求めてないけど、少しくらいは名残惜しそうにしてほしい。雅は心寂しく電車に乗ると、走り去るまで彼に向かって手を振り続けた。一方の弘樹はスマートフォンにご執心の様子だ。相変わらずつれない恋人の姿にため息が漏れた。

電車がトンネルに入ると、浮かない雅の顔が窓に映る。恋をしているというのに、ちっとも楽しそうじゃない顔だ。この世の終わりを明日に控えたような、そんな悲惨な表情だ。

でもな、今日はまだマシだったよね。

窓ガラスの中の自分に言い聞かせる。そして雅は無理して笑った。

いつもはもっと不機嫌だもん。「好き」だなんて、なかなか言ってくれないもん。

付き合ってたった二ヶ月。わたしの恋人はちっとも「好き」って言ってくれない。

ううん、違うな。時々は言ってくれる。

そう、機嫌のいいときにだけ――。

わたしはいつも彼の顔色を見て、機嫌がいい日を探している。

どうしてそこまで気を遣うの？

答えは簡単だ。わたしには弘樹しかないから。

この恋が、わたしの人生の〝メインディッシュ〟だから……。

人生のメインディッシュは恋か？　はたまた、夢なのか？

その意味合いで言うならば、雅の選べる皿は『恋』のひとつだけだった。

昔はそんなことはなかった。もうひとつの皿もあった。『夢』という名のメインディッシュだ。

小学生の頃、家族で行ったフランス旅行。そこで食べた三つ星レストランのコース料理が彼女の人生を変えた。父が大手商社の役員をしていることもあり、比較的裕福な家庭で育った雅は幼少期から舌が肥えていた。五歳のときには銀座《ぎんざ》の有名寿司店にデビュー。檜《ひのき》の一枚板のカウンター席に座って上品な寿司を箸で器用に頬張っていた。どの店のどの料理も驚くほど美味しかった。しかしフランスで訪れたその店は、門をくぐるところから明らかになにかが違っていた。中世の城を思わせる荘厳な外観。ふかふかの赤い絨毯《じゅうたん》。広々とした店内。真っ白な壁。皺ひとつないテーブルクロス。迎えてくれるギャルソンの笑顔は気品と誇りに満ち満ちていた。そして料理。まるで皿の上でお祭りが行われているかのように華やかだ。味も譬《たと》えようのないほどだ。文字通り目の前がバラ色になった。そしてメインディッシュはなによりも格別。すべての料理はこの一皿のためにあったんだと思わされた。だんだんと胃と心がチューニングされてゆく感覚は物語の起承転結のようだった。

普段から物事に対してあまり興味を示さない雅だが、このときばかりは「料理を作っているところが見たい！」と父にせがんだ。両親は困り顔だったが、娘が珍しく好奇心を覗かせたことが嬉しかったのか、店側に無理を言って頼んでくれた。父がオーナーと旧知の仲ということもあり彼女の願いは受け入れられた。そして厨房《ちゅうぼう》に足を踏み入れると、そこはスポーツの試合会場のようだった。皿の上はあんなに優美だったのに、その裏側ではひとつの料理を作るために多くの料理人が走り回っている。時間と、そして食材と必死に戦っている。その光景は幼い彼女に衝撃を与えた。

わたしもこの輪の中に入りたい。そう思わずにはいられなかった。

そして雅は大きなお土産を手に帰国の途に就いた。

わたしの人生のメインディッシュは、シェフになること。

いつかその夢を叶えるんだ……。

飛行機の窓の外に広がる雲海を見ながら爽やかに笑う雅を、新鮮な太陽が希望の色で染めていた。

しかし人生は甘くない。

高校受験のタイミングでずっと温めてきたその夢を両親に打ち明けたとき、父は「バカを言うな」と苦笑いを浮かべ、母もまともに取り合ってはくれなかった。

パパも、ママも、わたしが料理の勉強をしていることを知っているのに。お小遣いのほとんどを使って、食材とか調味料とか、調理器具を買い揃《そろ》えているところも見ていたのに。それなのに、どうしてわたしの夢を応援してくれないの？　雅はショックだった。

彼らはごくごく普通の人生を娘に求めていた。大学進学に有利な私立高校へ行き、そこそこ名の知れた大学へ入る。就職先は父のコネを使うも良し。司法書士事務所の代表をしている母に倣って、所謂『士業』と呼ばれる仕事に就くも良し。安定した仕事をすることを求めた。もちろんシェフは立派な仕事だ。しかし父は頑《かたく》なにその夢を認めようとはしなかった。理由はひとつ。料理の世界は、学力だけではどうしようもない『センス』が問われる厳しい世界だからだ。

雅は自作のレシピノートを見せて「お願い！　フランスで料理の修業がしたいの！」と涙ながらに食い下がった。子供が作ったお粗末なレシピだ。でもそれは、雅の夢の結晶だ。

しかし、父は間髪を容れずこう言った。

人生、理想だけじゃメシは食えないぞ――。

両親にとって、料理人はリスキーな就職先のようだ。もっと安全に、もっと平穏に、大きなトラブルや失敗がない、そんな凪《なぎ》のような人生を雅に求めた。それが両親が望む幸せの形だった。

「お願い！　高校はパパとママの望むところへ行く！　だから卒業したら好きなことをさせて！」

「じゃあ、親子の縁を切る覚悟なら認めてやる。その覚悟が雅にはあるのか？」

十五歳の少女にとって、父のその言葉は筆舌に尽くしがたい恐怖だった。暗い海の真ん中に放り出されるような孤独と恐ろしさだ。しかし同時に怒りも込み上げてきた。雅は拳を固めた。

そんなことできるわけないじゃん。そのことを知りながらパパは挑発的な言葉を使う。ムカつく。すごくムカつく。でもそれ以上に、なにもできない、なにも言えない、そんな自分が腹立たしい。

雅はなにも言わずに自室へ逃げた。

以来、夢という名のメインディッシュはレシピノートと共にゴミ箱へ捨ててしまった。

この先どれだけ努力を重ねても、頑張っても、一番食べたいメインディッシュにはありつけない。わたしにはもう『夢』ってお皿はない。だったら……。

雅は髪色を少しだけ変えた。

だったら高校時代は、とことん遊びまくってやる。

入学と同時に、黒い髪色と一緒に性格も塗り替えて、新しい自分になろうと心に決めた。

父と母が進学を望んだ横須賀市内で偏差値の高い私立高校に入学した雅は、常に明るく振る舞った。一人でも多くの友達を作ろうと、誰彼構わず陽気に話しかけた。連絡先も積極的に交換し、毎夜毎夜、通知が鬱陶しいグループラインにも目を通して嫌われぬよう返信を重ねた。そんな努力の甲斐《かい》もあって、雅はクラスの真ん中に籍を置くことができた。順風満帆な青春時代の船出だった。もちろん勉強も頑張った。学年で常に上位十番以内の成績をキープし続け、進路調査票には当たり障りない国立大学の名前を書き、二年生に進級してからは予備校にも通った。模試の結果も上々だ。両親は模試の結果表を見て満足げに笑っている。その笑顔が少し不愉快だったけど、雅は自分自身に「これは自由のためなんだ」と言い聞かせた。

成績を落とせば文句を言われる。だからこれは日々の暮らしを干渉されずに生きるための必要な努力だ。わたしが自由に暮らすための努力なんだ。

でも――と、時々虚しくなる。言い知れぬ虚しさに心と身体が押しつぶされそうになる。

分かってるんだ。こんな努力に意味なんてないことくらい。だってこれは自分の人生のための努力じゃないんだから。親の口を塞ぐための努力にすぎない。友達に対してもそうだ。いつもヘラヘラ笑って嫌われないよう顔色ばっかり窺っている。こんなの、小利口に生きるためのこざかしいテクニックだよ……。

夢に向かって熱心だった性格を塗り替えて、親好み、友達好みの自分を演じる。どんどん汚い大人になっていくようで、それが歯痒くて、苦しかった。

そんな彼女は新しいメインディッシュと出逢った。

それが、弘樹だった。

整った顔立ちもあってか高校入学当初から雅に好意を寄せる男子は多かった。同じ学校の男の子はもちろん、他校の人からも告白されたことがある。おかげで今まで三人と交際した。

でも全員、三ヶ月と持たずに別れてしまった。

「雅って付き合ってみると、なんかちょっと重いんだよな」

「理想が高いっていうかさ。そこまで求められるのはしんどいよ」

「メンタルの束縛？　型にはめられてるみたいで窮屈で疲れるんだわ」

それが元彼三銃士の捨《す》て台詞《ぜりふ》だった。

三度目の失恋の傷の癒やし方が分からず泣いていた日々の中、雅は弘樹と出逢った。

同じ横須賀市内の公立高校に通う彼とはSNSを通じて知り合った。ある日、ダイレクトメッセージが届いたのだ。どうやら雅の容姿をえらく気に入ったらしい。最初は彼の軽い調子が苦手だった。相手にするつもりもなかった。ブロックしようかとも思った。でも弘樹には圧倒的な愛嬌があった。だからつい心を許してしまった。それに、自分とは正反対の性格も気になった。細かいことは気にしない。将来の展望や夢なんてどうでもいい。とにかく今を百パーセントで楽しみまくる。

「そうすればいつか道は開けるっしょ！」と励ましてくれるメッセージに、なんだか心が軽くなった気がした。そしてダイレクトメッセージでやりとりを重ねるようになって一ヶ月が経った頃、雅は「逢ってみようかな」と思うようになった。

「俺と付き合わない？」

二度目のデートの帰り道、彼から突然告白をされた。

弘樹は恥じらいながら、不器用だけどまっすぐに、雅に対する想いを言葉にしてくれた。その姿を見て胸が熱くなった。こんなふうに大切に想われることがただただ嬉しいと思った。

「俺、雅の一生懸命なところ好きだよ。勉強も、友達のことも、なにに対しても、いつも一生懸命考えてるじゃん。俺はテキトーな感じだから、そういうところ、めちゃくちゃ尊敬してるよ」

その言葉だけは痛かった。雅は俯き、頭を振った。

「一生懸命なんかじゃないよ。わたしね、子供の頃からなりたかった夢を捨てたの。フランス料理のシェフになるって夢。だから今はなんの目標もないの。それに恋愛も全然ダメでさ。『お前といるのしんどい』ってフラれてばっかりなの。人生のメインディッシュ、なんにもないんだ」

「じゃあさ」と彼は手を握ってくれた。

「俺が雅のメインディッシュになるよ」

その言葉を受け、雅は信じてみることにした。

この人が、わたしの新しい人生のメインディッシュだ……と。

そして二人は交際をはじめた。

でも、幸せは長くは続かなかった。

弘樹は元々自分本位な性格で好奇心も旺盛だ。だから雅だけに向けていた興味を留《とど》めておくことができなかった。友達と一緒にはじめたスケボーに心酔し、毎日のように練習場へ繰り出してゆく。それだけではない。そこで出逢った仲間たちに勧められてはじめたスマホゲームにも熱中した。

雅は悲しかった。ついこの間まで隣にいた恋人。でも今は彼の背中ばかりを見ているような気がする。自分にはなかなか向けてくれないその笑顔を、友達たちには惜しげもなく見せている。そんな恋人を遠くから見つめていると、胸に虚しい色の風が吹き過ぎる。そして思ってしまう。

この恋は、わたしの人生にとって最高の一皿なのかなぁ……と。

高校生活最後の夏がやってきた。

雅の通う進学校では、三年生のこの時期になると校内は完全に受験モードに切り替わる。予備校はもちろん、昼間は学校の受験対策教室にほぼ全員が通っている。ついこの間までへらへら笑っていたクラスメイトたちが、今は目の色を変えてテキストにかじりついている光景は異様だ。無論、雅もその一人だ。しかしどうにも勉強に身が入らずにいる。大学に行ってもやりたいことはない。本当だったら卒業と共にフランスに渡って料理の修業をしたい。英単語を覚えるくらいならフランス語を習得したい。だったら親と縁を切って自力で渡航すればいい。心の半分ではそう思っている。だけど、そんな勇気なんてないよ。雅はそう思ってため息を漏らす。国内旅行ですら一人でしたことがないのに、フランスなんて遠くの国には絶対に行けない。お金だってないんだ。それならとりあえず大学に行って、卒業してからシェフを目指そうかな。でもな、それって不純だよな。本気でシェフを目指す子は、高校卒業と同時に修業をはじめるはずだもん。もっと早いかもしれない。早ければいいってわけじゃないけど、夢を持っているのに、それを心に隠してのうのうと暮らしていることが気持ち悪い。だけどフランスへ行くことにしたとして、弘樹のことはどうするつもり？

人生の解は、黒板の中にも、テキストの中にも、どこにも書いていなかった。

そんなある日のことだ。受験対策教室が休みのこの日、雅は朝から図書館を訪れていた。午後からは予備校だ。家にいても親がうるさいので脱出してきた。しかし相変わらず勉強には集中できずにいる。涼しければどこでもよかった。カフェでもファミレスでもどこでも。お金を使わずに居心地のよさを確保できる図書館はベストな選択だ。

自習室から出てすぐのところにある休憩エリア。少し傾いた古いベンチに座ってパックのジュースをずずと啜《すす》る。クリーム色のショートパンツから伸びた白い脚を組み、アシックスのスニーカーを宙でぶらぶら遊ばせる。それからスマートフォンを開いてラインをチェック。雅の表情がいつもの暗い色に包まれた。恋人からの返信はない。既読スルーだ。

　ここ最近、弘樹の返信は素っ気ない。雅が勉強ばかりで逢えないからだろう。代わりに一生懸命ラインを送っているけど、ちっとも乗ってきてくれない。今朝のやりとりなんて地獄みたいだった。

『おはよ！　今日も暑いね！　午後から予備校～☹　めんどくさい～😭』

『おはよ』

『ひろきは今日はなにするの？　またスケボーしてるとこ見たいなぁ～😆』

『バイト』

『バイトか～！　夜からだっけ？　バイト代が入ったらなにに使うの？』

『ガチャ』

『やっぱり😂　あ、じゃあ、なんかおごってよ！』

『やだよ』

『いいじゃん！　汐入《しおいり》駅のそばに鎌倉ル・モンドのカフェができたんだって！　行ってみたい！』

『ふーん』

『行こ！　予定合わせるから！』

『今度ね』

『やった！　楽しみ！』

返信なし。

『ねぇ、ひろき』

『なに？』

『わたしのこと好き？』

以降、絶賛既読スルー中だ。

なに？　なんなの？　なんで全部三文字なわけ？　省エネ？　文字をたくさん打つと追加料金でも取られるの？　文字数制限があるわけじゃないんだしさぁ。

怒りのあまり口に咥《くわ》えたストローをガシガシ噛んだ。

まぁでも、全部わたしのせいか。勉強ばっかで遊びの予定も合わないもんな。どうしよう。このままじゃフラれちゃうよ。完全に心が離れてる感じだもん。初めて三ヶ月を超えた奇跡の彼氏なのに、たった半年でフィニッシュなんて絶対に嫌だよ。そしたらわたし、なんにもなくなっちゃう。

雅は焦る気持ちを二本の親指に乗せてスマートフォンの上を走らせた。

そして、彼に一番訊きたいことをメッセージに乗せて送った。

『どうして機嫌のいいときしか好きって言ってくれないの？』

重い……。重すぎる。自分のことが怖くなる。

送信取消ボタンを慌てて連打すると、静かな図書館にため息が重く響いた。

最近焦ってばっかりだ。高校三年生って最悪な時代だな。嫌でも将来のことを考えさせられる。なんにもない自分の無力さを突きつけられてる気分だよ。

無言のスマートフォンを「ふん」と睨みつけ、そのままポケットに突っ込んだ。

そろそろ予備校に行こうかな。そう思って立ち上がろうとしたとき、右の臀部に違和感があった。なんだろう？　ポケットになにかが入ってる。半分だけ尻を上げて中を探ると、指先に硬い円形のものが触れた。

これって……。取り出すと、銀色の指輪が手のひらの上で息を吹き返したかのように光った。

あの日の指輪だ。そっか。このパンツを穿《は》くのって、あのとき以来か。ポケットに入れたまま洗濯して、そのまま放置しっぱなしだったんだ。

雅はストローを咥えたまま、指輪を顔の前に持ってきた。片目を閉じて円の中から世界を覗く。向こう側の風景が少しだけ鮮やかに映った気がした。もしかしたら、持ち主の幸せな記憶がこの輪の中にはまだあって、世界を美しい色に染めているのかもしれない。

悪いことしちゃったな。あのまま公園のベンチに置いておけば持ち主が見つけられたかもしれないのに。恋人からもらった大切な指輪かもしれないのに。わたしって最低。自分の人生が、恋愛が、上手くいってないからって、誰かの幸せの象徴かもしれないものを勝手に持ってきちゃうだなんて。

自分の行いを恥じていると、指輪が指から滑り落ちた。「あ！」と声を上げたと同時に、地面で跳ねて、転がってゆく。雅は立ち上がって指輪を追いかけた。

一階のフロアが見下ろせる階段の踊り場。指輪はその真ん中で止まった。ひょいっと拾うと、そのまま階段の手すりに両肘を預けた。そしてもう一度、銀色のクロスリングをまじまじと見た。

変なの――と、雅は思った。この指輪、なんだかはめてみたくなる。あの日の帰り道もそうだった。なぜだかすごくはめてみたい衝動に駆られたんだ。指輪に呼ばれている気がしたっていうか。

親指の腹で指輪を優しく撫でながら、雅は口の端のストローを揺らして呟いた。

「君って不思議な指輪ね」

ああ、まただ。また呼ばれたような気がした。

雅は誘われるようにして、指輪を左の薬指へとゆっくり運ぶ。階段下の絵本コーナーでは子供たちが楽しげに笑っている。その声が耳に届く。黙々と小説を読んでいる初老の男性の咳払《せきばら》いも聞こえる。天窓から差し込む清らかな陽光が目に眩しい。その光が銀の指輪を艶々しく彩った。

静かに、そっと、指輪が左の薬指に吸い込まれてゆく。第一関節、第二関節。また引っかかった。

でも大丈夫。雅は指を少し曲げ、皺を伸ばして指輪を招き入れた。

その瞬間、世界の色が、確かに変わった。

田舎の古びた図書館が、豪華絢爛《ごうかけんらん》な舞踏会の会場のように煌びやかに輝いた。子供が赤い光を引いて走り回っている。窓際の老婆が、本を探す中年男性が、赤色の渦に包まれている。

赤、赤、赤。そこは赤い光に包まれた世界だ。幾多の光が鮮やかに飛び交っている。

目を見開いたのと同時に、咥えていたストローが唇の端からポロッと落ちた。しかしそんなことを気にする余裕はない。それほどまでに雅の心は奪われていた。眼前に広がる華麗なる赤の世界に。

あれ？　違う。赤い光じゃない。

糸だ……。赤い糸が輝いているんだ。

なんなんだろう、あの糸は？　階段を駆け下りた。一階のフロアに降り立つと、目の前を横切った少年の左薬指から薄い赤色の糸がどこかへ向かって伸びているのが見えた。その糸が雅の身体をすり抜ける。びっくりしてバランスを崩すと、後ろの誰かとぶつかった。「ごめんなさい」と振り返る。背の高い四十代らしき男性が立っている。雅は男性の左の薬指を見た。

やっぱりだ。この人からも赤い糸が伸びている。しかもかなり濃い赤だ。

顔をずいっと寄せて手元を見つめてくる雅が奇妙だったのか、男性は「な、なに？　なんなの？」と右手で左手を包んで隠した。でも赤い糸は手の甲をすり抜けて後方へと伸びている。

「どうかしたの？」と男性の背後からワンピース姿の女性がやってきた。雅はその人を見てまた驚いた。彼の左薬指から伸びた真っ赤な糸は、彼女の左の薬指とつながっていた。その薬指にはシンプルなゴールドのリング。結婚指輪だ。どうやら二人は夫婦のようだ。

もしかして、これって……。雅は踵を返して図書館内を見回した。

赤い糸には濃淡がある。少年の指から伸びる糸の色は薄い赤色。老人の糸は濃い赤色だ。

年齢差？　ううん、違う。雅は考えた。花柄のシャツを着た女の子の左薬指から伸びる赤い糸は色が濃い。その糸は隣にいるお揃いのシャツを着た男の子の薬指とつながっている。奥のベンチに座る老人もそうだ。隣のパートナーとおぼしき老女の指と糸は色濃くつながっている。

まさか、この糸って……。ごくりと息を呑み込んだ。

『運命の赤い糸』ってやつ!?

赤い糸には濃淡があって、運命の人が近くにいるとその赤色は濃くなるんだ。反対に、運命の人が遠くにいるなら赤い色は薄くなる。でもどうして急に糸が見えるようになったの？

考えられるとしたら、ひとつだけだ。

雅は顔の前で左手を広げた。キラリと輝く銀色の指輪。この指輪をはめたときからだ。

「あ……！」と思わず声を上げた。

雅の指からも赤い糸が伸びているではないか。運命の赤い糸が。

わたしにも赤い糸でつながった誰かがいるんだ……。

じゃあ、この糸を辿れば運命の人に逢えるってこと？　そう思うと胸の鼓動が高鳴った。そのとき、ポケットの中のスマートフォンが大きな音を鳴らした。近くの椅子に座っていた吊り目《つめ》の男性が舌打ちをしたので、雅は「ごめんなさい」と頭を下げた。

あれ？　おかしいぞ？　この人の指からは糸は伸びていない。

三十代中頃のその男性は「図書館だぞ？　スマホは切っとけよ」と嫌味たっぷりに口を曲げた。いつもならムッとするだろうけど、今は不思議と腹は立たなかった。この人には運命の赤色の糸でつながったパートナーがいないんだ。

スマートフォンのラインにはメッセージが届いていた。弘樹からだ。

『カフェ』『行く?』『今から』と連投されている。相変わらずの三文字だ。

カフェ？　あ、鎌倉ル・モンド!?　覚えててくれたんだ！

でももうすぐ予備校の時間だ。ううん、今はそんなことを気にしちゃダメだ。

それより大事なことがある。確かめないと。雅は指輪をはめた手を握りしめた。

この糸が、弘樹とつながっているかどうかを！

『行きたい！』とものの一秒で打つと、祈るようにメッセージを送信した。

大丈夫。絶対につながっている。彼はわたしの人生のメインディッシュなんだから。

雅は階段を駆け上がり、自習室から荷物を取って、出口へ向かって猛然と駆け出した。

図書館から一歩外へ出たとき、新しい人生がはじまったような気がした。

結局、新しい人生なんてはじまらなかった。

雅は、うみかぜ公園の海を望むベンチに座って老人のように背中を丸めていた。泣き疲れた目に海の輝きがじんじん痛い。ずずっと洟《はな》をすすって、両目をしゃにむに擦《こす》っていると、肌に指輪の硬い感触がして手が止まった。薬指の指輪の下で固く結ばれている桜色の糸。また涙が込み上げた。

弘樹はわたしの運命の人じゃなかった……。

さっき、待ち合わせ場所の駅のコンコースへと続く階段を息を切らして上がっているとき、彼が手すりからひょいっと顔を覗かせて手を振ってきた。その手を見て、雅ははたと足を止めた。淡い茶色の毛先から汗がしたたり落ちると、夏風がどこかへ連れ去った。雅の顔は蒼白《そうはく》だ。視線を斜め下へと移して左の薬指を見る。そこから伸びている糸は薄い桜色だった。弘樹の指とはつながっていない。彼の指から伸びた赤色の糸は、明後日の方向へと伸びていた。雅ではない、別の誰かへ向かって。その光景を目にした瞬間、なんだか全部バカらしくなった。

わたしには、メインディッシュなんてないんだ。

夢も、恋も、なんにもなくなっちゃったんだ。

「……お腹減ったな」

海辺のベンチで一人呟き膝を抱えていると、スマートフォンがポケットの中で鳴った。着信だ。弘樹かと思った。でも違った。ディスプレイを見た途端、雅の憂鬱は頂点に達した。

「もしもし」と出ると、耳をつんざく金切り声が襲いかかってきた。

『雅ちゃん!? 今どこ!? 予備校は!? まさかサボったんじゃないでしょうね！』

母からの電話に、うるさいなぁ……と心の中で舌打ちをした。

『もう三年生なのよ!?　この夏にどれだけ頑張れるかが大事だって、あなたも分かってるはずでしょ!?　いい？　これからの半年間で雅ちゃんの人生は決まるのよ!?』

「人生が決まる……？」

『高校三年生の一年間は、人生で一番大事な時間なの。今は辛いかもしれないけど、ここで努力をしておけば、この先、生きるのがうんと楽になるんだから。もっと努力しなきゃダメよ』

押し黙る娘に、母は『雅ちゃん？』と強い語勢で呼びかけた。

「くだらないね」

雅は吐き捨てるようにして言った。

「そうやって生きてて、ママは人生楽しいの？　戦略的に学歴を手に入れて、無難に、平穏に、死ぬまでトラブルが起こらないように息を潜めて生きる人生なんて、ちっとも面白いとは思わないよ」

『人生は面白いかどうかじゃないわ。上手く渡っていけるかどうかよ。今の世の中、一回でも失敗したら二度目はないの。取り返しはつかないんだから』

鬱陶しくて電話を切った。そしてまた海を見つめた。

失敗か……。だとしたら、わたしはもうリトライできない。人生すでに脱落だ。だって失敗続きだもん。夢も失敗。恋も失敗。でも一番の失敗は、わたしがわたしで生まれたことかな。

指輪を外すと、ぐっと握りしめ、海へ向かって思い切り腕を振った。

メインディッシュがなにもない。こんなわたしにしかなれなかったことだ……。

車窓に広がる田園風景。爽やかな稲穂の波の上には、広い広い青空がある。

ＪＲ横須賀線の車内。雅はボックスシートに深く腰を沈めながら、窓枠の縁に肘をついてその光景を眺めていた。電車がトンネルに入ると浮かない顔が車窓に映る。そしてまた窓に世界の色が広がった。少しだけ日が傾いた黄金色の陽光が窓辺に光のプリズムを作ると、雅の左薬指から伸びた鴇《とき》色をした糸を眩しく染めた。横須賀にいたときよりも色が少し濃くなった気がする。

雅は自嘲の笑みをこぼして指輪を撫でた。結局、捨てることのできなかった指輪。誰かの宝物かもしれないから？　それとも探しているから？　どっかにいるわたしの運命の人を。

母からの電話はひっきりなしに鳴っていた。だから電源を切った。そして衝動的に電車に飛び乗ったのだった。電車内でスマートフォンをいじらないなんて呼吸をしないのと同じくらい不自然だ。なんだか居心地が悪い。でももう一方では果てしない自由を感じている。窓の向こうの田園も、住宅も、名前も知らない学校も、全部全部、見たことのない真新しい風景だ。雅の知らない新世界がどこまでも広がっていた。

大船《おおふな》駅に着くと電車から降りた。もうお腹が限界だ。さっきから空腹虫たちが胃の中で大合唱を繰り広げている。

よし、こうなったら……。雅は口元を緩めて少し笑うと、Ｓｕｉｃａで一枚の食券を買った。

ずるずるずるずる！　小気味よい音を立てて熱々の蕎麦《そば》を思いっきり吸い込むと、出汁《だし》の香りが口いっぱいに広がった。脳みそが幸せのスープを溢れさせている。なんてハッピーな味なんだろう。

駅の立ち食い蕎麦屋でドカ食い。一度やってみたかったことだ。

あのときのフランス料理の味には到底敵《かな》わないけれど、これはこれで最高の一皿だ。

ぺろっと完食すると「ごちそうさまでした！」とシェフにお礼を言った。テーブル下に無造作に置いてある鞄を取って出ようとしたら、「お嬢ちゃん、片付けて！」と初老のシェフが雅の食べた器を指さして、右の方へと顎をしゃくった。返却口がある。ああ、なるほど。そういうルールか。ぺこりと頭を下げて箸と器とコップを返す。これも初めての体験だ。ちょっとだけ胸が躍った。スマートフォンでは調べたことのない世の中のルールをひとつ知ることができた。

店を出て再び駅のホームに立つと、左手を前に伸ばして運命の糸の行く先を見る。近くにいた駅員さんに「すみません、あっちの方へ行きたいんですけど。どの電車に乗ったらいいですか？」と訊ねてみた。雅は運命の赤い糸を辿る旅をしようと心に決めた。

弘樹のことを好きな気持ちは今もまだ残っている。それに運命の人を見つけてどうこうしようって訳じゃない。別に恋がしたい気分でもない。なら、どうして糸を追いかけるんだろう？

そうだな……。わたしはきっと思いたいんだ。

駅のホームに小田原《おだわら》行きの東海道《とうかいどう》線が滑り込んできた。車体のシルバーの真ん中にオレンジ色のラインが光る。まるで曇り空の中を駆ける運命の赤い糸みたいだ。

わたしは思いたい。どうしても思いたいんだ。

ドアが開くと、雅は右足から電車に乗った。

この人生に、メインディッシュはきっとあるって。

「こら！　待ちなさい！」

駅員の怒号が小田原駅の改札口に響き渡った。丸いお腹の駅員が窓口から飛び出してきた。必死になって追いかけてくる。追われているのは雅だ。

うわうわうわ！　最悪だよ！　なんでお財布にもＳｕｉｃａにもお金が入っていないのよ！

このまま横須賀におめおめ帰るのだけは絶対に嫌だった。だから悪いことだと分かっていたが、ハードル走の選手のように改札を飛び越えた。駅構内でお土産を買っていた旅行者たちが駅員の声に驚いて振り返る。赤い糸でつながった夫婦だ。その糸を切るようにして二人の間を駆け抜けた。

捕まったらママに電話をされてしまう。それだけじゃない。学校に報告？　停学？　退学？　人生を棒に振ってしまうかも！　そう思いながら必死に足を動かした。しかし身体がどうにもついてこない。普段の運動不足を呪いたくなるほど太ももが痛かった。

駅から出ると、カラオケ店や居酒屋、ういろうを売っているお店が並ぶ商店街を風のように走った。駅員が追いかけてきているかは分からない。振り返る余裕もない。夏休みだからか、商店街には私服姿の高校生らしき若者たちが多い。疾走する雅を見て、みんな驚いたように口を開けていた。

小田原城のお堀の脇の道を駆けて、住宅地を越えると、やがて海へと辿り着いた。

大粒の汗を指で払って深呼吸をひとつ。肺が驚くくらい収縮を続けている。全身を血液が駆け巡っているせいで頭がぐわんぐわんする。身体が燃えているみたいだ。こんなふうに自分の肉体を目一杯使ったのはいつ以来だろう。前は指輪を投げようとしただけで首をグキッと痛めていたのに。

西湘《せいしょう》バイパスの下をくぐると、そこはもう太平洋だ。御幸《みゆき》の浜の海岸がどこまでも広がっている。腕時計の時刻は六時半。もうすぐ日没だ。それでも海にはまだたくさんの人がいて、日が落ちるまで遊んでやろうと言わんばかりに若者たちが騒いでいる。ビーチチェアの上でまどろんでいる人もいる。寄せては返す波音が心地よい。水平線には雲の峰がそびえている。立派な入道雲の山だ。

その輪郭が夕焼け色に染まっている。黒い点々がゆっくり雲の辺りを漂っているのが見えた。海鳥だ。まるで無謀な登山家のように、鳥たちは入道雲の頂きを目指して空高くへと昇っていった。SNSに投稿したくなるくらい、心動かされるエモい夏景色だ。

雅は指の糸を見た。さっきよりも赤色が濃くなっている。夕陽に負けない茜色だ。

もしかしたらこの町に、わたしの運命の人がいるのかな？　そう思ったらちょっとだけ嬉しくなる。でもな、これからどうしよう。その人を捜す？　見つけてどうするの？「あなたがわたしの運命の人なんです！」って言うつもり？　絶対に引かれるよ。キモがられるよ。わたしだったら警察呼ぶもん。勢いでここまで来たけど困ったな。こんな無計画な行動は初めてだ。でも――。

雅の口元に、新鮮な笑みが生まれた。その胸に、爽やかな風が吹いた。

わたしは今、一人旅の真っ只中《ただなか》にいるんだ！

同じ神奈川県内なのに、いつもの海と違う気がする。なんていうか、海の顔が違うんだ。横須賀の海はスカしたキザな奴って感じで、湘南《しょうなん》の海は爽やかな体育会系の男の子。こっちの海は文化系かな。読書が好きな文学女子みたいな海……って、意味分かんないや。でもそんな気がする。ほんの小さな旅ですら、違う海の表情が見られるんだもん。これが遠くの国だったら、きっとびっくりするほど違うんだろうな。いつか見てみたいな。自分一人だけの力で。

それからしばらく歩くことにした。砂が靴に入りそうだったから、スニーカーの中に靴下をつっこんで左右の手で持ち、まだ太陽のぬくもりが残る砂の上を足の裏で楽しみながら歩いた。

やがて円形のコンクリートの真ん中にちょこんと建つ、赤くて小さな灯台に辿り着くと、その近くで腰を下ろして海を見つめた。群青色に染まりはじめた空。もうすぐ夜がはじまろうとしている。

不思議だなって思った。いつもならスマートフォンをすぐ開くのに、今は何時間でも海を見ていたい気分だ。波の音のひとつひとつが違うことにも気づけたし、風の力で雲が空の隅っこに追いやられる姿も見られた。世界と会話しているみたいでなんだか楽しい。

太陽が今日の役目を終えると、夜空には忘れ物みたいな星がいくつか落ちた。もう夜だ。だんだんと風が強くなってきた。汗が引いて身体が冷たい。さっきまでのエモい気持ちはどっかへ行って、リアルな悩みが頭をもたげた。今日このあと、どうするかだ。

このままここで野宿？　でも悪い人たちに見つかっちゃったらどうするの？　ヤバい。これって詰んだんじゃない？　じゃあママに謝る？　弘樹に迎えに来てもらう？　どっちも嫌だ。絶対に嫌だ。強がりだって分かってるけど、どうしても嫌なんだ。だけど、これからどうしたらいいの？

雅は潮風でべたつく髪を耳にかけてしんみり笑った。

わたしって無力なんだな。まだまだ子供なんだ……。

そんな彼女を慰めるように、茜色の糸が顔の前でふわりと弧を描くように揺れていた。

「そこでなにしてるの？」

背後で声がしたので飛び跳ねるようにして立ち上がって身構えた。

女性の声だ。警察官かもしれない。

身体を震わせながら恐る恐る振り返ると、丸いシルエットが暗がりに浮かんでいた。その左手からは太くて黒い糸のようなものが地面に向かって伸びている。運命の太い糸？　いや、糸じゃない。犬のリードだ。そのとき、犬が鼻を鳴らしながら突進してきた。フレンチブルドッグだ。どうやら散歩中みたいだ。太っちょの犬が足に纏わりついてくる。興奮を隠しきれず、バウバウと奇声を上げている。飼い主の女性が「ごめんなさいね」とリードを引いて、「こらこら！」と犬の横腹をポンポンと軽く叩いた。優しい声をした女性だ。だんだんと、はっきりと、その顔が見えてきた。彼女は髪に少し白いものの交じった、柔らかい雰囲気のおばさんだった。

「――それで家出をしてきたってわけね」

雅はこくんと頷くと、目の前に置かれたコップの麦茶を一気に飲んだ。もう三杯目だ。喉がカラカラだったからいくらでも飲める。細胞のひとつひとつが歓喜の声を上げているのがよく分かる。

どうしてこうなったんだろう？　目だけで辺りをぐるりと見回した。

油の匂いが染みついた閉店後の小さな定食屋の店内。入口のガラス戸の脇のテーブルには赤いのれんが置いてあって、『くま屋』と筆で書いたような書体で記してある。八席ほどの小さなお店だ。

海で声をかけてきた女性は熊谷繁子《くまがいしげこ》さんといった。行く当てのない雅を心配して自宅に連れてきてくれたのだ。砂浜から小田原駅方面に少し戻ったところにある小さな定食屋が彼女の家だ。ことの経緯を聞いた繁子は「わたしもあったな。あなたくらいの年の頃に家出したこと」と、かつてを懐かしむように、古びたテーブルに頬杖をついて笑っている。

あれ？　と雅は目をパチパチさせた。彼女の左の薬指からは糸が伸びていない。この人には運命の人がいないのかな？　しかし、その理由はすぐに分かった。彼女の背後、レジカウンター脇の棚には一枚の写真がある。ツーショット写真だ。気難しそうなごま塩頭の職人っぽい雰囲気の男性が写っている。その隣で男性の腕に手を回して笑っている繁子。旦那さんとの写真だろう。

写真立ての傍らには和帽子がある。それらを見て雅は察した。きっと旦那さんは亡くなったんだ。だから熊谷さんの指には運命の赤い糸がないんだ。運命の人はもう死んでしまったから……。

「雅ちゃん、でいいかしら？」

　雅は顎だけで頷いた。

「今日はどうするつもり？　もう八時よ？　帰るならおばちゃんが駅まで送っていくけど？」

　首を横に振って、帰りたくないことを伝えた。繁子は大きな吐息を漏らした。呆れているのか？　それとも聞き分けのない子供に苛立《いらだ》ったのか？　警察を呼ばれないか心配になった。

「じゃあ、うちに泊まっていきなさい」

「え？」と慌てて膝を正した。「いいんですか？」

「いいわよ。どうせおばちゃんとコタローの二人暮らしだから。あ、コタローって彼のことね」

　繁子が目線を移すと、店と家とを区切るドアの隙間からフレンチブルドッグがこちらをじいっと見つめていた。どうやら雅に恋をしたらしい。

「でもね、泊めてあげるには、ふたつだけ条件があるわ」と繁子が顔の前でピースサインを作った。

「条件？」

「ひとつはおうちに電話をかけること。親御さん、心配してるわ。こんなに可愛い女の子が夜遅くまで帰ってこないんだもの。今から電話をかけて事情を話しなさい。おばちゃんも挨拶するから」

「嫌です。今はママと話したくない」

「じゃあお帰りください」

　雅は鼻根に皺を寄せた。くそ、今ここを追い出されたら困るって分かってるくせに。野宿は無謀だ。それに、この人は良い人そうだ。今夜はここに泊めてもらうのがベストだろう。

「分かりました」と下唇を突き出して不本意なことを暗に伝えながら、鞄の底で眠っていたスマートフォンを取り出した。電源を入れた途端、機器は怒り狂ったように激しく震えた。ママからの着信が二十件。ラインも数件届いている。全部、弘樹からだった。

『無視？』

『今どこ？』

『心配なんだけど』

『マジでなんなの？』

『無視とかありえないだろ』

『返事してよ。俺、悪いことした？』

『ていうか、さっきどうして逃げたの？』

嬉しかった。三文字の省エネが解除されている。わたしのことを心配してくれている。

でもな、弘樹は運命の人じゃないんだ。どうせいつか終わってしまう恋なんだ。これ以上好きでいても意味なんてないんだ。そう思うと、目の奥が涙でじんわりと疼《うず》いた。

コタローがこっちにやってきて、ぶるぶる震えた。雅も頭をぶるぶる振った。

今は感傷的になっていても仕方ない。ママに電話をしなくては。

繁子が見守る中、母親にリダイヤルした。

案の定、電話に出た母は怒りを爆発させた。スマートフォンのスピーカーから出てくるんじゃないかというほどの恐ろしい剣幕だ。『今どこにいるの！』とヒステリックに声を荒らげている。

雅は「小田原」と無愛想に短く言った。

『小田原!?　なんでそんなところにいるの!?　小田原のどこ!?　すぐ迎えに行くから！』

「来なくていい。明日帰るから今日は放っておいて」

『なに言ってるの！　高校生がどこに泊まるのよ!?』

「親切な人が泊めてくれるって言ってるの。ママよりちょっと年上の女の人。だから大丈夫」

『ダメよ！　初めて会った人なんでしょ!?　良い人かどうかなんて分からないじゃない！』

「もぉ！　放っておいてって言ってるでしょ!?　迎えに来たら縁を切るから！」

「縁を切る」という娘の言葉に母は絶句していた。硬直しているのが電話越しからでもよく分かる。

「昔、パパが言ってたでしょ。わたしがフランス料理の修業がしたいって言ったとき、親子の縁を切る覚悟なら認めてやるって。だったら切る。迎えに来たら、パパとママとは一生口利かないから」

涙目になりながらやっとの思いで言葉を紡ぐと、向かいに座っている繁子が手を伸ばしてスマートフォンを寄越すように目で言ってきた。機器を渡すと、雅は人さし指で涙を拭った。

「どうも〜！　こんばんは〜！」

繁子の声は驚くくらい明るかった。これから漫才でもはじまるかのような調子で雅の母に挨拶をしている。客商売をしているからだろうか？　とにかく愛想が良くて話が上手だ。ニコニコ笑って身振り手振りで事情を話してくれている。その姿を見て、なんだか可愛い人だな、と雅は思った。顔が丸くて顎のお肉もたっぷりで、鼻もまん丸。太っちょの猫みたいだ。そんなことを考えていると、脛《すね》のあたりに硬い毛の感触がした。コタローが身体をすり寄せている。泣いていた雅に気づいて慰めてくれているようだ。こちらを見上げるつぶらな瞳が愛らしくて、思わずふふっと笑った。

電話は五分ほどで終わった。スマートフォンをこちらに返すと、繁子は「ふぅ〜」と両頬をパンパンにして息を吐いた。なかなかの激戦だったようだ。だけど、すぐににんまり笑って、

「明日、あなたを必ず帰すことを条件に、今日は泊まっていいそうよ」

「ありがとうございます」と雅はテーブルに鼻先がつくくらい頭を下げた。「あの、熊谷さん」

「繁子でいいわ」

「繁子さんは、一人でお店をやってるんですか？」

「まぁね。旦那が三年前に死んじゃったの。心筋梗塞でぽっくりね。料理はあの人が作ってたから、一人になってからは苦労の連続。常連さんも随分減ったわ。料理の味が落ちたって言ってね」

「でも、それなのにどうして続けてるんですか？　ディスられるのって辛いのに」

認められないのは辛い。かつて夢を否定されたときのやるせなさが胸を黒く染めようとした。

「関係ないわ、そんなの」

「関係ない？」

「わたしにとっては、この店を続けることが一番大事だもん。この店ね、うちの旦那が一生懸命守ってきたの。バブルが弾けたり、リーマンなんたらで不景気になったり、いろんなことがあっても必死に歯を食いしばって守ってきたお店なの。だからわたしは、あの頑固者の遺志を継いでここを続けていきたい。身体が動く間はね」

「だけど料理が下手だったら、お客さんみんないなくなっちゃう」

「あはは、確かに。でもそれについては心配ご無用。料理の腕は上達したわ。今ではなかなか美味しいって評判なのよ。まぁでも、フランス料理のフルコースには負けちゃうだろうけどね」

「フランス料理？」

「雅ちゃんはフランス料理のシェフになりたいのね」と彼女は小さくウィンクをした。

さっきの電話で話していたのを聞いていたんだ。恥ずかしいな。

「でもパパとママは反対してるんです。人生、理想だけじゃメシは食えないんだぞって」

「親子の縁を切るなら好きにしても構わないって？」

項垂《うなだ》れるようにして頷いた。

「なら切っちゃえば？　親子の縁」

「え!?」と驚きでまばたきが早くなった。

「初めて会った子だからって適当なことを言ってるわけじゃないのよ。これはおばさんの偽らざる本心。自分の可能性を妨げる縁なら、そんなのは切っちゃって構わないと思うけどな」

「でも、パパとママと会えなくなるのはやっぱり寂しいから……」

涙が込み上げてきたので、雅は口を真一文字に結んでぐっと堪《こら》えた。

この世界でひとりぼっちになってしまう気がして心細い。怖いんだ。

わたしはやっぱり弱虫なんだな。

「そりゃあ寂しいわよね。だけどね、もしも縁を切ったとしても、いつかまた結べばいいのよ」

「いつかまた結ぶ……？」

「立派な大人になって、お父さんとお母さんの前に立ったらいいの。そのときは胸を張って自分の人生を誇りなさい。そしたらきっと認めてくれるわ。認めざるを得ないくらい素敵な大人になればいいの。それでまた縁をぎゅっと結びなさい」

「自信ないです……。失敗したらって思っちゃうんです。パパが言うとおり、人生、理想だけじゃご飯は食べられないから。ちゃんと現実を見なきゃ生きていけないから」

「そうねぇ、確かにお父さんの言うことも一理あるわ。人生、理想だけじゃメシは食えない。世の中ってそんなに甘くはないものね。でも――」

繁子は笑った。そして、こう言ってくれた。

「現実を見ながら食べるご飯なんて、そんなのちっとも美味しくないわ」

繁子の背後の古びたガラス戸が宝石色に光った。外を走る車のライトだろう。その光を受けて繁子の笑顔の輪郭が柔らかな色で縁取られた。なんて優しい笑顔なんだろう。

頰を涙が滑り落ちていた。どうして泣いているんだろう。そうか、きっと――。

ずっと胸にしまっていた気持ちを繁子が代弁してくれたからだ。

一度溢れ出した涙は止まってくれない。次々と頰に、そしてテーブルの上に、こぼれ落ちた。

分かっているんだ。人生は理想だけじゃどうにもならないって。それでも理想を持ったっていいじゃない。ずっとそう思っていた。でもわたしは子供だから、人生経験も全然ないから、パパになんにも言い返せなかった。人生は失敗できない。だからステータスを上げて、自分を偽ってでもトラブルなく生きなきゃいけない。夢よりも現実の方が大事なんだぞって、そう言い聞かせてきた。

そんな自分が嫌いだった。ずっとずっと大嫌いだった。

本当の気持ちに嘘をつき続けて生きることが苦しかった……。

繁子は隣に座って手ぬぐいを差し出してくれた。若い女の子の間で流行《はや》っているおにぎりみたいな猫のイラストが描かれた手ぬぐいだ。「案外趣味が若いんですね」と雅はその手ぬぐいで涙を拭いた。「案外は余計よ」と頭をコツンと叩かれ、雅はふふふっと笑った。

「おばさんね、時々思うんだ。人生って、どれだけ美味しいご飯を食べられるかだなぁって。死んじゃったらなんにもできないもん。どんなに美味しい料理があっても食べられないし、どんなに綺麗な景色があっても見に行けない。大事なのは生きていること。ただ生きて、美味しいご飯をたくさん食べること。あ、ご飯っていうのは比喩ね。おばちゃんは文学女子なの」

冗談ぽく笑ったと思ったら、繁子は口元に微かな笑みを残して真面目な顔をした。

「恋も、夢も、友達も、楽しかった思い出も、辛かった経験も、すべてが雅ちゃんの人生を作る食材になるわ。その経験を元にどんな料理を作るかは、シェフの腕前次第よ」

ぽんぽんと右肩を叩かれた。分厚い手だ。たくさんの苦労を知っている人の手だ。雅は自分の手を見た。まだなにも知らない細い指。なにも摑んでいない空虚な手だ。でも――と薄く笑った。

わたしは今まで誰かに料理を作ってもらおうとしていた。弘樹に「好き」って言葉をもらって満たされようとしていた。パパとママに夢を応援してもらおうとしていた。でも違うんだ。

メインディッシュは自分で作るものなんだ。

恋や夢はただの食材。その材料で、どんな料理を作るかは自分次第だ。メインだけじゃない。アミューズも、オードブルも、スープも、デザートも、自分でどんなフルコースにするか決めればいい。最高の料理を作れるように腕を磨くことが、大人になるってことかもしれない。

そう思えたことが嬉しい。なんだかとっても笑いたくなった。

「いい笑顔ね」と繁子も笑ってくれた。

思い立ったように家出をして、旅先でこんな偶然の出逢いがあったのも、いつか美味しいご飯を作るための大事な大事な食材になるのかもしれない。今日見つけた食材は、未来で作るメインディッシュの大切なひとつになるような気がした。

結局、運命の人とは出逢えなかった。けど、今日のこの出逢いは運命を変えるかもしれない。そう信じたい。ううん、信じよう。

雅はきりりと背筋を伸ばした。そして「ありがとうございます！」と目一杯笑った。今年、今月、今日一番の笑顔だ。久しぶりの最高の笑顔だ。

「そういえば」と、ぽんと手を叩いた。

「泊めてもらう、もうひとつの条件って？」

条件はふたつあるって言われていた。ひとつはママに電話をすること。もうひとつは？

繁子は意味深な笑みを浮かべた。にやりという音が聞こえそうだ。

「それはね――」

あくる日、そこは戦場のようだった。晴天の夏休みということもあって、昼時になると海水浴客たちが『くま屋』の定食を食べにやってくる。繁子のもうひとつの条件、それは、

「ほら！　なにしてるの雅ちゃん！　早く料理持ってって！」

「はぁい！　ごめんなさい！　お待たせしました！」

店の手伝いだ。『一宿一飯《いっしゅくいっぱん》の恩義』というやつだ。

次から次へとやってくる客の元に繁子が作った料理を運ぶ。それを朝から繰り返している。

日頃の運動不足を呪いたかった。重いお盆を持ち続けているから腕と肩が悲鳴を上げている。

だけど、なんだか楽しい。すごく楽しい。あのフランスのレストランの厨房に飛び込んだような気分だ。店の雰囲気は全然違う。狭いし、古いし、壁にペタペタとメニューが貼ってある定食屋さんだ。でも今はここで十分だ。十分すぎるほど大きな食材をもらっている気がする。

午後三時頃にようやくお客さんの波が引いた。テーブルでぐったりと突っ伏していると、「はいどうぞ」と繁子がまかないを持ってきてくれた。コロッケ定食だ。新雪のように白く光るお米に、豚の脂がじわっと染み出た豚汁。小田原名物のかまぼこもある。コロッケを箸で割るとパリパリッと衣が割れる音がして食欲が刺激された。衣の中に閉じ込められていたジャガイモから「ふぅ」と吐息を漏らすように湯気が上がると、甘い香りが鼻に届いた。雅は大きな口でコロッケを食べた。

美味しい……。もしかしたら人生で一番かも。あの日、フランスの三つ星レストランで食べた料理よりも、この庶民的なコロッケの方が美味しいだなんて嘘みたいだ。

まさかね。そんなことないよね、と雅は心の内で笑った。だって相手は三つ星料理だよ？　でも美味しいな。この白米も、豚汁も、全部美味しい。そっか、なんで美味しいか分かった気がする。

雅は笑いながらご飯を次々頬張った。

わたしは今、すごく満たされているんだ。心がお腹一杯なんだ。

「これを食べたら帰りなさい」とカウンターの向こうの繁子が言った。

「もうきっと大丈夫よ」

その言葉に、箸を止めた。

「そんなに美味しそうにご飯を食べられるんだもの。今日からまた頑張れるわ」

「はい！」と笑って、雅はご飯のおかわりを頼んだ。

繁子は横須賀まで車で送ると言ってくれたが、さすがに悪いので帰りの電車賃を借りて帰ることにした。それに小田原駅には用事がある。昨日、無賃乗車して逃げてしまったことを謝りたかった。

もちろんお金も払うつもりだ。許してくれるか分からないけど、誠心誠意、謝ろうと思った。

お店の住所を教えてもらって、帰ったら送金することを伝えると、繁子は「いいのよ、そんなの！」と背中をバシンと叩いてきた。それから青空を背にして朗らかな声で言った。

「その代わり、雅ちゃんが将来フランス料理のシェフになったら、おばちゃんのことをお店に招待してちょうだいね！」

そう言って顔をまん丸にして笑った。チャーミングな笑顔だ。子供みたいな愛らしい表情だ。

わたしはやっぱりこの人の笑顔が大好きだ、と雅は思った。

わたしもこの人みたいに笑って生きたいな……。

「分かりました！　いつか、わたしのメインディッシュを食べにきてください！」

迷いなくそう言えた自分が、ほんのちょっとだけ誇らしく思えた。

小田原駅に着くと、繁子と一緒にＪＲの改札までやってきた。雅は目をまん丸にして驚いた。大きな提灯《ちょうちん》がぶら下がる改札の前でスマートフォンを手に辺りをキョロキョロしている男の子がいる。弘樹だ。昨夜、寝る前に一言だけ『今、小田原にいるの。家出した。明日帰るけど』とラインをしたのだ。もしかしてわたしのことを心配して？　気づけば、弘樹の元へ足が勝手に動いていた。

「なにしてるの？　こんなところで！」

弘樹はびっくりして猫のように飛び跳ねた。真後ろに立っていた雅に気づくと、バツの悪そうな顔をして「だってお前、機嫌悪そうだったから」と拗ねたように唇を尖《とが》らせた。

「それで心配になって迎えに来てくれたの？」

「ちげーよ」

「まさか、フラれたと思って怖くなったとか?」

「だからちげーって! 家出したとか言うからだよ。なんだよ家出って。昭和の不良かよ」

彼は俯きがちのまま、なにかを言いたげに口をにゅいっと尖らせている。「どうしたの?」と訊ねると、弘樹は上目遣いで照れくさそうに「悪かったよ」と謝った。雅は「え?」と驚いた。

「反省したっていうかさ……。俺が雅のメインディッシュになるって約束したのに、最近、雅のこと全然見てなかったなって。自分のことばっかりだったよ。だから、その、ごめん」

この言葉を伝えに来てくれたんだ。こういうところが憎めないんだよね。可愛いんだよね。

でも、この人はわたしの運命の人じゃないんだ……と、寂しげに左の薬指を見た。

「あ……」と口と目が同時に丸くなった。

指輪がない。そうだ、さっきお店の手伝いをしたとき、外して置きっぱなしにしてしまったんだ。来るお客さん来るお客さん、みんなの赤い糸が見えてウザかったんだ。取りに戻ろうかな……。

「どうした?」と弘樹が顔を覗いてきたので、雅は「ううん」と首を振った。

落とした人には申し訳ないけど、もうこれ以上、あの指輪には振り回されたくないや。

「帰ろっか」と彼に笑いかけた。

そして繁子にお礼を言って、駅員さんに丁重にお詫《わ》びをして、二人で改札をくぐった。

「なぁ、雅」と、階段を下りながら弘樹がおずおずと呟く。

「これからは俺、ちゃんとメインディッシュになれるように――」

「いいの」と、その言葉を遮り、階段を軽やかに駆け下りた。

この人はわたしの運命の人じゃない。わたしたちは赤い糸でつながっていない。

いつか終わる恋かもしれない。でも……。

これからの日々が、この恋が、今感じている気持ちが、いつか人生のメインディッシュの大事な食材になるかもしれない。だから前へ進んでみよう。

先にホームに降り立つと、雅はくるりと振り向いて、

「メインディッシュはまだなくていいの。これから自分で作るから」

そう言って、階段の彼に向かって笑顔を見せた。

「たくさんの食材と出逢って！」

もう誰にも振り回されない。自分の人生は自分で決めよう。

どんな料理を作りたいのか、これから自分で探してみよう。

どう生きるかは、わたし次第だ。

雅は遅れて来た彼の手をそっと握った。

「弘樹、好きだよ」

「なんだよ、急に」

「急に思ったの。弘樹のことが好きだなぁって。だって今――」

電車が入線する。遠くの誰かとつながる運命の糸の色。そんなオレンジ色のラインの車両だ。二人の真横を通り過ぎると同時に、風が勢いよく巻き起こった。その風の中で雅は爽やかに笑った。

幼い頃、遠い異国で夢を見つけたときと同じ微笑みだ。

そして彼女は恋人に告げた。

「わたしはうんと機嫌がいいから」

#3

わたしのものって思っていいですか？

Call You
Mine

「あなたのことを愛しています」

純白のドレスを身に纏った佐伯《さえき》かんながそう言うと、彼女の後ろに立っていた髪のないおじさんが「え？」と手に持っていたハサミを落とす姿が鏡に映った。おじさんは動揺を隠せない様子で顔を真っ赤にしている。そんな彼の背後には、傾いたソファで『ゴルゴ13』を読んでいる冴《さ》えない若者がいて、驚いて漫画本をバサリと落としていた。純白のドレスと思われた彼女の衣装は、ドレスではなく、ただの白いケープだった。ここは昔ながらの床屋である。

「ご心配なく。あなたではありません。これはただの練習です」

愛していると伝えた相手は鏡の中の自分自身。そう、これは告白の練習だ。

かんなが表情ひとつ変えずに床屋のおじさんに伝えると、彼は中学生の女の子に冷静に指摘されたことが恥ずかしくなったのか、拾ったハサミを布で拭いながらバツの悪そうな顔をしていた。

「四十点といったところね」と、かんなは吟味するようにしてぼそりと呟く。

「やっぱり『愛している』という言葉は諸刃《もろは》の剣。世間一般では『好き』の上位互換として想いを伝える最終兵器のように認知されているけど、時と場合によっては逆効果になりうる可能性もある。特にわたしのような人生経験の浅い女子中学生が口にすれば、『子供がなにを生意気に』と思われるのが関の山。それが年上の男性に伝える言葉なら尚更《なおさら》。やっぱり『愛している』という言葉を使えるのは酸いも甘いも嚙み分けてきた人だけのようね。『愛』を使うにはそれなりの資格がいる。資格？　資格ってなに？　好きな人に『好き』と伝えることに資格は必要？　その『資格』って一体どんなものなんだろう」

「あのぉ、お嬢ちゃん？　それで今日はどんな髪型にすればいいのかな？」

鏡に向かってぶつぶつ話しているかんなを鏡越しに見ながら、おじさんは困り顔をしている。
「失礼しました。ショートボブでお願いします」
「ショートホープ？　ははは、お嬢ちゃん。それは煙草《たばこ》の銘柄だよ」
「お聞き間違えのないように。ショート・ボブです」
おじさんは言葉の意味が分からず、広い額に皺を作っている。
やれやれだわ。だから美容室が良かったのよ。でもお母さんは恐ろしいほどの倹約家だから、
「中学生にはまだ早いわ」なんて年齢差別的なことを言っていた。引っ越しにもお金がかかったし
仕方ないか。でもこれでみっともない髪型にされたらどうしよう？　あの人に合わせる顔がないわ。
「ショートボブって、こんな感じじゃないかなぁ」と、ソファで『ゴルゴ13』を読んでいた眉毛が
やたら薄い客がスマートフォンの画面をおじさんに見せると、「あー」と彼は大きく口を開けて
「昔のビートルズみたいな髪型か。よし、任せとけ」とかんなの濡れた髪に銀色のハサミを運んだ。
小学生の頃から伸ばしてきた髪の毛。でも、あの人が「僕は短い髪の女性が好きかな」って言う
ものだからバッサリ切ろうと心に決めた。少しでも好みのタイプになりたいから。
次の言葉を考えなくちゃ。
瞳が鏡の中できらりと光る。
彼の心を貫く会心の一撃を、
そんな百点満点の告白の言葉を、
わたしは、絶対、見つけてみせる。
そしてハサミが、美しい黒髪を切り落とした。

杜《もり》の都・仙台――。この街に引っ越してきたのは、一ヶ月前の十二月のことだった。きっかけは両親の離婚だ。突然の転校、突然の環境変化。しかしかんなはショックではなかった。親しい友達もいないし、通っていた中学校への愛校心も皆無だ。父に会えなくなるのも特に寂しいとは思わなかった。ドライと言えばドライかもしれない。しかし事実として、ちっとも心は動かなかった。

四十代も半ばになろうという父親は、こともあろうに妻が通うヨガ教室の仲間――二十三歳の若い女性だ――に手を出して、三年間も不倫をしていた。そのことを相手のSNSの匂わせ投稿で勘づいた母は大激怒。私立探偵を雇って証拠をかき集めて離婚調停を勃発させた。そして財産と親権をぶんどって、ふるさとである仙台へと戻ってきたのだった。

父との別れの朝、リビングで項垂れているその肩をかんなはツンツンとつついた。父は娘が別れの言葉をくれると思ったようだ。切なげに笑っていた。しかし、かんなは父に訊ねた。

「不倫相手と一緒にいるとき、どんな気持ちだった？」

父は絶句していた。娘からの嫌味だと思ったのだろうか。しかしそうではない。純粋に知りたかったのだ。どうして妻子がありながら、別の女性に恋愛感情を抱いたのかを。

恋をしたら、人はどんな気持ちになるのか……を。

十四年という短い人生の中で、かんなはまだ恋をしたことがなかった。クラスメイトたちは、やれサッカー部の斉藤《さいとう》君が格好良いだの、やれバスケ部の塩田《しおた》君が素敵だの、年相応に色めき立ってはしゃいでいる。教室の隅っこで輪を作っている姿は魔法陣を囲む秘密結社のようだ。ひそひそと好きな人の話をしている彼女たちの目は、例に漏れずハートの形。顔を赤らめ、胸の前で手を組んで、顔をだらしなく緩めて愛だ恋だと真剣に語っている。そんな姿を自席で眺めながら、かんなはいつも不思議に思っていた。どうしてあんなに興奮できるんだろうと。

恋って、一体どんなものなのだろう……と。

そんな疑問をキャリーケースに詰め込んで仙台へとやってきたかんなは、まずはじめに、ずんだシェイクの味に感動した。以前住んでいた小田原も立派な観光地だったが、これほど美味しいご当地品は他になかった。かまぼこでは太刀打ちできない圧倒的な美味しさだ。枝豆たちが舌の上でタップダンスを踊っているみたいだ。この味を知れただけでも仙台に引っ越して来た甲斐がある。いや、それだけではない。杜の都を謳《うた》うだけあって、街の至る所に木々が立ち並んでいる光景は、見ているだけで心安らかになれた。なかなか素敵な街だな、と彼女は思った。

かんなは仙台市の外れにある祖母の家から、市街地の私立女子中学校へ通うこととなった。電車で片道一時間の道程だ。

学校なんてどこでもよかった。中学三年生の十二月だし、もうすぐ卒業だ。公立中学でも構わなかったが、小田原で通っていた私立学校と同等の学歴を手に入れさせたいという母の意向が大きく働き、かんなは中高一貫校の編入試験を受けることにした。

試験は同校の高等部への進学試験も兼ねていた。通常であれば、日頃の成績と出席日数によって進学の可否が決まるのだが、あと三ヶ月で卒業のため、合わせて行うことになった。試験当日、鬚《ひげ》の跡が濃い教師が「まぁ、難しいと思うけど頑張って。うちは県内でトップレベルだからさ」と挑発的な視線を送ってきた。こんな卒業間際の中途半端な時期に転入を希望するなんて迷惑だと思ったのだろうか。うんと嫌味な顔だった。しかしかんなは意に介さずに試験に臨んだ。

結果は合格。全教科ほぼ百点という快挙だった。

教師たちは態度を一変させた。将来的に東北大、いや、東大や京大を目指せる生徒の登場は、進学率の高さを世に誇る学校にとって願ってもないことだ。かんなは三顧の礼で迎えられた。

勉強は決して難しいものではない。それが、かんなの持論だ。教科書に書いてある情報を片っ端から頭に入れて、その知識をどのようにアウトプットすればいいか、応用と組み立てを反復練習によって習得すればいいだけのこと。思考の方程式さえ確立できれば、どの教科もたやすいものだ。机上の勉強などたやすいもの。そう、本当に興味があるのはテキストに載っていないものだ。

それは、恋――。

父を惑わせたのも、クラスメイトを骨抜きにしていたのも、すべて恋だった。

それがどんなものなのか、一度知ったらどうなってしまうのか、身体中の細胞が知りたいと好奇心の悲鳴を上げている。別に色めき立ちたいわけじゃない。学術的、科学的に恋を知ってみたいのだ。謂《い》わば人体実験。恋をしたとき、自分がどうなるのか、そのことだけに興味があった。

わたしは一体、いつ恋と出逢えるのだろう……。毎日のようにそう思っている。

そんな彼女が初めて恋とめぐり逢ったのは、転入初日のことだった。

調べたところによると、私立の女子校というのは所謂『恋愛過疎地』らしい。クラスに格好良い男子もいなければ、短髪が素敵な先輩がグラウンドを走る姿もない。女子だらけの空間で解放的に過ごすあまり無作法になってゆく子も少なくない。お笑い芸人の如く、とんでもなく恥ずかしい一発芸を披露する子も散見される。他校の男子と接点を持とうとする野心的な女子もいるが、その多くは恋のきっかけを得られずにいるようだ――とはいえ、みんな楽しそうに学校生活を送っているみたいだが——。そんな彼女たちの希望の光、それが『先生』である。

かんなが転入した学校では、多くの生徒が先生に憧れを抱いていた。本気で恋している女子も少なくない。中でも英語の住岡純《すみおかじゆん》先生は一番の人気者だ。外国の匂いがする三十歳。帰国子女で、父親がイギリス人らしい。背は百八十センチ以上もあって、髪の毛は茶色でゆるくウェーブしている。ファッションモデルと言われても信じてしまいそうなほどスマートで、スタイリッシュで、大人な雰囲気を醸し出している。『スミオカ・ガールズ』なるファンクラブも存在しており、先生の誕生日には職員室が薔薇《ばら》の花束で一杯になるという伝説もあるようだ。

二番人気は体育の染谷政雄《そめやまさお》先生だ。元々は体育大学でラグビー選手をしていたようで、がっちりとした胸板と、太い眉、そして泉ヶ岳《いずみがたけ》のような大きな力こぶに心奪われる女子は後を絶たない。今はバレー部の顧問をしており、先生が赴任してから部員数が倍増したらしい。

「それで、佐伯さんはどっちの先生が好み？」

転入初日の放課後、校内案内をしてくれた同じクラスの瀬川舞《せがわまい》さんが興味津々のまなざしをこちらへ向けてきた。束ねたくせっ毛の髪を揺らしながら笑っている。大きな八重歯には存在感がある。どちらかと言えば地味めな、華やかなグループには属していないであろう雰囲気の女の子だ。たまたま隣の席だったので、担任教師から案内を命じられたようだ。

「わたしは住岡先生派なんだ。ライバルが増えるのは困るから染谷先生にしてほしいな」

校舎内、体育館、グラウンド、プールを巡って、再び三階の三年三組に戻ってきた頃、教室はもう夕陽に照らされていた。窓際の一番後ろの席を与えられたかんなは疲れて腰を下ろしている。

「ご安心ください。わたしはどちらの先生にもドーパミンが分泌されなかったようです」

「ドーパミン？」と隣の席に座った瀬川さんが目をパチパチさせている。

「恋をすると、脳内で快楽を司《つかさど》る報酬系という神経回路が活発化して、ドーパミンが分泌されます。でも二人の先生を見ても、脳内で化学反応は起こらなかった。だから恋はしていないと思います」

人はどうやって恋に落ちるのか？　本やネットで調べた情報だ。なかなか出逢えない恋の実態を学問の視点で調べてみようと思って得た知識だ。

そんなかんなの発言に、瀬川さんは難しい数式を前にしたときのような顔をしている。フレームのない眼鏡の上の眉が困った形になっていた。

「ごめん、よく分からないや。でももし住岡先生のファンクラブに入りたかったらいつでも言って。ラインのグループがあるの。中心メンバーの子に頼んで招待してもらうようにするよ。あと、困ったことがあったらなんでも相談してね。それじゃあ」

そう言い残して濃紺の通学鞄をひょいっと取ると、彼女は教室を出て行ってしまった。

やれやれだわ。また引かれてしまった。いつもこうやって同級生に距離を置かれる。変わり者だと思われる。でも構わない。人の目なんてどうでもいい。友達なんて必要ないから。

小さなため息が静まりかえった室内に響いた。

教室内はオレンジジュースのようだ。暮れかけた太陽の光が辺りを甘い色に変えている。十二月なのに上着を脱ぎたくなるほど暑いのは、集中管理された高性能の暖房のおかげだ。さすがは建て直したばかりの新校舎。それに、二十分ほど敷地内を歩き回ったからだろう。

かんなは立ち上がって窓を半分ほど開けた。その拍子に冷たい北国の風が雪崩のように吹き込んできた。火照《ほて》った身体を一気に冷ます、肌を刺す白い風だ。窓の外は果てしない銀世界が広がっている。関東ではここまでの雪景色を見るのは年に数えるくらいだろう。それが毎日のように続くのだ。これからは雪との共存が大きな課題ね、と寒がりのかんなはそんなことを思いながら、窓の真ん中に設置された手すりにもたれかかって銀色の仙台の街並みをぼんやりと眺めていた。

「寒いね、今日は」

それは突然だった。隣で声がしたのでびっくりして顔を向けると、男の人が立っていた。ストローの挿さった小さなカップを手に持って、ヨレヨレのスーツに、所々ほつれたネクタイを締めている。触角のような寝癖がぴょんと立って黒縁眼鏡をかけているスタイリッシュとは言えない先生だ。

「転入生の佐伯かんなさんだよね？」

誰だろう？　かんなは慎重に頷いた。

「君のクラスの国語を受け持ってる新藤《しんどう》といいます。新藤光太郎《こうたろう》です。よろしく」

目尻に深い皺が寄った。笑った途端、冴えない顔が優しくなった。笑顔がここまで人の顔を変えるものなのか。かんなは少し驚いた。それにしても若く見える。三十代？　二十代の終わり？　そのくらいだろう。他の教師たちとは違って、優しげで子供っぽい雰囲気に好感が持てる。

「急に話しかけたりしてごめんね。見回り中なんだ。それで君のことを見かけてね」

その声は雪の降る音のように静かで、それでいて不思議なくらい胸に響いた。

「どう？　クラスには馴染めそう？」

「馴染めなくても構いません」

「どうして？」

「あと三ヶ月で卒業です。それに高等部に進んだとしても友達は不要です。求めていません」

「そうなんだ。でもいいものだよ、友達って」

「具体的には？　友達の一体なにがいいのですか？」

「そうだなぁ」と先生は指で顎先をさすった。「仲良くおしゃべりをしたり、喜びを分かち合ったり。そういう人がいるのって、とっても素敵なことだと思うよ」

「だったら必要ありません。わたしはおしゃべりが嫌いです。分かち合いたい喜びもありません。それに友達を作る才能はないと思います。前の学校では変わり者扱いされていましたので」

「友達を作るのに才能は必要ないよ。大事なのは、相手を思いやる優しい心だ」

「ならば、わたしには尚更無理です。人を思いやる心などありませんから。そんなことより、質問してもよろしいでしょうか？　それは、なにを飲んでいるんですか？」

「ああ、これ？」と先生は手に持ったカップを軽く振ってはにかんだ。「ずんだシェイク。僕も去年、関東からこっちに来てね。一度飲んだらハマっちゃったんだ」

「わたしも好きです」と、かんなは追いかけるようにして同意した。

「そう。じゃあ、あげるよ。まだ口はつけてないから。そこのコンビニで買ってきたんだ」

先生は校門の向こうの全国チェーンのコンビニを指した。どうやら地域限定の商品らしい。

「でも……」と、かんなが微かに躊躇《ためら》うと、先生は「ごめん！」と慌ててカップを引っ込めた。

「こんなおじさんから飲み物を渡されたら気持ち悪いよね。ごめんごめん」

「気持ち悪いだなんて思っていません。そんなこと全然思いません」

「そっか。佐伯さんは良い子なんだね」

「良い子？」

「僕のことを思いやってくれた」

わたしにも人を思いやれる心があるって言いたいのかもしれない。そんなものないのに。

それに、またあの笑顔だ。寒い日に雲間から太陽が顔を出して、その光を身体いっぱいに浴びたような、そんな温かみのある微笑みだ。かんなは胸の辺りに手を当てた。

なんだろう……。心臓が、心のある場所が、なんだか今、すごくすごく、痛くなった。

先生がカップをこちらへ向ける。そして、もう一度、微笑んだ。

「他の先生に見つからないようにね」

受け取る瞬間、微かに手が触れあった。銀色の電撃が走った。ときめきという名の雷《いかずち》だ。

チョークで荒れた手は少しざらざらしていて、それでいてすごく大きい。綺麗に切り揃えられた爪の感触が気持ちよかった。今まで触れたことのあるお父さんや親戚のおじさん、かつての学校の先生たちとはまるで違う、特別な質感のように思えた。

受け取ったカップを持つ自分の手が、微かに震えていることに気づいた。

どうしたんだろう、わたし……。

おかしい。今までどうやって呼吸をしていたっけ。

おかしい。こんなに寒い日なのに、耳とほっぺたが怖いくらいに熱い。

おかしい。この人の笑顔をずっと見つめていたくなる。

おかしい。おかしい。やっぱりおかしい。

「さてと、そろそろ帰ろうか。下校の時刻だよ」

この声を、あの手触りを、その笑顔を、どうしようもなく自分のものにしたくなる。

わたしのものって思っていいですか？　って、そう伝えたくなってしまう。

ドーパミンとか、化学反応とか、好奇心とか、人体実験とか、もうそんなものはどうでもよかった。全部忘れていた。今、心にあるのはふたつだけ。手の中のカップの冷たさと、夕陽色に染まった先生の笑顔の記憶だけ。それと、もうひとつ。帰り道、校庭を歩きながら飲んだシェイクの味だ。

気づいたときには靴を履き替え、雪を踏みながら校庭の真ん中を歩いていた。

ふと立ち止まり、もう一口、飲んでみる。その甘さが、かんなに教えてくれる。

これが、恋の味なんだよって……。

淡い予感を心に抱いて振り返る。

もしかしたら先生がこっちを見ているかもしれないと思って。

校舎を見上げると、思わずカップを落としそうになった。先生は教室の窓からこちらを見守っている。手を振ってくれている。でも、その顔は夕陽でよく見えない。

黄昏時《たそがれどき》だ。前に教科書に載っていたその語源を思い出した。

黄昏はかつて『たそかれ』と言っていた。薄暗くなった夕方は人の顔が見えにくくなる。きっと一目惚《ぼ》れをした人が隣の友人に訊ねたのだ。「誰《た》そ、彼《かれ》は？」と。それが黄昏時のはじまりと言われている。そんなのこじつけだって思ってた。でも今なら分かる。あながち間違いではなさそうだ。

窓辺の先生を見て、かんなは思った。

あの人は、誰なんだろう。国語の先生。新藤光太郎先生。好きな飲み物はこのシェイク。でも知っているのはたったそれだけだ。もっと知りたい。好きな本は？　好きな映画は？　趣味は？　特技は？　色は？　音楽は？　どうして先生になったの？　好きな人のタイプは？

あなたのすべてを知ってみたい。

わたしは今、心からそう思っている。

ああ、そうか。恋というものが少しだけ分かった気がする。

恋は科学じゃない。学問なんかじゃない。

そう、恋ってきっと――、
北風が雪を連れてきた。ふわりふわりと羽根のような雪が空からゆっくり落ちてくる。

太陽の光を浴びたオレンジ色の優しい雪が。

恋ってきっと、世界で一番、無駄な探求……。

受験でも、テストでも、なんの役にも立たない探求なんだ。それでもあの人のことをもっと知りたい。無駄なことだと分かっていても、どうしても知りたくなる。

そんな世界で一番無駄で、世界で一番純粋な、たった一人を探求したいと思う心だ。

かんなは先生に向かって手を振り返した。

右胸の前で、恥ずかしそうに、控え目に、少し微笑み手を振った。

でももう限界だ。踵を返して逃げるように歩き出した。

その足取りはピアノの鍵盤を踏んでいるように軽やかだ。嬉しさで足が踊っている。空から美しいメロディが聞こえてきそうなほど、うんと幸せな足取りだった。

「と、いうわけで、わたしは新藤先生を探求することにしました」

数日後の放課後、仙台駅近くのマッコマッコバーガーに瀬川さんを呼び出した。帰りのホームルームが終わるや否や、「一時間後、このお店で待っています」とノートの切れ端に店名と住所を書いて彼女に渡した。来てくれないかと思ったが、瀬川さんは少し緊張した面持ちで定刻に現れた。

かんなの謎の宣言を聞いた瀬川さんは、いちごチョコミルク味のシェイクを飲みながら、頭の上にはてなマークをいくつも浮かべていた。そして少し歯並びの悪い口元を見せて苦笑いした。

「ご、ごめん。探求ってどういう意味？」

「転入初日に訊きましたよね。住岡先生か、染谷先生か、どちらが好みなのかと」

「訊いたけど……。あ、新藤先生って国語の？　あの先生を推すことにしたの？」

どうやら彼女たちの中で、探求は〝推す〟と表現するらしい。

「はい。新藤先生を推します」

「そうなんだ。へ～、ああいう人が好みなんだ。だけど、どうしてわたしに？」

「前に仰《おつしや》ってくださいましたよね？　困ったことがあったらなんでも相談してって。さっそく困りごとが生じたので、お言葉に甘えてお呼び立てしてしまいました」

「社交辞令だったんだけどな……。でもいいよ。なに？　困りごとって？」

「新藤先生のことを色々知りたいと思っているのですが、話しかけようとすると足が竦《すく》んで声をかけられないのです。あの日以来――あの日の定義は、先生と出逢った転入初日のことです。あの日以来、国語の授業が終わるたびに話しかけようと試みているのですが、いざ先生の前に立つと思考が停止してしまうんです。先生は『どうしたの？』と声をかけてくれますが、上手く話せず踵を返して逃げてしまいます。それに人目も気になっています。わたしは基本的に物怖《ものお》じしない性分で、相手がどんなに厳しい先生でも、分からなかったことや授業で説明不足だった箇所があればしつこく質問をしてきました。分からないことを分からないままにすることほど気持ちの悪いことはないからです。でも新藤先生だとそれが上手くできません。それに国語の授業の内容も頭に入ってこないんです。一昨日の小テストでは、信じがたいのですが、六十五点という人生で最も低い点数を取ってしまいました。理系科目が性に合っているとはいえ、これは由々しき事態です。なので、恥を忍んで瀬川さんにご意見を頂きたいと思ってお呼び立てした次第です」

瀬川さんはなぜだかくつくつ笑っている。束ねたくせっ毛の髪が犬の尻尾のように揺れていた。

「どうなさいましたか？」と、かんなはホットずんだラテを一口飲んだ。

「かんなちゃんって乙女ね！」

口に含んだラテを噴き出しそうになった。

「な、なんですか、それは」と言った途端、顔がかぁっと熱くなった。

「それにその、かんなちゃんというのは……」

「いいよね？　かんなちゃんって呼んでも。かんなちゃんって見た目はクール系だし、話し方もかっちり系だから、真面目な堅物さんなのかなぁって思ってたけど、中身はふわふわの乙女系なのね。

メロンパンみたいで可愛い」

「メロンパンは美味しいものであって、可愛いものではありません」

「とにかく、新藤先生のことをもっとたくさん知りたいってことよね？」

「そ、そのとおりです」

「ちなみに確認ね。それは『ガチ恋』ってことでオッケー？」

「ガチ恋とは？」

「冗談とか憧れじゃなくて、本気で好きってこと。できることなら付き合いたい？」

「付き合うの定義は？」

「んー」と彼女はストローを口に咥えたまま斜め上を見た。「お互い好き同士になって、一緒の時間を過ごしたりすることかなぁ」

「一緒の時間を過ごすとは？　デートをするという解釈でよろしいですか？」

「それもある。でも、それ以上もある」

「それ以上とは？」

「手をつないだり、キスをしたり、もうちょっと大人になったら、もっともっとそれ以上のことも」

「ですので、それ以上とは？」

「だからぁ」と瀬川さんはじれったそうだ。とはいえ、まわりくどい言い方をしているそちらに問題があるのでは？　と思いながら、かんなはまたホットずんだラテを一口飲んだ。すると、

「肉体関係のこと！」

今度こそラテを噴き出してしまった。慌てて口元をハンカチで拭った。

やれやれだわ。今時の女子中学生はそんなことまで考えているの？　まったく、世も末ね。

「で、で、で！　どうなの!?」と瀬川さんは眼鏡のブリッジをくいっとさせて尻を上げている。

「性的なことはよく分かりません。でも――」

少々恥ずかしかったけど、かんなは両手でカップを包んで俯いた。

「先生の……特別には……なりたい……です……」

「きゃー、可愛い～」と頭を撫でられた。なんだか、からかわれているみたいで腹立たしい。でも瀬川さんから悪意は一切感じない。なんというか、マスコットキャラクターを愛《め》でるときの女の子の反応に似ている。ということは、わたしはそれらと同類ということ？　不本意だ。

「分かる！　その気持ち分かるよ！　わたしも住岡先生の特別になりたいもん！　でも聞いてよ。先生って競争相手が多いから入り込む隙がないの。この間も、先生の誕生日に薔薇の花束を買ったのに、取り巻きが多すぎて直接渡せなかったの。何ヶ月もお小遣いを貯《た》めたのにだよ？　特に二組の島谷《しまたに》が我が物顔で住岡先生の横をキープしててさぁ。あいつ、うちのクラスの中心メンバーからなんて呼ばれてるか知ってる？　守護霊！　いっつも横にいるから！　ご先祖様みたいに！」

瀬川さんは手を叩いて笑っている。話の趣旨がずれている。かんなは大袈裟に咳払いをした。

「ごめんごめん。えっと、なにが言いたいかというとね、住岡先生に比べて新藤先生は人気がないからチャンスだってこと。あの先生ってなんかちょっと暗いもんね。いっつも寝癖が立ってるし、もさったい印象だし。それに国語って微妙よね。英語には敵わないっていうかさ」

「果たしてそうでしょうか？」

かんなの目がギラリと光った。

「国語が英語に劣るとは思いません。確かに今の世の中、英語の習得は国際社会で生きてゆく上では重要な能力のひとつですが、しかしながら母国語をないがしろにするのはいかがなものでしょうか。国際人として世界で渡り合ってゆく上で、自国の文化を深く理解しておくのは大切な――」

「ごめんごめん！」と瀬川さんはこちらへ向かって両手を広げた。「ディスってごめんって！」

ついムキになってしまった。かんなは冷静になってラテの残りを飲んだ。

「かんなちゃんってほんと可愛い。先生のことを馬鹿にされて、そんなにムキになるなんてチョー可愛いよ。初々しいな。昔のわたしを見ているようだよ」

やれやれだわ。恥ずかしいところを見せてしまった。しかしひとつ勉強になった。恋というのは冷静さを失わせるようね。今後は平常心を保つように気をつけなければ。

「で、話を戻すね」と瀬川さんがテーブルに両肘をついて手を組んだ。

「ガチ恋してるなら急いだ方が良いと思うの。もうすぐ卒業でしょ？　うちは中高一貫校だけど、高等部からは校舎が変わるし、先生も総入れ替えになるから、中学の先生との接点ってなくなっちゃうのよ。だから勝負は今から三ヶ月。卒業式までってこと」

「三ヶ月……。でも、なにをすれば？」

「やるべきことはふたつ。ひとつは先生の好みのタイプを聞き出すこと。好きな髪の長さとか、好きなメイクの感じとか。告白の成功率を上げるヒントになる情報を徹底的に集めるの」

「もうひとつは？」

「百点満点の言葉を考えること！」

「百点満点の言葉？」

「あと一年くらいあれば、ゆっくり関係を築いていけるけど、なんせ時間がないでしょ？　だったらここは会心の一撃を狙うしかないよ。先生の心を一撃で射貫く、そんな百点満点の告白の言葉を見つけて卒業までに伝えるの」

その言葉に背筋が伸びた。先生に好きと伝える。果たして自分にできるだろうか。

「しかも相手は国語の教師だからね。ちょっとやそっとの言葉じゃダメだと思うの。ほら、テストでよく出るでしょ？　この中から作者の気持ちを選びなさいって。あれと同じで、先生の心に最も刺さる言葉を選ばないとね」

「課題は山積み……ということですね」

「イグザクトリー。わたしもできる限り協力するよ。でもその代わり、住岡先生の情報を手に入れたら共有してね。わたしもガチ恋してるからさ。卒業式のあとに告白しようと思ってるの」

「卒業式のあとに？」

「先生たちも感極まってるはずだからチャンスでしょ？　競争率は高いだろうけど、その分、チャンスもかなりあると思うんだ。かんなちゃんもそうしなよ。卒業式のあとに告白するの。どう？」

「わ、分かりました。検討します」

「よし、じゃあ同盟を結ぼう！」

「同盟とは？」

「なにがあっても協力するってこと。名前は、そうだなぁ、ガチ恋同盟！　ダサい？」

「いえ、悪くないと思います」

「よかった！　じゃあ、よろしくね。かんなメンバー」

瀬川さんは小さな右手を向けてきた。握手を求めているのだ。クラスメイトと握手なんて初めてだ。転校のときだって誰一人求めてこなかった。少々照れくさかったが、かんなはその手を握った。

こうして、中学生ガチ恋同盟は爆誕した。

百点満点の言葉とはいかなるものか？

その日以来、かんなは勉強そっちのけで言葉を探した。恋愛小説の中に、少女漫画の中に、ラブソングの中に、韓国ドラマやハリウッド・ラブロマンスのどこかに、心を揺さぶる愛の言葉が隠れていないか、目を皿のようにして探し回った。その光景は異様だった。ノートとペンを手にして、冬休みの間、日がな一日こたつに潜って難しい顔をしている彼女の姿に、母も祖母も驚きを隠せずにいた。年越しの瞬間もラブストーリーを観ていた。とにかく時間がない。卒業式まで三ヶ月を切った。恋愛成績オール1の初心者が自分の倍ほどの年齢の大人の心を動かすのだ。学年で一番のおバカが全国トップの難関高校を首席で合格するくらいのハードルの高さだ。休んでいる暇など一切ない。そして思いついた告白の言葉は片っ端からノートに書き留めた。その言葉たちをデータベース化し、独自の点数まで与えた。参考までに、以下がそのいくつかである。

「好きです。片想いから、はじめてもいいですか？」――三十八点。

「先生の隣でずっとずんだシェイクを飲んでいたいです」――三十三点。

「決めました。あなたを好きって気持ちに正直でいようって」――二十六点。

「旅行もデートも不要です。でもお墓の中には連れてってください」――十三点。

「ずっとずっと一緒にいてください。拒否権なんてないんだからねっ！」――八点。

「嫁って言葉は今のご時世御法度だけど、あなたにだったら呼ばれてみたいです」――四点。

「この言葉はきっと言わなきゃ後悔すると思います。だから言います。大好きです」――三点。

「夏目漱石《なつめそうせき》はアイ・ラブ・ユーを『月が綺麗ですね』と訳しました。でもあなたとなら、月がなくても世界は十分綺麗です。これって『フォーエバー・ラブ』って意味だと思うんです」――二点。

年が明けても「これぞ！」という言葉は思い浮かばなかった。むしろ迷走していると言ってよいだろう。フォーエバー・ラブはいかがなものか。考えれば考えるほど、言葉の沼にハマってゆく感覚に、かんなは頭を抱えたい気分だった。

もっとシンプルな方がいいのかしら？　それに表情も大切だ。笑顔の練習もしなくては。口の周りの口輪筋《こうりんきん》を鍛えるため、鏡に向かって「うー」とか「いー」とか言いながら、年末年始は過ぎ去っていった。そして新学期がやってきた。

この日、始業式が終わると授業はなく、生徒たちはすぐに下校となった。

下駄箱でローファーに履き替えたり、大きなビニール傘を広げる女子たちの姿がある。それを横目に、かんなは廊下を大股でずんずん歩いてゆく。今日、彼女にはやるべき任務があった。

「こんにちは」と、かんなは立ち止まって声をかけた。

見上げたそこには、視聴覚室のドアを開けて出てきた住岡先生がいる。ポール・スミスのスーツを着た先生は少しだけ戸惑いの表情を浮かべていた。

「えっと、君は確か三組の子だよね。転入生の」

「佐伯かんなと申します」

「そうそう、佐伯さん。どうかした？」

「今日は先生にお伺いしたいことがあって参りました」

彼女の任務、それは瀬川さんのために住岡先生の情報を集めることだ。彼女に頼まれたわけではない。自主的にやろうと思ったのだ。

「単刀直入に申し上げます。先生の好きな女性のタイプをご教授ください」

「ご教授って……」

「髪の毛の長さはどうですか？　ロングがご所望ですか？　それともショートですか？」

「な、なに？　急にどうした？」と先生は苦笑いするしかないといった様子だ。普段は黄色い声を上げて趣味嗜好《しこう》を訊ねてくる生徒ばかりだが、かんなの場合はまったく違う。笑顔もなく淡々と訊ねてくる。まるで尋問だ。そんな生徒は初めてなのだろう。住岡先生は明らかに動揺していた。

「お答え願えますか？　髪の毛の長さです」

「髪の毛ねぇ……」と先生は腕を組んだ。それからウィンクでもするような調子で「佐伯さんの髪は長くて黒々していて素敵だと思うよ」とニヒルに笑った。

「左様ですか。では次の質問です。メイクに関してです。中学生がメイクをすることについて、先生はどのようなお考えをお持ちですか？　賛成ですか？　反対ですか？　仮に賛成の場合、どのような雰囲気のメイクがお好きなのでしょうか？」

どうやら住岡先生はかんなが自分に好意を寄せていると勘違いしたらしい。意気揚々と好みのタイプを語ってくれた。かんなはその一言一句を聞き逃さぬよう、メモを取りながら情報収集に努めた。これで瀬川さんの告白の成功確率が上がる。彼女の役に立てる。そう思うとペンを走らせる手が軽やかになる。こんなふうに誰かのためになにかをすることは、かんなの人生の中で初めての経験だった。なんだか不思議な気持ちだ。少しだけそわそわしていた。

しかし、そんな彼女は気づいていなかった。

少し離れた下駄箱の方から、かんなを睨む女子たちの姿を。

その真ん中にいるのは、住岡先生の守護霊こと、隣のクラスの島谷さんだった。

事件が起こったのは、翌日のことだ。雪が暴動を起こしたかのようなひどい吹雪の朝。ホームルームが終わると、授業までの五分間、かんなはトイレの個室に閉じこもる。目を伏せて頭を無にして深呼吸。これが授業に臨むルーティンだ。心を整え、集中力を高めようとしているのだ。これを授業と授業の合間に必ず行う。

一時間目は英語だ。教科書の内容はすべて頭に入っている。今日の授業の範囲を脳内でおさらいしながらポイントになる文法と、押さえておくべき英単語、先生に質問する予定の関係代名詞の応用について考えをまとめておく。準備万全だ。立ち上がってドアを開けようとした――そのとき、かんなは滝に打たれたようにずぶ濡れになった。

校舎の屋根が崩壊して空から大雨が落ちてきたのかと思った。しかしそんなわけがない。鉄筋コンクリートの屋根が落ちれば今頃自分は事切れている。髪の毛から滴り落ちる雫が便器の周りの水たまりの上で跳ねてピチョンピチョンと音を鳴らしている。

二秒ほどしてようやく冷静になった。何者かに水をかけられたのだ。クスクス笑って逃げ去る声。上履きのゴム底の音がする。かんなはドアを開けてその音を追った。廊下へ出ると、三年二組の教室に逃げ込んでゆく数名の姿が見えた。最後にドアを閉めた女子の横顔が網膜に焼きついた。

あれは……。かんなはため息を漏らした。

やれやれだわ。どうやら『スミオカ・ガールズ』の過激派の反感を買ってしまったようだ。

「どうしたの!?」

濡《ぬ》れ鼠《ねずみ》のような姿で教室に戻ると、瀬川さんが大慌てで駆け寄ってきた。クラスのみんながその声に反応してこちらを向く。一同の注目まで水のように浴びながら、かんなは眉ひとつ動かすことなく「三年二組の島谷さんと、数名の女子たちに水をかけられたようです」と冷静に答えた。ざわつく教室内。皆がなにやらヒソヒソ話している。そんな視線を感じた瀬川さんが「とりあえず来て！」と後方のロッカーに入っていたかんなの鞄とジャージをむんずと掴んだ。

一階の保健室のドアを開けると、先生は不在だった。テーブルの上に置かれたマグカップからはまだ湯気が上っている。緊急の呼び出しで出て行ったのだろうか。

「でもさ、どうしてかんなちゃんが嫌がらせを受けたの？」

カーテンで仕切られたベッドスペースでジャージに着替えながら、かんなは質問の答えに困っていた。住岡先生に色々質問をしていたのを見られていたのだろう。話せば瀬川さんは気づいてしまう。自分のために水をかけられたのだと思ってしまう。さてと、困ったな。なんて答えようか。かんなは濡れた制服をハンガーにかけながら重い吐息を漏らした。

カーテンを開くと、瀬川さんが丸椅子に座るように手招きをした。窓辺の椅子にちょこんと座ると、電気ストーブのスイッチを入れてくれた。最近の暖房機器は素晴らしい。一瞬で周囲が暖かくなった。かんなはすがるようにしてオレンジ色に発光する石英ガラス管に手をかざした。身体が冷たい。芯まで凍っているみたいだ。歯がカチカチと音を鳴らしている。

「大丈夫？」と瀬川さんが隣で中腰になって、肩の辺りをさすってくれる。

「ご心配なく」

「ねぇ、かんなちゃん」瀬川さんの声が少し硬くなった。「住岡先生となにかあった？」

すべて見透かされているようだ。言い逃れはできそうにない。観念して震える唇に力を込めた。

「……住岡先生は、髪の長い女性がお好きなようです」

瀬川さんが肩をさすってくれていたその手を止めた。かんなは構わずに続けた。

「メイクは女子中学生にふさわしい程度の自然なものが良いようで、背の高さにこだわりはないとのことです。しかしながらそれは教育者としての方便で、恐らくモデルのようなすらっとした女性が好みだと思われます。その根拠は、好きな芸能人を訊ねた際、西城《さいじょう》まなみが好みだと仰っていたからです。わたしはその方を存じ上げませんでしたが、あとで母に訊いてみたところ、背の高いロングの髪が素敵な女性でした。ですから、告白の際はストレートの髪にするのも一案だと思います。瀬川さんは天然パーマですから、直毛に矯正することでギャップが生まれて良いかもしれません。でもわたしとしては、瀬川さんのウェーブのかかった髪は可愛らしいと思っていますが」

「もしかして」と瀬川さんが一拍置いた。「住岡先生の好み、聞き出してくれたの？」

かんなは足元にあった鞄の口を開いて大学ノートを取り出すと、黙って瀬川さんに向けた。彼女は戸惑いながら受け取り、慎重な手つきでそれを開いた。小さな一重の目が大きく見開かれる。そこには、住岡先生の好みの女性の特徴、趣味、好きな音楽、好きな映画などが事細かにページ一杯に記されてある。昨日、かんなが先生から聞き出した情報の数々だ。

「こんなに……」と瀬川さんがノートから顔を上げてこちらを見た。

「どうしてここまで？」

「同盟を結びましたので」

「たったそれだけで？　それだけで、こんなにたくさん聞き出してくれたの？」

「なにがあっても協力する。それが同盟だと仰ったのは瀬川さんです」

「バカね。住岡先生ってモテるのよ？　質問攻めになんてしてたら、そりゃあ目をつけられるわよ。それなのに、わたしの言葉を真に受けたりしてほんとバカだよ。水までかけられちゃってさ」

そう言うと、瀬川さんは切なげに視線を斜め下へと逃がした。

「構いません。それで瀬川さんの告白の成功率が上がるなら、濡れるくらい、たいしたことではありませんから」

「意味分かんないよ……」と彼女が顔を上げた。「どうしてそんなふうに思うの？」

「分かりません。でも、強いて言うなら――」

瞳を覗き込むようにして、瀬川さんのことをまっすぐ見た。

「あなたが素敵だからです」

彼女は「え？」とひっくり返りそうな声を出した。

「瀬川さんは素敵な人です。だから告白も成功してほしいと思ったんです」

彼女はかんなの言葉を否定するように頭を振って唇の端を歪めた。

「わたしってクラスの中では微妙なキャラなんだよ？　素敵なんかじゃないって」

「素敵です」かんなはきっぱりと言い切った。「クラスメイトの評価は知りません。だけど、わたしにとってはすごく素敵な人です」

ノートを持つ瀬川さんのささくれのある指が微かに震えている。

「あなたはわたしの相談に乗ってくれました。同盟を組んでくれました。心からわたしのことを応援してくれました。だからわたしも返したいと思ったんです。応援したいって、そう思いました」

頭のてっぺんが温かさに包まれた。かんなは少し驚いた。

瀬川さんが頭を撫でてくれている。

「ありがとう。そんなふうに思ってくれて」

瀬川さんの声はとても嬉しそうだ。かんなもちょっと嬉しくなった。

でもどうして嬉しくなったのか、その理由は分からなかった。

「くしゅん！」とくしゃみが出てしまった。瀬川さんが「まだ寒い？」と顔を覗いてきた。

「若干。でも大丈夫です」

「あ！　いいこと思いついた！　ちょっと待ってて！　今、身体が温まるものを持ってくるよ！」

瀬川さんは保健室を出て行こうとした。ドアの前で振り返って「いい？　絶対に待っててね！」

と念を押して、部屋を飛び出してゆく。なんだか弾んだ声だった。

どうしたんだろう？　かんなは小首を傾げて両肘を手のひらでさすった。

それから音のない保健室で一人、オレンジ色に光る暖房器具をぼんやり見ながら考えた。

さっき、どうしてわたしは嬉しいと思ったのだろう？　胸がとっても温かくなった。あれは新藤先生と初めて逢ったときの感覚に似ていた。だからと言って、瀬川さんに対して恋愛感情を抱いているわけではない。彼女の役に立てたから？　いや、違う。

蜜柑《みかん》色に染まるかんなの表情が、ほんの少しだけ綻《ほころ》んだ。

きっと、ありがとうって言葉が嬉しかったんだ……。

心とは不思議なものね。恋に限らず、誰かといることで、心はいろんな動きを見せる。その人を知りたいと思ったり、その人の言葉を嬉しいと思ったり。机の上の勉強では感じられないことばかりだ。面白いな。数学よりも、英語よりも、社会より、理科より、国語よりも。

心を知れるということは、どんな勉強よりも楽しい学びだ。

背後でドアの開く音がした。瀬川さんが戻ってきたようだ。回転椅子をくるりと反転させると、かんなは椅子から転げ落ちそうになった。そこにいたのは瀬川さんではなかった。

新藤先生だ。ドアのところに立っている。

かんなは驚きと共に立ち上がった。「ど、どうして？」と声をうわずらせて訊ねると、先生は訳が分からぬ様子で「職員室にいたんだけど、瀬川さんが飛び込んできてさ。急いで保健室に行くように言われたんだ」と相変わらずぴょこんと立った寝癖の髪を困ったように撫でていた。

かんなはちょっとだけ瀬川さんに対して怒った。

やれやれだわ。身体が温まるものって、こういう意味だったのね。先生が来ればドキドキして寒さが吹っ飛ぶって思ったのかしら。まったく、彼女は根っからの恋愛至上主義者だ。

新藤先生は、かんなの髪と窓辺に干された濡れた制服を見てなにかを察したらしい。ヨレヨレのジャケットを脱いでこちらへ歩み寄ってきた。先生が近づいてくると、かんなの鼓動はそれと比例するように高鳴った。そして目の前に立たれたら、もう顔を直視することはできなかった。

先生が両手をすっと伸ばした。抱きしめられるかと思った。

抱きしめて温めてくれるのかな……と。

当然そんなわけはなかった。ジャケットを肩からかけてくれたのだ。

いやはや、なにをよからぬ妄想をしているのかしら、わたしは。こんな状況で教師が生徒を抱きしめるわけがないでしょうが。まったく、なにを考えているのだろう。年末年始に恋愛作品に浸りすぎたせいで、わたしもすっかり恋愛至上主義者のようだ。

でも――とジャケットの襟をそっと握った。

このジャケットだけでも十分すぎるほど温かい。

「ねぇ、佐伯さん」

「はい」とチラッと上目遣いで先生を見た。

いつもの笑顔がそこにある。目の縁に深い皺を寄せた、寒さも忘れる愛らしい笑顔だ。だけど、かんなはこの笑顔がちょっとだけ苦手だ。英語も理科も数学も得意だけど、先生の笑顔だけは好きだけど苦手だ。いや、好きだから苦手なんだ。

「髪の毛、乾かそうか」

それから先生はドライヤーで髪を乾かしてくれた。もちろんはじめは自分で乾かすように言ってきた。しかしかんなは「て、手が、かじかんで、おりますので」と精一杯の嘘をついた。先生は不思議そうに首を傾げていた。実際にかんなの手は震えていた。決して寒いからではないけれど。

「そっか。じゃあ後ろ向いて」と先生は、かんなの肩を摑んで椅子を回転させた。

それからは夢のようなひとときだった。さっきまであんなに寒いと思っていたのに、今すぐ電気ストーブを消して窓を目一杯開けたくなる。窓が結露しているのは自分の体温のせいじゃないかと思うくらい身体中が熱かった。そんなかんなの気持ちを知らずに、呑気《のんき》に温風を吐き出し続けるドライヤーがなんとも憎らしい。もっと冷たい空気を送ってほしいのに。

だけど――と、かんなは少女らしい柔らかな笑みを浮かべた。

わたしは今、先生の手を独り占めしているんだ。

髪に指先が触れている。耳に、頰に、微かに触れている。

少しゴツゴツしてるけど、それでも男性にしては細くて、長くて、優しい手だ。初めて出逢った日、最初に心奪われたあの手の感触を、わたしは今、世界でたった一人、この瞬間、独占している。よかった。後ろを向いていて。こんな顔は絶対に見せられない。それに髪が背中くらいまであって本当によかった。小学生の頃から面倒くさがって切らずに伸ばしてきたのは、この日のためなのかも。もし短かったらあっという間に乾いてしまう。この夢のような時間がすぐに終わってしまう。

「間違っていたら悪いんだけどさ」

先生はドライヤーの音に負けそうなほど小さく慎重な声音で言った。

「もしかして、誰かに水をかけられた？」

「いえ、そうではありません」

「言いづらいようなら、僕から担任の先生に言うよ」

「お気持ちだけ頂戴します。でも大丈夫です」

「だけど」

「本当に大丈夫ですから」

「分かった。だけどくれぐれも一人で抱え込まないようにね。僕が力になれることがあれば、なんでも言ってね。相談に乗るから。ちゃんとしたアドバイスができるように頑張るから」

「相談……。では、ひとつだけ教えて頂きたいことが」

「なに？」と先生はドライヤーを止めた。

かんなはジャージのズボンの上に置いた小さな手にぎゅっと力を込めた。白くなった窓ガラスに映る自分の顔が弱々しくて真っ赤に染まっている。恥じらいの色だ。

「……好みの髪の長さを、教えてください」

「え？」と先生は俄《にわか》に動揺した。

し、しまった。かんなは慌てて首を横に振った。

「これは調査の一環です。先ほど先生を呼びに行った瀬川さんと、男性の生態について話し合っていたんです。男性はどのくらいの髪の長さの女性に心ときめくものなのだろうかと。長い髪が好みか、はたまた短い方が好きなのか、年齢や出身地、生活環境などによって変化があるのか、統計的にデータとしてまとめてみようと思ったのです。自由研究です。ですからあくまで先生のご意見はサンプルデータのひとつです。ただの参考です。ですので、どうぞご心配なさらず」

とんでもない早口でまくしたてて本心を隠した。おまけに耳も隠した。恥じらいの色に染まる赤い耳。長い髪で本当に本当に良かった。

「おかしなものを研究しているんだね。そうだなぁ。僕は短い髪の女性が好きかな」

「短いとは具体的にはどのくらいでしょうか？　耳が出るほどのショートヘアでしょうか？　それとも肩くらいまででしょうか？　先生の仰る『短い』の定義をはっきりさせてください」

気づけば回転椅子をくるりとさせて迫っていた。その勢いに先生は気圧《けお》されている。

「そ、そうだな。えっと、ショートボブとか？」

「なるほど。参考になりました」

ショートボブ。すなわち、おかっぱ頭ってことね。

ならば今日、髪をばっさり切りに行こう。先生の好みのタイプに近づけるように。

髪を乾かしてもらったかんなは、新藤先生に連れられて教室に戻ることになった。ちょうど一時間目の授業が終わった時刻だ。廊下には小休止で雑談を交わす生徒たちの姿がある。その中でジャージ姿のかんなはやけに目立っていた。もう噂《うわさ》が広まっているようだ。みんながこちらをチラチラ見てくる。その視線に気づいた新藤先生が「大丈夫？」と訊ねてくれた。かんなは無言で頷いた。でも内心は穏やかではなかった。皆の視線が不愉快で居心地が悪かった。

教室のある三階まで先生と並んで階段を上っていると、上の踊り場から「許さないから！」と声が聞こえた。声の主はかなり怒っているようだ。かんなも新藤先生も驚いて目を丸くした。

この声……。かんなは階段を一気に駆け上がった。

瀬川さんだ。

彼女はすさまじい剣幕で隣のクラスの島谷さんら女子数人に声を荒らげている。

「今度かんなちゃんに意地悪したら、あなたたちのこと絶対に許さないから！」

瀬川さんはこちらに背を向けているから、かんなには気づいていない。視線の先の彼女の足が震えている。怖いんだ。それでも勇気を出して立ち向かってくれているんだ。

一方の島谷さんたちは悪びれる様子もない。髪の毛を弄《いじ》りながら明後日の方を見ている子や、必死な瀬川さんを小馬鹿にするように笑っている子すらいる。

「もしまた意地悪したら、そのときはわたしが水をかけてやるから！」

束ねた髪が怒声と共に揺れる。その声は今にも泣き出しそうだった。かんなを想う優しい気持ちが空気の震えと共に痛いほど伝わってくる。そんな彼女の姿を見て、またださ……と思った。

さっきと同じ感情が胸を熱くさせた。

ともすれば、自分が標的になるかもしれないのに。自分が水をかけられるかもしれないのに。それなのに瀬川さんはありったけの勇気を出して立ち向かってくれている。わたしを守ろうとしてくれている。なんのメリットもないのに、損得なんて考えず、わたしのために戦ってくれているんだ。

大きな手の感触がした。先生が肩に手を添えてくれている。

見上げると、先生はまたあの笑顔で微笑んだ。かんなと同じ気持ちなのだろう。

その目が「嬉しいね」って言っている。

今日二度目の『嬉しい』という感情。たった一日でこんなにもたくさん出逢えるなんて。

嬉しいな……。かんなは改めてそう思うと、大きく微笑み、大きく大きく頷いた。


かんなは新しい髪型にした。床屋のおじさんにしてはなかなか上出来だ。瀬川さんにも好評だった。「アイドルみたい！」と朝の通学路でぴょんぴょん飛び跳ねて興奮する姿に、なんだか照れくさくなった。瀬川さんは「これなら告白大成功だよ！」と顔を近づけて頷いている。かんなは「そ、そうですか」と苦笑い。恥ずかしくて髪の毛を何度も何度も触ってしまう。

瀬川さんの言うとおりかもしれない。コンビニの窓ガラスに映る自分を見ながら思った。

これなら本当に上手くいくかもしれない……。

しかし世の男性というものは、女子が思うほどデリケートではないようだ。

校門で頭髪・持ち物検査をしている教師たちの中に新藤先生を見つけた。かんなはいつもよりも自信に満ちた表情で先生の前に立った。だけど先生は「あ、すごくさっぱりしたね！」と笑っただけだった。そんな鈍感な彼に思わずちょっとムッとした。

あなたの好みに合わせて切ったのですが！　と喉元まで出かかった。しかしグッと堪えて、まぁでも……と思った。綺麗になったね、なんて歯の浮くようなことを言う人だったら、きっと好きになっていなかったと思う。これはこれで先生らしいか。そう思うことにしよう。

二月に入ると卒業式の練習がはじまった。授業の合間を縫って寒い体育館で合唱や呼びかけ、卒業証書の授与といった特訓が続く。果たしてこの練習にどんな意味があるのだろうか？　誰のための卒業式なのか？　保護者や来賓に見せるためのものだとしたら、はっきり言って不毛だと思う。

しかしながら生徒の中には、もう涙を見せている子も少なくなかった。彼女たちはどうして泣いているんだろう？　私立の中高一貫校だからエスカレーターでみんな一緒の高等部に進学するのに。若い子は感受性が豊かだが、泣くのはいくらなんでも早すぎるのでは？

そんなことを思いながら『大地讃頌《だいちさんしょう》』を歌っていると、隣の瀬川さんも目にうっすらと涙を浮かべていることに気づいた。前言撤回だ。卒業式で泣けない自分の方が変なのかもしれない。まぁでも、わたしはきっとこの先も泣くことはないだろう。転校するときも一切悲しくなかった。お父さんとの別れですら。だから別れの悲しみを感じることのない体質なんだ。でも、もしも――。

視線を向けた先に新藤先生がいる。生徒たちの歌声をにこやかな表情で見守っている。

もしも先生がいなくなったら、わたしは涙をこぼすのかな。

新藤先生と目が合った。かんなはハッと視線を逸らす。一人だけ音程がズレてしまった。

あとひと月足らずで卒業か……。それはすなわち、告白の日を迎えるということ。

あとほんの少しで先生にこの気持ちを伝える。わたしが思う百点満点の告白の言葉で。

そんなこと、本当にできるのかな。

　二月の終わりの日曜日、瀬川さんに「メイクの予行練習をしようよ！」と呼び出された。

　初めてクラスメイトの家に行く。自室の姿見に向かって服を着替えながらちょっとだけ不思議な気分になった。そういえば、学校の子の私服姿を見るのも、見せるのも、これが初めての経験だ。

「あれ？　どこ行くの？」

　玄関の上《あ》がり框《かまち》に腰を下ろしてコンバースの耐水性の靴を履いていると、お母さんがあくびをしながら声をかけてきた。今日は仕事が休みで、今さっき起きてきたようだ。栗《くり》色のロングヘアが寝癖でぐしゃぐしゃだ。こんな派手な髪色をしていて一般企業の中で浮かないのだろうか？

「クラスメイトの家に行ってくる」

「え！　そんなの初めてじゃない！　やだ！　お土産買っていかなきゃ！」

「必要ないよ」

「なに言ってるのよ！　めちゃくちゃ必要よ！　もぉ、昨日のうちに言ってくれたらいいのに！　お母さぁ～ん！　かんなちゃんがクラスの子の家に手ぶらで行こうとしてるのぉ～！」

　母は祖母のいるリビングへドタドタと駆け込んでいった。

　やれやれだわ。これは出発までもう少しかかりそうだ。

　結局、現金五千円を渡されて途中で買って行くよう命じられた。お店はおばあちゃんの指定だ。中学生にはなじみのない高級羊羹《ようかん》のお店。仙台駅で乗り換えるついでに買うことにした。

　瀬川さんの家は、広瀬川《ひろせがわ》沿いの団地だった。

　スライスした羊羹のような四階建ての建物が四棟並ぶ、どこの街にもひとつくらいはある団地らしい団地だ。築年数はかなり経っているようだ。元々はクリーム色だったと思われる外壁は、長年の風雨によってくすんだ色に変わっている。錆《さ》びた手すりの階段の脇には、ステンレス製のポストが部屋の数だけ仲良く並んでいる。南京錠《なんきんじょう》は自前らしい。派手な色のものからダイヤル式やシリンダー式のものまで、個性様々にぶら下がっていた。

駐輪場の前では小さな子供たちが雪合戦をして遊んでいる。その笑顔を横目に、ひとつ目の棟を通り過ぎると、「こっちこっち！」と向こうの棟の入口で手を振っている瀬川さんを見つけた。

私服姿の彼女はなんだか新鮮だった。スキニーのジーンズに大きめの着古した白いトレーナー。なんともラフな出《い》で立《た》ちだ。天然パーマの髪の毛は今日もしっかりひっつめている。

「へぇ～、かんなちゃんって普段着は黒なんだ～」と彼女が靴の先から頭のてっぺんまで舐《な》めるように観察してくる。黒いパンツに黒いパーカー。それから黒いダウンジャケット。かんなはスパイ映画にでも出てきそうな格好だ。

「服装を考えることは時間の無駄です。ですから、いつも黒い服と決めているんです」

そう言うと、肩をバシンと叩かれた。

「もぉ！　そんな考えは捨てなきゃダメ！　オシャレは我慢と努力なんだから！　寒くても短いスカートを穿いて、痛くても可愛い靴を履くものよ！」

「今の瀬川さんの格好では説得力がありませんが」

「確かに！」と彼女は、あははと笑った。ウェーブのかかった髪も楽しそうに揺れていた。

エレベーターのついていない団地の狭い階段を縦に並んで四階まで上る。廊下の突き当たりが瀬川さんの自宅だ。中は３ＤＫといったところか。四人家族にしては若干手狭に思えた――お父さんとお母さん、それからおじいちゃんがいるらしい——。

　彼女の母親に手土産を渡して丁寧すぎるほど丁寧に挨拶をすると、「あらまぁ、賢そうな子ね！」と頭を撫でられた。小柄で花柄のエプロンがよく似合う可愛らしいお母さんだ。

「舞ちゃんがお友達を連れてくるなんて初めてね。お母さん、嬉しいわ」

　瀬川さんは母親の言動が恥ずかしかったようで「もお、うるさいなぁ！　それに頭も撫でちゃダメ！」と文句を言って、かんなの背中を押して自室へ連れ込んだ。

　南向きの四畳半の一室が彼女の部屋だ。日当たりは良さそうだが、窓を塞ぐようにしてパイプ製のロフトベッドが置いてあるから昼でも少し暗く感じる。使い古した黄ばんだ電気笠《かさ》に明かりを灯《とも》すと、二人は畳の上に敷いたピンク色のラグマットに腰を下ろして、しばらく他愛ない雑談をした。

主な話題は隣のクラスの島谷さんが住岡先生にフラれたことだ。そのときの様子を嬉々《きき》として話す瀬川さんは、ワイドショーを観ているときのお母さんと同じような顔をしていた。

「島谷の告白の言葉、『先生、好きです！』だったんだって！　そりゃダメよね！　住岡先生は今まで何人、何十人の女子から告白されてるんだもん。そんなセリフじゃ効かない効かない」

「瀬川さん、悪い顔になってますよ」

「おっと、あんまりディスっちゃダメだよね。明日は我が身だ」

　彼女は自分の頭をコツンと叩いて笑っていた。

　そんな姿を見ながら、可愛いな、とかんなは思った。

「ねぇ、例のものは持ってきた？」

「はい」と、かんなは黒いトートバッグからポーチを出した。お母さんのメイク道具だ。二人のお小遣いでは一式買い揃えることはできない。だから勝手に拝借してきたのだ。瀬川さんは今日のためにメイクの研究を重ねたらしい。ロフトベッドの下の学習机にはファッション誌が山積みだった。

「かんなちゃんのメイクは、わたしがしてあげるね」

「では、わたしが瀬川さんを」

「それは遠慮しておきます」

「どうして？」

「かんなちゃんって不器用じゃん。美術の時間に描いてた絵、すんごく下手だったもん」

「心外です。でもまぁ、確かにそのとおりかもしれませんね。器用な方ではないと思います」

「でしょ？　かなぁ〜〜りの不器用さんだよ。お笑い芸人がコントをするときみたいな顔にされたら困るからね。自分でやるよ」

「そうですか」と、かんなは少々肩を落とした。実はメイクをしてみたいなとちょっと思っていた。

「まずは、告白当日の流れの確認ね。卒業式のあとの最後のホームルームが終わったら、屋上のところの階段で隠れてメイクをするの。みんなが写真とか卒業アルバムに寄せ書きとかを書いている隙にね。それで、お互いの先生のところへ行って告白をする。そのあとは予定ある？　また逢おうよ。メイクしたまま学校にいると怒られそうだから、そうだなぁ、青葉山《あおばやま》公園に集合ね！」

「分かりました」と、かんなは顎を首にくっつけるようにして深く頷いた。

「で、で、百点の言葉は見つかった⁉」

押し黙っていると、「まだ見つかってない？」と瀬川さんは不安そうな顔をした。

「いえ、見つけました」

「さすがぁ！　聞かせて聞かせて！」

「恥ずかしいので嫌です」

「お願い！　わたしはまだなの。だから参考にさせて！」

「それは遠慮しておきます」

「あー！　不器用って言った仕返しでしょ！　いじわる！　ほら、教えろ！」と脇腹をくすぐられた。普段はポーカーフェイスのかんなだが、これにはさすがに参ってしまった。笑いが止まらなくなった。観念して「言います、言いますから」と瀬川さんの手を摑んで慌てて止めた。

それから膝を正して、深呼吸をひとつ、ふたつ、もうひとつ。

いいですか？　と目で合図を送ると、瀬川さんは水飲み鳥のように何度も何度も頷いた。

「先生を――」

「うんうん」

「わたしのものって思っていいですか？」

一瞬の沈黙。瀬川さんは喉に小骨が刺さったときのように顔を歪めていた。

「なんか、かんなちゃんらしくない！」

「らしくない？」と、かんなは眉を動かした。

「もうちょっと大人だったら、そういうグイグイ系の告白もアリかもしれないよ。でもさ、かんなちゃんには、もっともぉーっと、ふさわしい言葉があるような気がするな」

「でも、先生と出逢ったときに思ったんです。先生の手や、声や、笑顔を、わたしのものにしたいって。色々考えましたが原点回帰して、そのときの気持ちを素直に伝えるべきかなと」

「うーん、確かに好きになったらそう思ったりもするよね。でもさ、告白で大事なのって、相手がその言葉をもらって嬉しいかどうかじゃないかなぁ。経験ないからわたしも分からないけど」

もらって嬉しい言葉……。そのとおりかもしれない。わたしは今まで自分本位で言葉を紡いでいた気がする。想っているこの気持ちを直球でぶつけようとしていた。受け取る先生の気持ちなんてちっとも考えていなかった。百点満点の告白の言葉って、自分のためではなく、相手の心に『嬉しい』を届けることなのかもしれない。なら、先生はどんな言葉をもらったら嬉しいんだろう？

「大丈夫」肩に温かい手の感触がした。「かんなちゃんなら見つけられるよ。わたしが保証する」

かんなの不安な心情を察したのか、瀬川さんは優しく微笑みかけてくれた。

「よし、じゃあとりあえず言葉は置いておいて、まずはメイクの予行練習だ！」

今までメイクなんてしたことがない。だから身を委ねることにした。化粧水でたっぷり保湿をして乳液でラッピングをすると、化粧下地なるものにとりかかった。自分の顔がどんなふうに変化しているのだろう。可愛くなっているのだろうか。想像すると背中がむず痒い。と、そこに、「これ美味しい！　二人も食べて！」と彼女の母親が土産の羊羹と日本茶を手に入ってきた。ノックをしなかったことに瀬川さんは大激怒。「もぉ！　外行こ！」と強引に腕を引っぱられて家を出た。

わたしは家の中がよかったんだけどな……。そう思いながら、かんなは寒さに耐えていた。

団地の裏の公園のベンチでメイクの続きをすることになったのだが、二月の終わりの寒さは尋常ではなかった。雪こそ降っていないが園内は分厚い雪に包まれている。厚手のダウンジャケットを着ているが寒さは凌《しの》げそうにない。かんなは子鹿のように震えながらメイクが終わるのを待った。

一方の瀬川さんは余裕綽々《よゆうしゃくしゃく》だ。聞けば生まれも育ちもここ仙台で、寒さにはめっぽう強いらしい。

ファンデーションを塗り終えるとアイライナー。目の近くをペンが走るのは少々恐ろしかったが、ぐっと堪えて動かないように努めた。それからアイシャドー、マスカラ、チークと続いた。そしていよいよリップだ。いくつかの色がある中で、かんなはピンクを選ぶことにした。

「じゃあ、塗るね」と瀬川さんがリップを向けて微笑んだ。彼女の顔が近づいてくる。かんなは照れくさくて目を閉じた。白一面の視界に、まぶたが黒い蓋をした。

「かんなちゃんの告白、上手くいくといいね」

真っ暗な闇の中で瀬川さんの声が聞こえる。

「瀬川さんも――」

「ああもう！　口、動かさないで！」

「失礼しました」

「もうちょっとで終わるから、しゃべらないでね。わたしの無駄話でも聞いててよ」

かんなが軽く頷くと、瀬川さんが深呼吸をするのが聞こえた。なんだか畏《かしこ》まった感じだ。

「わたしね、正直言うと、住岡先生への告白は上手くいかなくてもいいかなぁって思ってるんだ。なんていうか、これは記念受験みたいなものだからさ」

記念受験？　心の中で小首を傾げた。

「ただ気持ちを伝えられればそれでいいの。後悔を残さないように」

後悔？　どういうことだろう？

「かんなちゃん、わたしね……」

瀬川さんの声が悲しい色に染まった。

「青森の高校に行くの」

「え？」と、かんなは思わず目を開けた。

目の前の景色が一瞬ぼやけた。次第に焦点が合ってゆくと、瀬川さんの顔がすぐそこにあった。

彼女はリップを塗る手を止めて、八重歯を見せて笑っている。すごくすごく悲しげな笑顔だ。

「うちの高等部には行かないの」

そう言うと、唇を噛んで顔を伏せた。

「転校するの……」

「転校？」と、かんなは言葉を繰り返した。

ゆるゆると顔を上げた瀬川さんは無理して笑っている。目の端には涙の影が微かに見えた。

「うちのお父さんね、会社が潰れてピンチなんだって。それで家族みんなで青森に行くことにしたの。あっちで新しい仕事を紹介してもらえるみたいでさ。わたしは、こっちに残りたいって言ったんだ。バイトでもなんでもして一人暮らしするって言い張ったの。でも現実的じゃないって怒られちゃった。お父さんもお母さんも謝ってくれてさ。せっかく頑張って入った学校なのに、ごめんねって。最後まで通わせてあげられなくて本当にごめんねって。けど、お金がないから厳しいんだって。おじいちゃんなんてわんわん泣いて大変だったんだから。そんなんだから明後日、青森の公立高校を受験するの。実はね、転校すること、年末にはもう言われていたの。かんなちゃんに早く言わなきゃって思ってた。ずっと思ってた。でも言えなかった。ごめんね、こんなに遅くなっちゃって」

だから瀬川さんは卒業式の練習で涙を浮かべていたのか。

「あ、だけど、春休みの間はこっちにいるからギリギリまで遊ぼうよ！　それに引っ越してからも！　でもちょっと遠いかなぁ。宮城と青森って同じ東北なのに三時間くらいかかるもんね。それでも連絡を取り合って中間地点で逢ったりしようよ。お互いスマホを買ってもらってさ。逢うならどこがいいかな。盛岡かな。夏休みとか、冬休みとか、土日とかにも逢いたいな。ううん、逢お。たくさん逢おうよ。かんなちゃんとは、ずっと友達でいたいから」

「友達……？」

「うん、友達。変かな？　たった三ヶ月しか一緒にいないのに友達なんて言ったら」

「そうじゃありません」

「じゃあ、なに？」

「そうじゃないんです」

胸の奥が熱くなった。

視界が涙で滲《にじ》んだ。

「思ったんです」

「寂しいって……」

かんなの頬を黒い涙が滑り落ちた。メイクが落ちてしまった。

「瀬川さんがいなくなるの、寂しいです」

「かんなちゃん……」

「今まで友達なんていませんでした。必要ないって思っていました。だから前の中学を転校するときも寂しいとは思いませんでした。卒業式の練習のときも寂しいって思えませんでした。でも――」

涙が止まらない。真っ白な雪の地面に、次々と黒い雨が降り注いでゆく。

「友達だなんて言われたら、なんだかすごく寂しくて……」

わたしたちは友達なんだ。

出逢った頃から友達だったんだ。

せっかく友達になれたのに、もうすぐ逢えなくなってしまうんだ。

別々の高校に通わないといけないんだ。

わたしがもっと早く転校して来れば、もっと仲良くなれたかもしれないのに。もっともっともっとたくさんのことを話せたかもしれないのに。やっとできた友達だったのに、たった一人の友達なのに……。そう思うとやるせなくてたまらない。

卒業式で涙する子たちの気持ちが分かった気がした。

瀬川さんもかんなの言葉に泣いていた。手のひらで涙を何度も拭っている。それ以上にかんなは泣いた。今までこんなに泣いたことはない。しゃくり上げながらいくつもの涙をこぼした。

瀬川さんに抱きしめられた。すごくすごく温かい。その温かさが憎らしいほど涙を誘った。

「卒業しても友達でいようね」

「白いトレーナーが汚れてしまいます」

「そんなのいいから答えてよ。ずっと友達でいてくれる？」

「………」

「かんなちゃん？」

「わたしも……」

振り絞るように言うと、彼女の腰に手を回して力の限りぎゅっと抱きしめた。

「友達でいたいです」

「よかった。わたしだけかと思ったよ」

「ずっと友達でいてください」

「うん……。でもさ、こういうこと言い合うのってなんか照れるね」

「そんなことありません」

「そうかな」

「そうです。わたしは嬉しいです」

「そっか」と彼女が微笑むのを感じた。

瀬川さんは、もう一度、強く強く抱きしめてくれた。

「好きよ、かんなちゃんのそういうところ。真面目なところも、まっすぐなところも、ちょっと変わってるところも。全部全部、大好きだよ」

しばらくの抱擁のあと、彼女は身体を離した。その途端、手を叩いて笑い出した。

「もぉ〜、せっかくメイクしたのに台無し！　見てよ、ほら！　かんなちゃんパンダみたい！」

目の端の涙を拭いながらコンパクトの中の鏡をこちらに向けてきた。そこには目元が真っ黒な自分がいる。パンダと言うより、これじゃあ道化師だ。

「本当ですね」と笑った拍子に、また涙がたくさん溢れた。

いつの間にか、悲しい涙は、楽しい涙に変わっていた。

こんなふうに友達と笑い合えるひとときが、かんなは嬉しくてたまらなかった。

結局、予行練習は大失敗。二人とも泣いて泣いて泣き疲れて、目がパンパンになってしまった。駅まで送ってくれる道すがら、瀬川さんは「本番はしっかりメイクするね」と言ってくれた。

「そういえば、かんなちゃんってアクセサリーは持ってないの？」

「アクセサリーですか？」

「メイクもバッチリ決めるんだから、アクセサリーくらいあった方が様になると思うんだけどな」

「お母さんのものがあると思います」

「ダメ！　おばさんのじゃなくて、ちゃんと若い人がつけるもの！」

「若い人がつけるもの……」と、かんなは雪道で足を止めた。

「あります。指輪です」

「指輪？」

「引っ越しする前の日、小田原でよく通っていた定食屋さんのおばさんに頂いたものです」

「え〜、定食屋さんのおばちゃんの指輪？　それって本当に素敵なの〜？」

「なかなか素敵なものですよ。銀色のクロスの指輪です。それにおばさんのではなく、お店のお客さんの忘れ物のようです。一年くらい保管してあったみたいですけど、結局、持ち主が現れなかったので引っ越しの餞別《せんべつ》として頂戴しました。はめたことはありませんが、サイズも合うと思います」

「よし、じゃあメイクも指輪もバッチリね。あとは言葉だけか」

「はい」と、かんなは決意の表情で頷いた。

あと一週間で卒業式だ。それまでに探さないと。先生に伝える百点の言葉を。探求しよう。支えてくれた瀬川さんのためにも……。

卒業式の朝がやってきた。

お母さんもおばあちゃんも式に向けて朝から大騒ぎで準備をしている。そんな姿を横目に、かんなは朝食を済ませて深呼吸をした。今日、先生に告白をする。どんな結果になるかは分からない。それでも悔いのないようにだけはしたい。そう思って出かける準備をはじめた。

制服に着替えて鏡に向かって髪型をチェックする。ショートボブは絶好調だ。それにここ数日、毎晩寝る前にパックをしてきた――瀬川さんからのアドバイスだ――。だからお肌も最高だ。いつになくツヤツヤした自分に少しだけ笑ってしまう。つい数ヶ月前までオシャレになど興味もなかったのに。でも瀬川さんと出逢って、先生と出逢って、ほんの少しだけ綺麗になりたいという気持ちになった。それは自己満足ではない。承認欲求を満たすものでもない。ただ好きな人の前でうんと綺麗でいたいんだ。言うなれば、『資格』なのかもしれない。

好きな人の前に立って、一番素敵な自分で、胸を張って「好きです」と伝えるための資格だ。

どうかな……。わたしにその資格はあるのかな。

かんなは学習机の一番上の抽斗《ひきだし》を引いた。きっちりと整理整頓された小物たちの中でキラリと光る小さな指輪。熊谷繁子さんという定食屋の店主から頂いたものだ。あの古びた定食屋のコロッケ定食の味が口の中で蘇《よみがえ》った気がした。

さてと、そろそろ行こう。指輪をぎゅっと握りしめ、かんなは力強くドアを開いた。

東北の三月は、かつて住んでいた小田原に比べると信じられないほど寒い。こんなにも素敵に晴れているのに、風はうんと冷たくて、太陽の光だけでは世界のぬくもりは足りないようだ。それでも清々《すがすが》しい朝だった。大きく息を吸い込むと、新鮮で冷たい空気が肺を健やかに満たしてくれた。遠くの山々をベールのような白雪が覆っている。その光景は、結婚式の花嫁みたいだ。

家族写真を一枚撮って、「行ってきます」と母と祖母に手を振り、歩き出した。

ローファーで踏みつけるアスファルトがジャリッと小気味よい音を立てた。

新しい一歩のように感じた。

そうだ。せっかくだから学校に着くまでの間くらい、予行練習として指輪をはめてみよう。

歩きながら左手を開いて顔の前に持ってくる。どの指がいいだろうか。サイズ的には薬指が合いそうだ。かんなは指輪を指にそっと運ぶ――が、手と足を止めた。

左の薬指は結婚指輪をはめる場所だ。勝手にはめていいのだろうか？　やれやれだわ。そんな乙女チックなことを思うようなキャラクターでもないのに。瀬川さんに感化されてしまったな。

苦笑いで指輪をはめた。その瞬間、
あれ……？　かんなは目を擦った。

最初は太陽の光の悪戯《いたずら》だと思った。

でも違う。指輪をはめた薬指から真っ赤な糸が伸びている。

なんだろうこれは？　指輪をはめた途端に赤い糸は現れた。指輪を外すと、糸は姿を消した。またはめると、また現れた。しかし糸に触れることはできない。なんて非科学的な現象なんだろう。

驚いて佇《たたず》んでいると、その横をサラリーマンが急ぎ足で通り過ぎていった。

しまった、あと三分で電車が来てしまう。三十分に一本だから乗り遅れは厳禁だ。

かんなは小走りで駅舎を目指した。

なんとか電車には間に合ったが、まだ夢の中にいるような気がしていた。そんな光景が目の前に広がっている。電車に乗っている通勤・通学客たちの指に赤い糸が見える。しかもその糸の赤色には濃淡があって、車両の壁をすり抜けてどこかへ向かって伸びている。いや、一概にはそうとも言えない。目の前のシートに座っている高校生カップルの指と指は濃い赤色の糸で結ばれている。しかし彼らはそんなことなど気にする様子もなく笑い合っている。糸は見えていないようだ。

本当にやれやれだわ。オカルトの類いは大嫌いだけど、認めざるを得ないようね。

これは俗に言う『運命の赤い糸』だ。この指輪が見せている奇跡なんだ。

卒業式の間、指輪はポケットにしまっておいた。もしつけていたら生活指導の先生に奪われてしまう。いくら卒業式だからといってアクセサリーの装着は禁止されている。

かんなはひな壇の端っこで『大地讃頌』を歌いながら、ひとつの想いに心をとらわれていた。視線の先で微笑んでいる新藤先生。今日はきっちりとした髪型に、きっちりとした礼服姿だ。いつもより、何倍も、何十倍も素敵だった。

先生の指にも赤い糸はあるのかな。その糸はどこへ向かって伸びているのだろう。

もしもこの中の別の誰かとつながっていたら。そう思うと不安になる。見たいような、見たくないような、さっきからそんな気持ちに心がゆらゆら揺れていた。

でも、構わない。もしもわたしの指とつながっていなくても、この気持ちだけは伝えよう。

隣で歌っている瀬川さんのことを見た。

だってこの恋は、わたし一人の恋じゃないのだから……。

卒業式が終わると、クラスに戻って最後のホームルームに臨んだ。担任の先生は涙ながらに別れを語り、クラスメイトの半分くらいがその言葉に泣いていた。教室の後方にいる保護者たちも随分と泣いているようだ。かんなは隣の席に目を向けた。瀬川さんも泣いているのだろうか？

彼女はちっとも泣いていなかった。お互い涙はあの日に使い果たした。あの雪の公園で。

もうすぐホームルームが終わりそうだ。瀬川さんはこちらを見て、にやりと笑って合図を出した。告白のための変身の時間がいよいよやってきたのだ。

「起立、気をつけ！　礼！」と学級委員長が言うと、三年三組は解散となった。

その途端、かんなと瀬川さんは誰よりも早く教室を飛び出した。

先にホームルームを終えていたクラスの子たちが廊下で名残惜しそうに語り合っている。二人はその間をすり抜ける。競うように走った。笑いながら走った。そして階段に差しかかる。遅れていたかんなを振り返り、瀬川さんが手を差し伸べた。かんなは躊躇うことなく、その手を取った。ぎゅっと握った。二人は手をつないで階段を駆け上がった。

先に瀬川さんのメイクを済ませると、彼女は見違えるように綺麗になった。

「じゃあ、次はかんなちゃんね！　急がないと他の子たちに先を越されちゃう！」

「あの、瀬川さん。急ぎたい気持ちは重々分かるのですが……」

「大丈夫！　ちゃんとバッチリ可愛くするから！」

「ならいいのですが」

「あ、それから――」

瀬川さんが顔の前で人差し指を立てた。

©加藤朱々・宇山佳佑／集英社
本体価650円（税込715円）
互いの想いがすれ違う、切なく、儚い恋の物語。
第1巻発売中！
桜のような僕の恋人
［漫画］加藤朱々
［原作］宇山佳佑
マーガレットコミックス
宇山佳佑が描く
美しい恋愛が
待望の漫画化！
TikTokで大反響
この恋は世界でいちばん美しい雨
第1巻発売中！
［漫画］碧井ハル
［原作］宇山佳佑
マーガレットコミックス
奇跡によって幸せを、相手のことを、思い続ける愛の物語
完全無料まんがサイト
デジマにて連載中
本体価650円（税込715円）
©碧井ハル・宇山佳佑／集英社

45th ANNIVERSARY 集英社文庫

宇山佳佑

大人気の恋愛小説

愛した相手の幸せが、自分の命を奪うなんて。

この恋は世界でいちばん美しい雨

二人で20年の余命を授かった誠と日菜。
互いの命を奪い合う過酷な日々が始まる。

◎定価858円(税込)

72万部突破!

中島健人×松本穂香出演の映画原作!

桜のような僕の恋人

急速に老いてゆく難病に冒された美咲。
恋人の晴人が彼女のためにできることは。

◎定価660円(税込)

綾瀬はるか×坂口健太郎出演の映画小説版!

今夜、ロマンス劇場で

映画監督を志す健司の前に現れたのは、彼がずっと憧れていたモノクロ映画のお姫様で!?

◎定価572円(税込)

http://bunko.shueisha.co.jp 好評発売中

「これからは、わたしのことも下の名前で呼んでほしいな。友達なのにいつまでも『瀬川さん』はよそよそしいじゃん。それにさ、わたしはもうすぐ『住岡』って名字になるかもしれないよ？」

かんなはふふっと笑ってしまった。

「あ！　今、それはないって思ったでしょ！」

「そんなことないですよ」

「それからもういっこ」

メイクに彩られた彼女の顔が桜のように輝いた。

「今日で敬語も卒業ね！」

かんなも桜みたいに満開に笑った。

「うん、分かったよ。……舞ちゃん！」

二人は顔を見合わせて笑った。

嬉しかった。敬語をやめて、呼び方を変えて、新しい関係になれた気がして。

友達と過ごすこんな時間が、わたしはやっぱり、ただただ純粋に嬉しいんだ。

メイクを終えて、いざ出陣。ガチ恋同盟の勝負の時だ。

手鏡で見たメイクをした初めての自分は、なんだかちょっと、大人だった。

その顔に笑いかけてみる。問いかけてみる。

わたしに『資格』はあるのかな。

好きな人の前に立って、一番素敵な自分で、胸を張って「好きです」と伝えるための資格が。

あるよ、と言ってくれている。

笑顔が素敵な、新しい自分が。

「じゃあ、お互い頑張ろうね！」

屋上に続く階段を下りると、廊下で舞ちゃんが手を振ってくれた。これからは別々の道だ。かんなは左に、舞ちゃんは右に進む。運命の人だと信じたいあの人に、この想いを伝えにゆくのだ。

かんなは「またあとで」と歩き出す——が、その足を止めた。

スカートを揺らしながら振り返った。そして、

「ねぇ、舞ちゃん」

「ん？」

「ありがとう。わたしに百点の言葉をくれて」

ずっと言いたかった言葉だ。

彼女はわたしに最高の言葉をくれた。それは……。

——かんなちゃんとは、ずっと友達でいたいから。

大袈裟だけど、わたしの人生を変えてくれた言葉だ。

こんな変わり者のわたしを好きだと言ってくれた。

ずっと友達でいたいって言ってくれた。

その言葉が、涙が出るほど幸せだった。

友達って嬉しいものなんだ。寂しいものなんだ。そう教えてくれた会心の一撃だ。

きっと五十年後も忘れはしない、わたしにとっての百点満点の言葉だ。

「それはお互い様。かんなちゃんも、わたしにくれたんだよ。百点満点の言葉」

「わたしが？」

「言ってくれたじゃん。水をかけられちゃったとき、『瀬川さんは素敵な人です』って。あれ、すごく嬉しかったの。こんなわたしを素敵だなんて言ってくれる人、人生でかんなちゃんが初めてだったから。三年間ずっと陰キャで、友達もいなくて、自分に自信なんて全然なかったからさ。いつもクラスのみんなが楽しそうにしてるのを、好きな人を、遠くで見てるだけだった。でも――」

舞ちゃんの白い頬に喜びの色が広がった。

「あの言葉に救われたよ！　もっと素敵になりたいって思えた！　それに――」

彼女は髪を縛っていたゴムを取った。ウェーブのかかった髪が弧を描くようにして自由になった。

こんなふうにくせ毛を露《あら》わにするのをはじめて見た。

「この髪、ずっとコンプレックスだったの。でももう隠さないよ」

その笑顔が自信に満ち溢れている。彼女もまた、『資格』を手にしたんだ。

「ありのままの自分で告白する！」

彼女の髪は、窓からの春風に吹かれて嬉しそうに泳いでいた。

いつの間にかわたしたちは互いに大切な言葉を伝え合っていたんだ。

先生には考えても考えてもなかなか見つけられなかった百点の言葉。

でも友達になら、あっという間に伝えられた。

「今から変なこと言うね」

「変なこと？」と舞ちゃんは目をパチパチさせた。

かんなは少しはにかみながら、それでも、心を込めて友達に伝えた。

「もしもわたしたちが恋をしたら、きっと舞ちゃんがわたしの運命の人だったよ」

「なにそれ」と彼女はくつくつ笑っている。

「冗談だけど、真剣にそう思ったの」

涙で胸が熱くなった。でも泣かなかった。その分、思い切り笑った。

「そのくらい、わたしは舞ちゃんのことが大好き！」

「もぉ～、そういう直球、恥ずかしいからやめてよ」

舞ちゃんも泣きそうだ。かんなの言葉が嬉しいんだ。

でも涙は胸にしまったようだ。八重歯を見せて、思い切り笑ってくれた。

「じゃあ、健闘を祈る！　かんなメンバー！」

「うん！　舞メンバーも！」

かんなは背筋を伸ばして歩き出した。そして心の中で思った。

恋は、たった一人の人を探求する旅だ。

でも、たった一人でするものじゃない。

友達と一緒に悩んで、考えて、答えを探してゆくものなんだ。

先生を好きになっていなかったら、きっと舞ちゃんと友達にはなれなかった。

離れ離れになる寂しさを感じることもできなかった。

また逢いたいって思える人とめぐり逢えたこの恋に、
新しい自分に出逢えたこの恋に、
わたしは今、心から感謝している。

たとえ、どんな運命だったとしても……。

言葉は決まった。呆れるくらいシンプルだ。

それでも、今この瞬間、感じている素直な気持ちだ。

廊下をまっすぐ進みながら、かんなは左の薬指に指輪をはめた。その瞬間、世界が赤い色に包まれた。生徒たちの指から伸びるいくつもの運命の赤い糸。その糸が織りなす眩しい光の向こうから、愛しいあの人がやってきた。かんなが恋する先生だ。

彼女は自身の指から伸びる赤い糸の行く先を見た。

左手を上げて笑っている新藤先生の指を見た。

運命を、目を離さずに、しっかり見つめた。

これが先生にとっての百点かは分からない。

でも伝えよう。

この言葉は、わたし一人の言葉じゃない。

わたしたちの言葉だ。

だから自信を持って、
心を込めて、
伝えよう。

「先生、わたしは――」

そしてかんなは、言葉の続きを彼に伝えた。

#4

わたしを失望させないで

Don't

Let Me Down

結婚って、なんなんだろう。ずっとずっと考えていた。

血のつながらない、生まれた場所も全然違う、育った環境も異なっている、そんな二人が互いの指輪に誓いを込めて、永い永い人生を一緒に時を刻んでゆく。それってすごく不思議なことだ。無謀なことかもしれない。ありえないことかもしれない。だけど、なんでだろう。心惹《ひ》かれてしまうんだ。どうしてなんだろう?

多分、結婚が『幸せへの一秒目』だからだ。

結婚式で友達たちから祝福されて、新婚旅行へ行ったりもして、一緒に過ごして愛を育み、子供が生まれて仲良く暮らす。その子が大きくなるのを動画や写真でたくさん撮って、たくさんたくさんスマホの中に思い出を収めてゆく。初めての笑顔、初めてのハイハイ、初めてのおしゃべり。入園式、お遊戯会、卒園式、小学校、中学校、高校、家族旅行、それに他愛ない日常も。そのうち子供が巣立っていったら、夫婦でのんびり旅行もしたい。今より年老いているけれど、それでも若い頃と同じように手をつないで並んで歩く。その様子もたくさんたくさん撮りたいな。そんな平凡だけど平穏な時間のことを『幸せ』って呼ぶんだろう。その一秒目が、結婚なんだ。

そしてわたしは、もうすぐ一秒目を刻む。

これから彼に、プロポーズをされるんだ……。


大きな大きなオレンジ色の夕陽が、太平洋の向こうに半分だけ顔を残している。空と海の境界線は神秘的な色に染まり、海面が百万カラットのダイヤのように豪勢に輝いている。日の入りが、日の出のときより、深く、濃く、彩られるのは、八十億もの人生を見守った疲れからなのだろうか。

秋の晴れ渡る夕暮れは、この世界のどんな景色よりも美しく、愛おしく、そして色鮮やかに見えた。満潮によって洗われた岩が寄せる波を勢いよく弾くと、その残響がどこまでも木霊する。

砂浜では二人の男女が向き合って座っている。高校の制服を着た若い二人だ。紺のブレザーに、ワインレッドのリボンを緩めてつける中谷由希子《なかたにゆきこ》が「ほら次、望《のぞむ》の番だよ」と軽く微笑む。その向かいには同世代の男性がいる。少し垂れ目で、怜悧《れいり》な顔立ちをした青年・西島《にしじま》望だ。

彼は由希子と同じ紺色のブレザーを着て、グレー地にチェックのスラックスを穿いている。ネクタイもリボンと同じワインレッドだ。望は「うん」と波に消えてしまいそうなほど小さな声で呟いた。少し緊張したその顔が、海の色を反射して赤く染まった。由希子と望の間には、砂を盛った小さな山がある。てっぺんには細い木の棒。順番に砂を掻いてその山を崩してゆくゲームをしていた。

随分と削り取られた砂の山に、望が静かに両手を伸ばす。節くれ立った逞《たくま》しい指だ。子供の両頬を優しく包むように、十指がそっと、砂の山を覆うと、

「由希子、大好きだよ」

彼の言葉に潮騒が続いた。

「この世界の誰よりも好きだ」

彼女の瞳も百万カラットに輝いた。

「だから、僕と――」

彼の指が砂を奪うと、山が崩れて木の棒が倒れた。

そこに夕陽色の涙が、ひとつ、儚くこぼれ落ちた……。

「あー、結婚したい。ほんと今すぐ結婚したい。もうすぐ三十だよ、信じられる？　わたしたちこの間まで高校生だったのにさ。昔は良かったなぁ。シャワーの水はぴっちぴちに弾いていたし、睡眠不足で肌が荒れることもなかったし。それに比べて、今は肌つやは悪いし、化粧のりも最悪だし、クマは全然取れないしさぁ。ほら、見てよ、ここ。シミができてる。メイクで隠せないレベルの。ほんとショック。シミって何年も前の紫外線が影響するって噂だよね。わたし陸上部だったから、この先結構ヤバいと思うんだよね。あの頃は十年後のことなんて考えてなかったから、日焼け止めとか塗ってなかったもんなぁ。もっとちゃんとケアしておけばよかったよ。今度シミ取りに行こ。この間ね、インスタの広告で見つけたの。一万円で三ミリまで取ってくれるところ。あ、そうだ！インスタで思い出した！　同じクラスだったサエちゃんって覚えてる？　実家がお寺のサエちゃん。先月結婚したんだって。式の様子がインスタに載ってたの。しかも！　しかもだよ！　東京グランホテルで式を挙げたの！　あそこってめちゃくちゃ高いよね。思わず値段調べちゃったよ。いくらだと思う？　なんとなんと！　八十人の会場で六百万円！　ちなみにこれはわたしの予想ね。式の費用は両家の親が半分くらい出したんだと思うな。あそこのお寺、儲《もう》かってるってお母さんが言ってたし。新郎も優しそうで、育ちが良さそうだったもんな。ご両親も品があってさ。いいよねぇ、わたしなんて母子家庭だだし、下の弟はまだ大学四年生だから、親には頼れないもんなぁ。まぁ、プロポーズされてから言えって感じだけどね。ていうか、あいつってば、なんでプロポーズしてくれないんだろう。付き合ってもう十一年も経つのにさ。ううん、違う！　九月末で十二年だ！　うわうわ、なんかムカついてきた！　くそぉ、今日は飲むぞ！　とことん飲もう！　すみませーん！　生のおかわりくださぁーい！」

三枝屋《さえぐさや》百貨店の屋上ビアガーデンは、真夏の夜というだけあって今日も大盛況だ。会社帰りの老若男女がビールジョッキを傾けて、頬を赤らめ、誰もがニコニコ笑っている。その中で一人不機嫌そうに眉間に皺を寄せながらビールを飲み干す由希子の姿。その愚痴が星のない夜空に吸い込まれて消える。ややあって届いたジョッキはバケツのように巨大だ。それにもう四杯目。それでも金曜の夜の由希子は止まらない。口の周りにサンタクロースの髭のような泡をつけ、ぐちぐちぐちぐち愚痴を続ける。真夏の熱気が彼女の背中をいたずらに押すと、さらに愚痴がひどくなった。オリーブ色のレーヨンブラウスの袖をまくりあげるようにして、由希子は本腰を入れてしたたかに飲んだ。その姿たるや完全なる酔っ払いだ。

向かいの席に座る野崎《のざき》まりなは、芸能人のように整った顔立ちだ。その頬は酒気を帯びて色っぽい。スタイルだってモデルみたいにすらっとしている。彼女は頬杖をついたまま、やれやれとため息を漏らした。そんなまりなを見て、由希子は「なによぉ」と赤らんだ顔をくしゃっとさせると、

「いいよね、まりなは。早々に一抜けしたんだから」

「いちぬけ？」

「そっ、独身、一抜けたーって。健次郎《けんじろう》君とは結婚何年目？　五年目くらい？　わたしと同じで高校時代から付き合ってるのに、あんたは二十代の真ん中で結婚して今は二児のママだもんね。しかも夢羽《ゆめは》ちゃんと春樹《はるき》君はめっちゃっちゃ可愛いし。健次郎君なんて今やビジネスで大成功じゃん。うちの望と合わせて仲良し四人組だったのに、どうしてこうも差がついたかなぁ」

「差なんてついてないって。望君すごいじゃん。オープンからたった一年で注文もかなり増えたって、健次郎も喜んでたよ。なんの後ろ盾もないのに東京でハンドメイドの時計のお店を開いたんだ

もん。本当にすごいことだよ。それにさ、あんたたちの場合は、単にタイミングが合わなかっただけだと思うけどな」

「タイミングぅ？」

「望君は高校卒業して盛岡の工房で働いて、由希子は上京して大学生。ずーっと遠距離恋愛だったじゃない。しかも由希子ってば、単位を落として留年しちゃうし。そしたら今度は向こうがスイスに留学。ようやく帰ってきたら、次はあんたがぐちぐち言って別れちゃってさ。それで一年後にヨリを戻したかと思ったら、望君が独立して仕事に没頭。いつもタイミングが悪いのよ。でも彼が東京に出てきてくれてよかったじゃない。これで安泰よ。お店も軌道に乗ったわけだしね。プロポーズだって、もうすぐしてくれるんじゃないかなぁ」

「どうだか」と由希子はジョッキの中身を飲み干した。「これがラストチャンスだよ」

「またそんなこと言って」

「誕生日までにプロポーズしてくれなきゃ別れる！　永遠に別れる！」

「バカ言ってると怒るよ！」

「だってぇ～！　冗談だけど、そんなふうにも思っちゃうよぉ。もう三十なんだもん。ていうか、あいつってば分かってるのかなぁ、来月わたしが三十歳になること。もしかして気づいてない？だとしたらひどくない？　あいつってばいつもそう。仕事に夢中になると、わたしのことなんてすぐに忘れちゃうんだもん。ほら、前に一旦別れたときもそうだったじゃん。仕事が忙しすぎて全然相手してくれなかったし。それに独立するときだってそうだよ。勝手に工房を辞めちゃってさ。ちゃんとした会社だったのに、急に『冒険する！』とか言い出してさぁ。安定は？　将来は？　わたしのことは？　全然考えてない感じがムカつくの。だから三十までにプロポーズしてくれなきゃ別れてやるって、そう思いたくなる気持ちも分かるでしょ？」

まりなは白のノースリーブから伸びた小麦色の肩をポリポリ掻きながら、ちょっとだけ呆れていた。どうやら肩を蚊に食われたようだ。艶《あで》やかな肌にぽつんと赤いできものが見える。

「ねぇ、由希子。なんでそんなに三十歳にこだわるの？」

「こだわってるっていうかさぁ、なんかソワソワソワしちゃうのよ」

「ソワソワねぇ。焦らない方が良いと思うけどな。今どき三十過ぎてからの結婚なんてざらだもん。年齢にこだわる必要なんて全然ないよ。そもそも人生、結婚だけがすべてじゃないし」

「でもぉ〜。早く結婚したいの〜。子供の頃からの憧れなの〜。結婚がぁ〜。うちの両親って晩婚で、しかもお父さんは早くに死んじゃったでしょ。そのあとお母さんが苦労して、わたしと弟たちを育ててくれたの見てたからさ、なるべく早く結婚したいってずっとずぅーっと思ってきたのよ。それに、若い妻として幸せな写真をインスタにたくさん投稿したいじゃん。子供が小学生になって、入学式の写真をアップしたとき、若々しい綺麗なお母さんでいたいのよ」

「由希子のお母さんが苦労したのはよく分かるよ。頑張って大学まで行かせたバカ娘が、遊びまくって留年しちゃうんだもの。本当によくここまで育ててくれたと思うよ」

「うるさいなぁ。留年したときの学費は全部自分で払ったわよ。罪悪感で」

「当然。でも後者には賛同できないな。いくつになっても綺麗な人は綺麗だよ。年齢は関係ないよ」

まりなはハイボールが入ったグラスを綺麗に手入れを施した爪の先で撫でながら言った。長く艶やかな黒髪が夜風になびいている。気品すら感じさせる艶麗《えんれい》な笑顔だ。

年齢は関係ないか。それはそうだけど、まりなが言うと勝ち組の上から目線に聞こえちゃうのよ。いいよね、まりなは。夫のお金でアロマエステのサロンをオープンさせて、いつも綺麗な格好で、素敵な笑顔をインスタに投稿しまくっててさ。子供の写真も、夫の写真も、いつもいっつもキラッキラだし、世田谷に買った一億円の豪邸は隅々までピッカピカでさ。そういうのを見ると、ついつい『いいね』するのを躊躇っちゃうよ。それに比べてわたしは——って思っちゃうんだ。

知らず知らずため息が溢れていた。由希子は胸の奥で「いつからなんだろう」と虚しく思った。いつからわたしは、親友の暮らしぶりを「羨ましい」って思うようになったんだろうな……。

夜十時に宴はお開きとなった。百貨店から地下道を歩いて新宿駅を目指す間、由希子はまりなの細い腕を借りていた。酔いすぎてしまった。ヒールの高い靴では歩きづらかった。

「悪酔いしてごめんなさい」と弱々しく謝るのは最近のお決まりのパターンだ。仕事とプライベートのストレスが綯《な》い交《ま》ぜになって、この何年かは、飲めば〝悪酔いデビル〟になってしまう。それに、久しぶりにまりなに会えたことも嬉しかった。子育てが大変なのに、こうして愚痴を聞くためにわざわざ駆けつけてくれる親友の存在は心からありがたい。なににも代えがたい宝物だ。

「夢羽ちゃんと春樹君は大丈夫？」

「うん。今日は健次郎が見てくれてるから」

子育ての助け合いもしっかりできる理想の夫婦か……って、あーダメダメ。まただ。また羨ましいと思ってしまった。由希子は胸の辺りまで伸びたワンカールヘアをふるふると振った。

新宿駅でまりなと別れた。千歳船橋《ちとせふなばし》に住む彼女は小田急《おだきゆう》線の改札へ向かい、由希子は京王《けいおう》線へと足を進めた。各駅停車でも金曜の夜のこの時間は混みに混んでいる。自宅のある笹塚《ささづか》駅までたったの五分。少し気持ち悪いけど、あとちょっとの辛抱だ。

腕に下げたミントグリーン色のケイト・スペードのハンドバッグが震えている。スマートフォンに通知が届いたようだ。この震え方はラインだと思う。まりなからだった。

『大丈夫？　ちゃんと電車に乗れた？』と心配してくれている。また迷惑かけちゃったな……。酔った頭で反省していると、もう一通メッセージが届いた。大学時代の同期からだ。長いこと連絡を取っていなかった旧友なのだが、こんな時間にどうしたのだろう？

『久しぶり！　元気してる？　この前、入籍したの。冬に結婚式をする予定だから、研究室のみんなを呼んで久しぶりに集まりたいなって思ってるんだ。招待状送るね。取り急ぎの報告でした！』

電車が長い長いトンネルから抜け出ると、甲州街道《こうしゅう》を照らす光が鈍色《にびいろ》に見えた。その向こうには果てしない夜が広がっている。寂しい都会の金曜の夜の顔だ。

由希子はスマートフォンをハンドバッグに戻して、少し大きなため息を漏らした。

今も独身でいるだなんて夢にも思ってなかった。十八歳の誕生日にあいつと付き合いだして、それから約十二年、そりゃあ色々あったけど、それでも二十代の後半くらいには結婚して、今頃子供だっているると思ってた。「彼氏がいるだけマシじゃん」なんて言う人もいるけど、でもそれは間違っている。彼氏がいるからタチが悪いんだ。彼氏がいるのに結婚できない。彼氏がいるのに取り残されてる。そんなネガティブな気持ちがここ何年か、胸をモヤモヤさせているんだ。

まりなの言うとおり、今の時代は二十代での結婚なんてむしろ早いくらいだ。三十代でも、四十代でも良いと思う。大事なのは年齢よりも質なのだから。頭ではそう分かっている。でも本能は違う。わたしの本能は胸の中で叫んでいるんだ。「早く結婚したいよぉ！」って。だからインスタを開くたび、投稿やストーリーを覗くたび、既婚者たちの幸せな生活が目に留まる。家族のために美味しそうな食事を作っている写真や、赤ん坊が寝返りを打っただけで喜んでいる動画にモヤモヤするんだ。また一人、また一人と、そんな写真や動画が投稿されるたび、それらを目にするたびに、どうしようもなく思ってしまう。どうしてわたしは恋人がいるのに独身なんだろう……って。

笹塚駅で下車すると、自宅マンションのある方南《ほうなん》方面へと歩き出した——が、その足を止めて玉川《たまがわ》上水緑道を歩いて環七の方へ向かった。途中のコンビニでミネラルウォーターとミルクティーとエクレアを買って、エコバッグをぶらぶらさせながらもう少しだけ頑張って歩く。水をたくさん飲んだおかげで、酔いはもう随分と醒《さ》めていた。だけど頭はまだ重い。

住宅が密集する迷路みたいな路地を行くと、ぼんやりとした淡い橙色の光を放つ路面店が見えてきた。ネズミの住処《すみか》のような小さなお店だ。ドアの小窓から漏れた明かりが地面に四角い光の溜まりを作っている。その光のそばには洒落《しやれ》た木製の看板があって『Chronus & Caerus』と崩した書体で書いてある。クロノス・アンド・カイロス——。ここは由希子の恋人・望の時計店だ。

「やっぱり。まだいると思った」

鉄のドアハンドルを押して中へ入ると、店の奥の工房スペースで机に向かう望の姿があった。しかし彼は由希子には気づいていない。時計作りに没頭している。アンティーク調の卓上ランプに照らされた顔は真剣そのものだ。テーブルには細かな部品がきっちりと並んでいて、壁には工具類が整然と吊るされている。几帳面《きちようめん》な性格であることが机周りからでもよく分かる。ちっとも気づかない恋人に不満を抱きつつ、由希子は「おーい！」と壁をノックする。望が肩を震わせ、こちらを見た。ようやく気づいたようだ。小ぶりな丸眼鏡が間抜けな感じでズレていた。

「なんだ、由希子か〜。びっくりしたぁ〜」と彼は眼鏡を外して、心臓の辺りに手を当てて笑った。

「あれ？　まりなちゃんとの飲み会は？」

「もうお開きだよ。わたしは一人だけど、向こうは家族もいるしね」

少しだけ嫌味っぽい口調になってしまった。しかし望は気にする様子もなく、

「そっか。それにしても、随分飲んだみたいだね。ちょっと酒臭いよ」

「うるさいなぁ。せっかく好物のミルクティーを買ってきてあげたのに。ついでにエクレアも」

「あ、サンキュー。晩ご飯食べてなかったから助かるよ」

「も〜、言ったでしょ。仕事に没頭して食事を抜くのは厳禁だって。それにこれはあげません。お酒臭いって言ったことを訂正してください」

「ごめんごめん。今日の由希子は、そうだな、高貴な薔薇の香りがするよ」

「ばーか」とパックのミルクティーとエクレアを渡した。「ここのところ毎日遅いね。忙しいのは良いことだけど、身体壊したりしないでよね」

「平気だよ。それにありがたいことに、最近また注文が増えたんだ。この間ほら、雑誌の笹塚・幡ケ谷《はたがや》特集で取り上げてもらったろ？　あれの反響がなかなかすごいんだ。発売日から今日までで二十件以上も問い合わせがあったんだよ」

「ふーん。じゃあ来年の所得税は大奮発ね。税務署が泣いて喜ぶわ」

「嫌なこと言うなぁ」

「酒臭いって言ったお返しよ。でもよかった。独立するって言われたときは、正直厳しいかもなぁって思ってたから。だってこーんな住宅地の隅っこの、こーんな小さなお店なんだもん」

「しょうがないだろ、笹塚はどこも家賃が高いんだから。でも満足してるよ。僕には十分すぎるくらいだ。高校時代からの夢がようやく叶ったわけだしね」

こざっぱりした短髪をなでつけながら、彼は笑ってミルクティーを飲んだ。垂れ目だからか、笑うとうんと幼く見える。少年のような愛らしい笑顔だ。

「えーっと、なんだっけ？　『自分の作った時計が、その人の腕でずっと一緒に時を刻んでくれたら嬉しいです。それが僕の夢なんです』だっけ？　雑誌にそう書いてあったね」

「言わなくていいよ。文字で読んだら我ながら恥ずかしかった」

「確かに。なかなかクサいセリフだよね」

「からかうなって。でも昨日、雑誌を見たお客さんが一本買ってくれて、帰り際に『一生大事にします』って言ってくれたんだ。ここをオープンさせるために借り入れとか色々大変だったけど、その一言で今までの苦労なんて全部吹っ飛んじゃったよ」

「ふぅーん。なによ、そのキラキラした目は」

「キラキラ？」と彼は首を傾げて目元に触れた。

由希子は、ふんと鼻を鳴らして望の隣に置いてあるヘパイストスというブランドの椅子に座った。

わたしとのデートのときも、そのくらい目をキラキラさせてほしいんですけど？

まぁ、でも――と、それからふっと優しく微笑み、嬉しそうな恋人を見た。

夢が叶って本当によかったね……。

店はほんの八畳程度だ。それでも、ここは望の城だ。ずっと願い続けた念願の場所なのだ。

古民家の廃材を再利用した床材が敷き詰められた店内の真ん中には、彼手製のテーブルがあって、そこには望の作品たちがずらりと並んでいる。詳しいことは分からないが、時計の内部に収められている針の動きや日付の変更といった駆動を司る『ムーブメント』という部分と、ガラス以外はすべて手作りらしい。価格はだいたい二万円台後半。どこかアンティークっぽい仕上がりの作品が多いのは、古物商をしている父の影響だと望が前に教えてくれた。「古いものや一度止まったものが、また頑張って動こうとする姿って、なんだかすごく素敵に見えるんだ」と嬉々として話していたのが懐かしい。

「由希子はどうなの？　新しい仕事は楽しい？」

「それ嫌味？」

「どうして？」

「わたしは夢を仕事にしてないもん」

「夢じゃなくても、仕事を楽しんでいる人はたくさんいるよ」

「そうかもしれないけど、わたしの場合は微妙かな。完全に転職失敗って感じ」

三年前までは出身大学で経理の仕事をしていた。でも煩わしい人間関係にちょっとだけ病んでしまって、それから職を転々とした。このままじゃマズいと思って一念発起。再び就職活動に力を入れたのが去年の暮れだ。前職の知識と経験を活《い》かして仕事を探し、給料と待遇が一番良かった今の職場を選んだのだが、仕事はどうにも単調だ。やりがいなんてほとんど感じていない。

「働き出してまだ半年だろ。これからこれから」

「これからねぇ。でもな〜、したいこと、本当は他にあるのよね〜」

「他に？　初耳だな。教えてよ」

そんなの決まってるじゃん、あんたとの結婚よ……。歯の辺りまで言葉が湧き上がってきた。

「あ、分かった！」と望が膝を叩いた。

気づいてくれた!?　由希子は身を乗り出した。

「インスタグラマーだろ！」

思わずずっこけそうになった。期待した自分がバカみたいだ。

「由希子って、毎日一生懸命インスタに投稿してるしさ」

もぉ、どうして気づいてくれないのよ。由希子は少しムッとした。

ここ数年、何度も何度も結婚したいことを匂わせてきた。一緒にデパートへ行ったら指輪売り場へ腕を引っ張ったりもしたし、指輪の好みは指が細く見えるVラインのものだと伝えたりもした。露骨に結婚情報誌を買ってリビングに置いておいたこともある。友達の幸せそうな結婚生活のインスタだって何回も見せた。でも望はちっとも言ってくれない。「僕と結婚してください」という特別な一言だけは、どうやったって言ってくれないんだ。

「望には言わないよ。内緒だもんね」

「なんだよ、それ。やっぱりインスタグラマーだろ」

呑気に笑うその顔が腹立たしくて、言ってはいけない言葉が口から溢れそうになる。

「ねぇ、望」

ダメ。言っちゃダメ。由希子は言葉を呑もうとした。しかし、

「わたしを失望させないで……」

吐息に混ぜるようにして放った言葉は、外を走るバイクのエンジン音にかき消された。

望は「今なんて？」と首を傾げている。

よかった、聞こえていなかったみたいだ。

「なんでもない。そんなことより、今日は何時までやるつもり？　お風呂当番はどこの誰だっけ？」

「あ、僕だ。忘れてた。そろそろ帰ろうか。今何時？」

由希子は左腕に巻きつけていた時計に視線を向け――「あ……」と声が漏れた。

「止まってる」

「え？　また？」と彼は眉間に皺を寄せ、由希子の左手首にその顔を寄せた。

彼女の白い腕には古い古い時計がある。針は十時の辺りで止まっていた。

「おかしいなぁ。前に直したとき、細かくチェックしたんだけどなぁ」

「しょうがないよ。ひいおばあちゃんの時計だもん。そろそろ寿命だよ」

これはウォルサムというブランドの一九三四年製の婦人用腕時計だ。高校三年生の夏休み、勝浦《かつうら》の祖母の家に遊びに行ったとき、屋根裏で埃を被《かぶ》っていたこの時計を見つけたのだ。小さな長方形のガラスの中に数字が可愛く並んでいる姿に色気を感じて一目惚れをした。しかし、そのときすでに針は止まっていた。それを修理してくれたのが、望だった。

「もうダメかもね。メルカリで売ろうかな。壊れてるけど、千円くらいにはなるかもしれないし」

「ダメだって！　もったいないよ！」と彼が慌てて左腕を摑んできた。「この文字盤の色合いは、時間が塗ってくれた貴重な色なんだ。だからもっと大事にしないと」

由希子は奥二重の目を糸のように細めて、ふふふっと笑った。

「どうしたの？」と彼は手を離して、目をしばたたかせている。

「懐かしいなぁって思ってさ」

「懐かしい？」

「この時計を初めて直してくれたときのことを思い出したの。あのときも『壊れてるからリサイクルショップに売ろうかな』って言ったら、望ってばすごく怒ったでしょ？　ダメだよ！　もったいないって！　僕が直してみせるって」

「そうだったな」と彼も懐かしそうに微笑んだ。「あの頃は時計の知識なんてほとんどなかったから直すのには苦労したよ。それなのにメルカリに売るだなんて、由希子はひどいことを言うなぁ」

「冗談よ。売るわけないでしょ。だってこの時計は、ひいおばあちゃんの時計でもあるけど、望の最初の作品でもあるんだから。そんな記念すべき時計を売るわけないよ。だからさ――」

由希子は腕時計を外すと、笑顔で彼に差し向けた。

「一生大事にするから、何度止まっても直してね」

「分かった。必ず直すよ」

彼はまた少年のように、綺麗に並んだ歯を見せて笑った。

もぉ、鈍感。一生大事にするって、一生添い遂げたいって意味に決まってるでしょ。望はやっぱり時計バカだ。まぁでも、その可愛い笑顔に免じて許してやるか。

「さてと、戸締まり戸締まり」

望は立ち上がると窓辺へ向かった。しかし――、ドタン！　と大きな音がしたので驚いて振り返った。望が倒れている。どうやら転んでしまったらしい。由希子は「大丈夫!?　どうしたの!?」と慌てて駆け寄った。

「平気平気。ちょっと躓《つまず》いて」

「躓いたって……。躓くようなもの、なにもないじゃない」

「変だな。ちょっと疲れが溜まってるのかな」

まったく、元々ちょっとドジだけど、なんだか最近、輪をかけてドジな気がする。すぐに転んだり、食事中に箸を落としたり、持っていた荷物を手からこぼしてしまったり。

あーあ、なんでこんな奴のことを好きになったんだろう。

プロポーズをしてくれないムカつく恋人。

キラキラした目で夢を語るムカつく恋人。

わたしよりも時計が好きなムカつく恋人。

それでも、全部許したくなる笑顔が素敵なムカつく恋人。

優しさも、夢に対するひたむきさも、おっちょこちょいなところも、全部全部、愛くるしくて大好きなのに、たったひとつだけどうしても足りないものがある。たった一言だけが足りないんだ。

「僕と結婚してください」という一言だけが。

その言葉さえあれば、もうそれだけであとはなんにもいらないのに。

望がわたしの運命の人だったら……って、あの頃から思ってるのに。

高校生の頃から、出逢った頃から、ずっとずっと思っているのにな。

二人の恋のきっかけは、あの腕時計だ。

部活部活の毎日で恋愛をする暇なんてなかったけれど、いつもどこかで恋に憧れていた高校時代。もちろん気になる男子は何人かいた。でもどうやって恋をはじめていいか分からなかったし、デートなんて夢のまた夢。誘う勇気はちっともなかった。だから由希子は「今は長距離走が恋人！」なんて言い訳をして、片想いに蓋をしてきた。でも高校三年生のとき、望と出逢った。

親友のまりなが健次郎と付き合うようになったのが、この恋のはじまりだった。

昼休み、まりなとご飯を食べようとしていると、健次郎が「俺らも交ぜてよ！」といつも決まってやってくる。その後ろには望がいた。彼はなんだか緊張していた。健次郎に嫌々連れてこられたのかもしれない。サッカー部のエースで学級委員長という無敵のステータスを誇る健次郎とは真逆で、望はちょっと冴えない感じの男の子だった。帰宅部で、顔は白くて、髪はごわごわ。おまけに野暮ったい黒縁眼鏡をかけている。文化系の代表格のような容姿で、女子と話すのも苦手のようだ。よくしゃべる健次郎に反比例するように、いつも静かに弁当をつついていた。

全然楽しそうじゃないなぁ……と、彼をこっそり見ながら、由希子は思っていた。しかしそれは彼女も同じだ。男子がいると、どうにもおすましして しまう。本当はまりなと二人で食べたいのになんでいつも入ってくるのよ……と、そんなことを考えながら、ただ黙々と弁当を食べていた。

由希子と望が口を利くことはほとんどなかった。弁当の中身を隠すように立てた蓋の壁は、そのまま男子たちへの心の壁のようだ。そんな二人の距離を縮めたのが、曾祖母《そうそぼ》の腕時計だ。

夏休みが明けた九月初旬の日曜日。部活がたまたま休みだった由希子は、まりなの家に呼ばれた。健次郎と望と四人で試験勉強をしようと電話があったのだ。また男子がいるんだ……。なんてことを考えながらも、ついつい足を運んでしまう自分がいる。どうしてなんだろう？

由希子は色づいた稲穂が揺れるあぜ道を歩きながら首を捻って考えた。

もしかして無意識に男子と一緒にいることに喜びを感じてる？　楽しいって思ってる？　いやいや、違うよ。断じて違う。全然楽しくなんてない。まりなと二人の方がずっといいもん。じゃあ、どうして男の子がいる勉強会に参加するの？　それは、きっと――。

「中谷さん」と後ろで男の声がした。由希子は驚いた猫のようにその場で思わず飛び跳ねた。

こ、この声……。恐る恐る振り返ると、白いポロシャツ姿の望がすぐそこに立っていた。相変わらずの黒縁眼鏡に硬そうな髪の毛。夏休みの間、どこにも出かけていなかったのだろう。肌は驚くくらい真っ白だ。部活三昧でこんがり日焼けしている自分が恥ずかしくなる。

「久しぶりだね」と無理して笑う望に、由希子の『男子苦手メーター』が久々にマックスを振り切ろうとしていた。「ど、どうも」と言ったきり言葉が出なくなってしまった。

それからはお通夜のようだった。二人は無言のまま長い長いあぜ道を歩いた。遠くでミンミンミンとセミが騒いでいる。その声がやたらと大きく耳に響く。セミ君たちの底抜けの明るさをわたしにも分けてほしいよ……と、そんなことを考えながら、左隣の彼をこっそりチラッと横目で見た。

今日の気温は三十二度。それでもいつも以上に暑く感じてしまうのは、男子とこんなふうに肩を並べて歩いているからだろう。左半身がアイスみたいに溶けそうだ。

困ったな、汗で髪がほっぺにくっついちゃう。髪の状態もかなり悪い。昨日、お母さんのちょっと高めのコンディショナーでしっかりケアをしておけばよかった。髪も身体も弟たちと一緒の安いやつで洗ってしまった。女子力ゼロの自分が嫌になる。由希子はバレないように深呼吸をひとつして、ほっぺたにくっついた髪を耳にかけようと手を――「え!? 待って!」

望が突然、大きな声を出した。青空を泳いでいたトンボたちもびっくりしていたが、一番驚いたのは由希子だった。バランスを崩して田んぼに落ちそうになってしまった。「危ない!」と慌てて望が手を摑む。ドキッとした。急に男子に触れられたこともあるが、なによりも彼の手が思ったよりずっとずっと大きくて逞しかったからだ。「ごめん、大丈夫?」と言われたけれど、なんて応えたかは覚えていない。そのくらい由希子のドキドキは頂点を超えて空まで届きそうだった。

「急に大声出してごめん……」

「う、ううん。どうしたの?」

由希子は声の震えがバレないようにあえて明るめに言った。でも心臓は暴走している。五千メートルを全力で走ってもこんなに脈打つことはないだろう。

望は控えめに由希子の左腕を指して「その時計、ウォルサムだよね」と訊ねてきた。

「ウォルサム?」と左腕の時計を撫でた。「そういう名前なの? おばあちゃんの家にあったのをもらってきたの。ひいおばあちゃんの時計なんだ。壊れて止まってるけど」

「壊れて? あのさ、迷惑じゃなかったら、その時計、見せてもらえないかな」

「え?」

「ダメ?」

「いいけど……」

それから二人は近くの神社に寄り道をして、境内の石段に並んで座った。彼はさっきから時計をじぃっと見つめている。眼鏡が時計に触れてしまいそうだ。譬えでもなんでもなく、本当にそのくらい近かった。そんな彼の姿に、由希子はまたもやドキドキしてしまう。

ち、近いよ。顔、近すぎるって。時計のベルト、汗臭くないよね……。

「この時計、多分だけど一九三四年製だと思う。かなり古いけど、文字盤にもベルトにも、ほとんど傷が入ってないからすごく良い状態だよ」

「そんなに古いんだ。でも、えっと、時計屋さんに相談しても直せないって言われちゃったの。だからもうダメかも。リサイクルショップに買い取ってもらおうかな」

「ダメだよ！　もったいないって！」

また大声だ。由希子は思わずのけぞった。

「そ、そんなに怒らなくても……」

「ご、ごめん。怒ってないんだ。その、つい」と彼は首の後ろを撫でた。

会話はそこで終わってしまった。またセミの大合唱だ。由希子は言葉を探した。

自分のせいで会話が終わっちゃったよ。なにか言わなきゃ。気まずくなっちゃう。

「ねぇ、中谷さん」

「は、はい」

「もしよかったらなんだけどさ、この時計、僕に修理させてもらえないかな」

「西島君、時計に詳しいんだ」

「うん、まぁね。とは言っても、独学でちょっと齧ってるだけなんだけどね。でもいつかは一人前の時計職人になりたいって思っているんだ。僕の作った時計が、その人の腕でずっと一緒に時を刻んでくれたら嬉しいなって。それが僕の夢なんだ」

高い空を見上げるように、彼はすっと背筋を伸ばした。

なんだろう、夢を語るときの西島君は、なんだかとっても爽やかだ。いつもの冴えない雰囲気は微塵もない。由希子は、彼の横顔に見入っていた。

「だからこの時計も頑張って直してみせるよ。中谷さんの腕で、また新しい時を刻めるように」

発端はアンティーク時計への興味だったのかもしれない。きっとそうだ。それでも彼の言葉が純粋に嬉しい。なにも考えられないほど嬉しい。思わず勘違いしてしまいそうになる。

まさか西島君、わたしのために……って。

ううん、そんなことないよね。もしも他の女の子が同じようなアンティーク時計を持っていても、彼は同じことを言っていたに違いない。そうだ、そうに決まってる。でも、
望の左手に目が留まった。

由希子は心をチクチク痛くさせながら、願うようにして思った。

もしかしてこの人の指と――、
そして、自分の左薬指を見た。

わたしの指は、運命の赤い糸で結ばれていたりして……。

それが十二年にも及ぶ、この恋のはじまりだった。


由希子が初めて『運命の赤い糸』を見たのは、二十九歳がもうすぐ終わろうとしている、そんな秋のはじまりのことだ。

まりなにビアガーデンで愚痴を聞いてもらった一ヶ月後の九月中旬。残暑に追い打ちをかけるよ

うにして、連日の雨が東京を灰色に染めている。分厚い雲の下では、ビルが濡れ、電車が濡れ、お堀の水面には幾何学模様のような波紋がいくつも広がっていた。

　雨は嫌いだ。気分が沈むし、蒸し蒸しするし、通勤だって面倒くさい。なにより洗濯物が溜まって仕方ない。天気予報は今週一杯ずっと雨。バスタオルの控えがもう底を尽きそうだ。

　由希子は総武線の車窓を流れる雨の東京の街並みを眺めながら憂鬱なため息をひとつ漏らした。不意に電車が大きく揺れて、サラリーマンが体重をかけてきた。足を踏まれてしまった。そのくせ無視してスマホをいじっている。もぉ、謝りなさいよ！　と心の中でべぇっと舌を出してやった。

　飯田橋《いいだばし》駅でようやく下車すると、ドアから吐き出された人々がホームに溢れた。由希子は近くのベンチに座って踏まれた足を確認した。痛みはない。でも買ったばっかりのパンプスが心配だった。うわ、最悪。靴底の跡がついている。もうこうなったら今日の仕事はやる気ゼロ。人の流れが収まるまで、しばらくここで待つことにした。

　始業は九時からだ。事務員はシフト制で、九時から十八時勤務と、十一時から二十時勤務が二週間ごとで分かれている。今週は前者の勤務時間だった。

　まだ遅刻しないよね。いつものクセで左腕に目をやると、時計がないことに気づいた。故障して一ヶ月、望はまだ修理をしてくれていない。前にも増して注文は増え、連日遅くまで工房で作業をしている。そんな多忙を極めている中で催促するのはどうにも気が引けた。

　それに最近、彼は疲れ果てていた。毎日毎日青白い顔をして帰ってくるのだ。肩こりがひどいのだろうか？　由希子にも悩みだが、望はその比ではない。細かな部品を扱うからか、首から肩にかけての筋肉が石のように硬くなっている。そんな疲れがどうやらピークに達しているようだ。なんだかすごくやつれている。仕事に没頭するのは良いことだけど、体調にだけは気をつけてほしい。

降車客が少なくなるまでホームでインスタグラムのチェックをする。気づいたら端末を手にしてアプリを開いているのが習慣というか、クセのようになっている。ＳＮＳのせいで本を読む時間はめっきり減ったし、肩こりの原因になっていることも重々分かっている。たまにはデジタルデトックスをするべきなのだが、ついつい覗いてしまうのだ。

まりなの投稿が目に留まった。夏に家族旅行で沖縄に行ったときのものだ。素敵なコンドミニアムのホテルに泊まって子供たちとバーベキューをしている写真。確か去年も宮《みや》古島《こじま》旅行だった気がする。よほど気に入ったのだろう。白い歯を見せて笑う親友の姿に、なんだか心がモヤモヤしてしまった。それに、この山ほどのハッシュタグにも……。

#家族旅行　#夏　#夏休み　#夏休みの思い出　#夏休みの過ごし方　#子供　#子供とおでかけ　#子育て日記　#子供のいる暮らし　#子供とあそぶ　#沖縄　#okinawa　#宮古島　#宮古島旅行　#宮古ブルー　#離島　#離島旅　#宮古島好きの人とつながりたい　#バーベキュー
#ワーママ　#ワーママの夏休み　#双子コーデ　#双子のいる生活　#双子ママとつながりたい
#写真　#スマホ写真　#スマホ写真部　#写真好きとつながりたい　#ライフスタイル

ハッシュタグの多さには二種類ある。それが自称・インスタウォッチャーである由希子の持論だ。ひとつは『承認欲求』。多くの人に見られたい欲求が#の数に表れる。もうひとつは『幸せ指数』だ。今の自分の幸せを#に込めて羅列する傾向があるようだ。まりなの場合はほぼ後者。いや、ハーフ&ハーフといったところだろう。『ワーママ』という単語が若干鼻につくものの、まりなは素人にしてはかなりのフォロワーを有している。子育て前の仕事の経験を活かしてアロマエステのサロンをオープンさせたし、少しでもハッシュタグを増やしてお客さんを獲得したいのかもしれない。

高校時代、まりなは我が校のメイン・ヒロインだった。一年生から三年生になるまでの二年間、ずっとずっとモテモテで、かれこれ三十人以上の男子に告白されていた。三十人といったら、ふたつのクラスの男子全員から告白されたのと同じようなものだ。それで結局、高三の春にサッカー部のエースの健次郎と付き合った。他を寄せ付けないハイスペックカップルの爆誕に落胆した子も少なくないはずだ。以来、まりなはずっと勝ち組。幸せな結婚、可愛い子供、裕福な生活。夫は仲間と事業を興して大成功。都内にカフェバーを五店舗も経営している。ちなみに、車はベンツのゲレンデだ。メイン・ヒロインらしい人生を送っている。

でこぴんでもするように指でスマートフォンの画面をスワイプすると、続いて幼なじみの投稿が現れた。大きなお腹をした彼女が、夫と二人でベビー用品を買い揃えている写真が載っている。夫が調子に乗って散財したことに腹を立てているようだ。

世の中って、こんなにたくさんの幸せで溢れているんだな。

湿気でまとまらない毛先を指でクルクルさせながら、躊躇いつつも『いいね』をタップした。

みんなすごく幸せそうだな。それなのに――、

ホームから雨の東京をパシャリと一枚写真に収めて、簡単な加工だけを施して『通勤めんどう。買ったばかりのパンプス踏まれて最悪』という短い文章と共にストーリーを投稿した。

それなのに、わたしの暮らしは、この雨のように灰色だな……。

由希子の仕事は単調なものが多い。出勤すると、まずは予備校の公式ページの問い合わせフォームに届いたメッセージに返信をする。それから備品数のチェックと、講師が授業で使う資料の作成・印刷。経費精算もだ。あとは保護者からの難癖に近いクレームをプリントアウトして上司に提出。「子供の成績が上がらないのをうちのせいにされてもねぇ。最近こういう親が多くて困るよ」とぼやく上司の愚痴を聞きつつ、「でも、うちって授業料が高いですからね。その分、親御さんの期待も大きいんですよ」と当たり障りのない返事をする。それでだいたい午前中が終わる。

夏休みの間は、夏期講習で朝から授業がびっしりあった。だから目が回るほど忙しかった。しかし新学期のこの時期はかなり落ち着いている。校内は屋久島《やくしま》の山奥のように静かだ。

昼休みは外食することにした。寝坊して弁当を作りそびれたのだ。コンビニでおにぎりとお味噌《みそ》汁を買ってもよかったのだが、今月は交際費やコスメ代をあまり使わずに済んでいるので、給料日まではまだかなり余裕がある。だからご褒美に奮発することにした。予備校のある神楽坂《かぐらざか》周辺は高級店が多く、ランチタイムでも平気で三千円くらい取ってゆく。どこもかしこもなかなか強気だ。その中で安くて美味いお店の情報を制することは、薄給の会社員にとって必要不可欠なスキルなのだ。

平日の真っ昼間から着飾った女性たちが白ワインを片手に談笑するイタリアンレストランの前を横切りながら、由希子は「あの人たちって、なんの仕事をしてるのかなぁ」と不思議に思った。夫のお金で生活しているのか、はたまた会社経営者、もしくは資産運用などの不労所得で暮らしているのか。いずれにせよ優雅な暮らしぶりだ。『#神楽坂ランチ　#イタリアン　#息抜き』なんかで検索したら、きっと探し当てることができるだろう。もちろん特定なんてしないけど。

　さてと、洋食にしようか和食にしようか。風情ある石畳の上でビニール傘を差したまま、悩みに悩んだ結果、とろとろ卵がインスタ映えする親子丼が売りの和食店に入った。お味噌汁と香の物と一口デザートがついて千五百円。ランチにしては大奮発だ。

　感じの良い女性店員に注文を伝えると、ほうじ茶を飲みながら無意識にまたインスタを開いていた。朝に投稿したストーリーには、まりなと健次郎からの『いいね』があった。

　指でタップ、タップ、タップと、事務的に友達のストーリーをチェックする。気になるものは指を止めてリンクを開いて詳細を見る。洋服やコスメの情報はだいたいここで入手している。普段はストーリーを見るのが主だが、今日は親子丼が届くまでまだ時間がありそうなので投稿も隅々までチェックした。中学時代の友人がまた一人結婚したらしい。婚約指輪と、二つの結婚指輪が『婚姻届』の文字をそれぞれ囲うようにして置いてある、結婚報告のテンプレ写真が載っていた。

　月並みだけど、自分も真似してみたくなる一枚だ。『いいね』で祝福の意を伝えた――が、でも待てよ。結婚式を盛大にやるかもしれないぞ。そうしたらこの『いいね』が引き金となって式に呼ばれる可能性がある。冬には大学時代の友人の結婚式もある。ご祝儀貧乏になりかねない。やっぱり『いいね』はやめておこう。由希子はハートの赤色を指先で押して消した。

　とろとろ卵の親子丼の写真を撮って、食後に例の如く投稿した。

　午後の仕事も単調だ。頼まれごとの作業をいくつかこなして、三時になったら小休止。トイレでインスタの再チェック。ストーリーがいくつか更新されていたので、それをぼんやり眺めて過ごした。そろそろ夕方の授業の準備だ。大きな伸びをひとつして、備品を抱えて事務室を出た。

　各教室の黒板消しをクリーナーで綺麗にして、チョークを補充して回る。講師によっては常に真新しいチョークでなければ激怒する心の小さな変わり者もいる。前なんて「チョークはやる気のバロメーターなんだよ！　授業のテンションが下がって、生徒たちが受験に落ちたらどうするつもりだ！」と叱責された。はっきり言ってパワハラだ。わたしのチョークの補充ミスで受験に失敗する子は、きっとどこを受けても落ちるに決まってる――あれ？

それは、教室を出ようとしたときのことだった。

机の下になにかを見つけた。これって……と、指で摘まんで拾い上げてみる。

指輪だ。シルバーのクロスリングが落ちていた。

誰かの忘れ物かなぁ。由希子はそれを蛍光灯にかざしてみた。どうやら新品ではなさそうだ。所々細かな傷が目立っている。高校生――もしくは浪人生――が恋人からもらったものにしては、ちょっとくたびれているような気がする。ということは、親から譲り受けたものだろうか。とにかく、忘れ物として預かっておこう。廊下に出ると、黒いスキニーのパンツのポケットに指輪を突っ込もうとしたが、ふっと手を止め、まじまじとリングを見た。

サイズ的にはぴったり合いそうだ。別に盗もうってわけじゃない。ちょっとだけ、一度だけ、こっそりはめてみようかなって思っただけだ。なかなか可愛いデザインだし、指輪なんてもう何年もはめていない。望が結婚指輪をくれないからだ。そう思うと心寂しくなって、この指輪に惹かれてしまったのだ。いいよね？　ほんのちょっとだけ。こっそりはめてみても。

由希子は廊下に立ったまま、そっと目を閉じた。そして、チャペルにいる自分のことを想像した。純白のドレスを纏って、メイクもばっちり、とびきり美しい自分の姿を。祭壇に立ち、微笑んだその先にはタキシード姿の望がいる。照れ屋の彼はいつも以上に恥ずかしそうだ。それでも牧師の合図で由希子の左手を優しく取ると、不慣れな手つきでリングを薬指へと運んだ。

その想像とリンクさせるように、拾ったリングを薬指に運ぶ。シルバーの感触が指先をくすぐると、指輪は吸い込まれるようにして指に収まってゆく。窓外の雨音が参列者の祝福の拍手に聞こえる。笑顔のまりな。健次郎もいる。それにお母さん、弟たち、望のご両親も。スマートフォンで熱心に写真を撮っている大学時代の友達もいた。

そして指輪は、彼女の指に収まった。

バカバカしい。なにしてるんだろう、わたしは。結婚式の妄想なんて高校生じゃあるまいし。こんな子供っぽいこと――、

「……え？」

目を開けたとき、世界の色は変わっていた。

両目が痛くなるような真っ白な廊下に赤い光が一本漂っている。その光はふわふわと揺れながら廊下の向こうからやってきて、隣の教室のドアをすり抜け、中へと伸びていた。

なんだろうこれは。ごくりと唾を呑んで近づいてみる。そして手を伸ばして光に触れた。由希子は目を丸くした。触れられない。どういうこと？　これはなに？　レーザーポインター？　ううん、違う。光は直線を描いていない。風に揺れるようにして空中を漂っている。まるで糸みたいだ。

この光は一体なんなのだろう？　由希子は赤い光の行く先である隣の教室のドアの前まで慎重な足取りで向かった。この中になにがあるの？　危険は感じない。でも普通じゃありえないことが起こっているのは分かる。氷水に突っ込んだときのように震える手で、恐る恐る、ドアノブを――突如としてドアが開いた。由希子は驚き、バランスを崩してその場に尻餅をついてしまった。

「ど、どうしたんですか？」と男の声がする。教室のドアを開けて出てきたのは、同僚の事務員だった。彼の手元を見た途端、由希子は「え!?」と悲鳴のような声を上げた。

「大丈夫ですか？　立てますか？」

彼が由希子に向かって左手を伸ばす。その薬指からは赤い光が伸びている。さっき由希子が見ていた光は、彼の左薬指に行き着いていた。

尻餅をついたまま微動だにしない由希子を心配して、数学講師も廊下の向こうから小走りでやってきた。東大出身の若い講師だ。「どうしました？」と駆け寄ってきた彼女に視線を移すと、由希子はまたもや声を漏らした。彼女の左薬指からも赤い光が伸びている。そして、その光は目の前の事務員の彼とつながっていた。

この光は……ううん、これは光じゃない。糸だ。赤い糸だ。

じゃあこれって、もしかして――。

由希子は跳ねるように立ち上がると、猛然と走り出した。

学校を終えてやってきた生徒たちが、由希子の形相を見て驚きの声を上げる。でも驚きたいのはこっちの方だ。彼らの指からも赤い糸は伸びている。ううん、赤だけじゃない。薄いピンクの糸もあれば、茜色のものもある。糸にはそれぞれ色の違いがあるようだ。

右手でドアを押し開けて予備校の外へ出ると、辺りは小雨になっていた。由希子は今にも止《や》みそうな雨の中を学生時代に陸上で培った脚力を活かして大股で走った。予備校の前のゆるやかなカーブを身体を傾けるようにして駆け下りて石畳をゆく。気品溢れる高級料亭が並ぶ風情ある細い路地を息を切らしながら進むと、階段をジャンプするようにして一気に下った。下ろしたてのパンプスは泥だらけになっている。でもそんなの構わない。由希子はがむしゃらに走った。

もっと人がいるところへ行こう！　確かめるんだ！　この指輪が見せているものの正体を！　確信したい！　この赤い糸は、きっと……！

異世界へ続くトンネルのような建物と建物の間の細い道を、肩をすぼめるようにして抜け出すと、神楽坂通りに辿り着いた。一歩一歩、肩で息をしながら飯田橋駅方面へ向かう。

やっぱりだ。この糸は……。

下り坂に差しかかる頃、雨はもう上がっていた。雲間から陽の光が降り注いでいる。雨に濡れたアスファルトがその光を浴びてブルーに笑った。水たまりがイエローの輝きを放った。風に揺れる街路樹からはピンクの残雨が降り落ちて、由希子の髪を、左手を、あの指輪をしめやかに濡らした。

道路の真ん中で立ち尽くす由希子。その視線の先では、人々が普段の営みを送っている。しかし普段と違うのは、その指から赤い光の糸が伸びていること。並んで歩く若い夫婦の指と指が糸でつながっている。取引先と電話をしているであろう会社員の男性の手からは薄い赤色の糸が伸びている。バイクに乗った男性、雨の様子を見に出てきた飲食店の店員、みんなの指から糸は伸びていた。

由希子は鼓動の高鳴りを確かめるように、左手を胸元に持ってきた。

「あ……」と目を見張った。

彼女の指にも糸はあった。薔薇色の糸が左薬指からどこかへ向かって伸びている。

やっぱりそうだ。この糸は……。確信を持って左薬指を固く握った。

この糸は、運命の赤い糸なんだ！

「ふぅぅぅ～～～」と、笹塚駅の改札前で、由希子は大きな大きな深呼吸をひとつした。

さっきから心臓がバックバクだ。足もガックガクに震えている。これから望の店へ行く。彼が運命の人かどうかを確かめにゆくのだ。もし万が一、百万が一、望が運命の人じゃなかったら……。十二年間も付き合った恋人なのに、赤い糸でつながっていなかったら、そのショックたるや想像しただけでも卒倒しそうだ。青春のすべてを否定された気分になる。

でもおかげさまで、神楽坂にいたときよりも糸の色は濃くなっている。薔薇色から苺《いちご》色、いや、紅色といってもいいだろう。運命の人に近づいている証拠だ。すっかり日が落ちた街の光に照らされて、糸は燦然《さんぜん》と深紅の輝きを放っていた。

慎重な足取りで『クロノス・アンド・カイロス』を目指す。足を一歩一歩、前に出すたび、糸の色が薄くなったらどうしようって不安になる。店とは別の方向へと糸が伸びてしまったらどうしようって怖くなる。曲がり角から突然出てきた見知らぬ人とつながっていたらどうしようって震えてしまう。しかし、そんな由希子の想いと反するように、糸は店に近づくにつれてその色をどんどん濃くしていった。そして、店の前に辿り着いた。

真っ赤な糸が店のドアをすり抜けて中へ向かって伸びている。

由希子はその場で小躍りしたくなるほど嬉しくなった。でも喜びをぐっと堪えて、笑顔だけを残して意気揚々とドアを開ける。目をこらして確認した。糸が工房スペースの望へ向かって一直線に伸びている。この指から放たれた赤い糸は、確かに彼とつながっていた。

やっぱり望はわたしの運命の人なんだ！　そう思うと涙が溢れそうだった。

一方の彼は難しい顔をしていた。時計作りはしておらず、ノートパソコンの画面を睨むように見つめている。ディスプレイの光のせいか、その顔はやけに青ざめて見えた。

「のーぞむ！」と弾む声で戸口から名前を呼んだが、彼はこちらに気づいてくれない。どうしたんだろう？　なにを調べているんだろう？

由希子は赤い糸をたぐり寄せるようにして彼に近づくと、軽やかに後ろから抱きついた。驚かせてやろうと思ったのだ。予想通り、望は尻を宙に浮かして驚いた。

「びっくりさせるなよ！　いるならいるって言ってくれよ！」

彼は声を荒らげて、ノートパソコンを慌てて閉じた。かなり怒っているようだ。そんなにびっくりしたのだろうか？

「ご、ごめん。でも声かけたよ。のーぞむって」

「そうなんだ……。僕の方こそ、ごめん。気づかなかったよ」

望は明らかに狼狽《ろうばい》していた。作ったような笑顔がどうにも気になる。

「ねぇ、なにを調べてたの？」

「ああ、これ？」と彼はさりげなくパソコンを袖机の中にしまった。「ちょっとね。仕事のことを調べていたんだ。部品のこととか、デザインのこととか、色々ね」

望は真面目な性格だから嘘が下手くそだ。そのことは十二年間の付き合いでよく分かっている。なにかを隠している様子だ。胸に引っかかるものがあったので問い詰めようとしたが、彼は「コーヒー飲む？　淹《い》れるよ」と椅子から立ち上がって、そそくさとバックヤードのミニキッチンへ向かおうとした。しかし焦っていたのか、なにもないところでまた転んでしまった。

由希子は「大丈夫!?」と慌てて駆け寄った。

「ごめん、平気だよ」と望は打ちつけた膝頭を痛そうに撫でている。

「ねぇ、最近働き過ぎじゃない？　毎日朝方まで作業してるでしょ？　顔色も悪いし心配だよ」

「大丈夫だって」

「たまには休まないとダメよ」

「分かってる」

「分かってないよ！　こんなに働いたら本当に身体——」

「大丈夫だって言ってるだろ!!」

あまりの剣幕に由希子は思わず絶句した。

普段温厚な望がこんなふうに怒鳴るなんておかしい。嫌な予感が心音を歪ませた。

由希子の蒼白な顔を見て、彼は我に返ったようだ。後ろ髪を撫でながら「ごめん、僕は隠しごとが下手くそだな」と呟いた。いつもの優しい笑顔に戻っている。

「なぁ、由希子。来週の土曜日って空いてない？　誕生日だろ？　久しぶりにどっか行こうよ。さっきパソコンでデートで行く場所を調べていたんだ」

そうだったんだ。心臓の鼓動が緩やかになってゆくのが分かった。

「だけど、お店は？」

「せっかくの誕生日だし、たまには休みにするよ。それに、話したいこともあるから」

由希子の身体を電撃が貫いた。

話したいこと？　それってまさか、プロポーズ？

由希子はもう一度、自分の運命を確認するように左薬指を見た。

赤い糸は、しっかりと、はっきりと、彼の指とつながっている。

望は指輪に気づいたようだ。「その指輪どうしたの?」と不思議そうな顔をした。「ああ、これ?」と由希子は芸能人が記者に婚約指輪を披露するように手の甲を彼に向けた。

「生徒さんの落とし物だと思う」

「落とし物?　勝手に持ってきちゃダメだろ」

「外すの忘れちゃった。この指輪ってすごいの。特別なの」

この指輪をつけた途端、望がプロポーズを決心してくれた。指輪からの贈り物かもしれない。

「特別?　なにが特別なの?」

ふふんと笑うと、由希子は声を弾ませ彼に伝えた。

「この指輪は、幸せを運ぶ奇跡の指輪なの!」

「なんだよそれ」と望は少年のように笑った。

今はまだ指輪の秘密は黙っておこう。土曜日、望がプロポーズしてくれたら伝えてみてもいいかもしれない。わたしたちは運命の人同士だったんだよって。指輪がそう教えてくれたんだよって。喜んでくれるかな。わたしたちの指と指が、赤い糸で結ばれているって知ったとしたら。

「それで来週、どうかな?　もし空いてたら久しぶりにデートでもしよう」

「うん!　どこに連れてってくれるの!?」

「それは当日までのお楽しみだよ」

出逢って十二年、ケンカもしたし、すれ違いもあった。留学で逢えない二年間もあったし、わたしの一方的なわがままで別れたこともあった。大好きだなって思う日も、ムカつくなって思う日も、愛おしくてたまらない日も、たくさんあった。「結婚しよう」って言ってくれない歯痒さに苦しくなった夜もあった。でも、ついに来たんだ。待ちに待ったプロポーズの瞬間が。幸せへの一秒目を歩み出すときが、ようやくわたしにも訪れるんだ。

開かれた窓から迷い込んだ秋風がカーテンを揺らすと、月光が室内を淡く包んだ。その甘やかな光は、優しく、美しく、由希子の将来を祝福するように銀色に降り注いでいた。

その日、由希子は夢を見た。高校三年生の秋の日の夢。

望に〝あの言葉〟を伝えた放課後の思い出だ。

部活終わりにくたくたになって、夕焼けに染まるグラウンドの隅っこでスポーツドリンクを飲んでいたときのこと、背後で「中谷さん！」という彼の少し高い声が響いた。びっくりした拍子にペットボトルからドリンクが溢れて手が濡れてしまった。由希子が身構えながら振り返ると、風が砂埃を舞い上げて砂粒が目に入った。滲んだ視界が徐々にはっきりしてくると、心臓が肋骨《ろっこつ》の下で大きく跳ね上がった。望の笑顔がすぐそこにあったからだ。彼は紺色のブレザーを着て、グレー地にチェックのスラックスを穿いている。夏服から衣替えをして以来、なんだか望の見え方が変わった気がする。彼は冬服がよく似合う。いや、違う。きっと望に恋をしたから、うんと素敵に見えてしまうのだ。

「よかった！　まだいてくれて！」

その声はやけに弾んでいた。あまりの恥ずかしさで笑顔を直視できなかった。それに、部活終わりの汗臭さがバレてしまわないかも心配だ。そんな恥ずかしさが彼女の足を後ずさりさせる。そぉっと、バレないように、ちょっとだけ彼と距離を取った。

「ど、どうしたの、西島君。こんな時間まで残ってるなんて珍しいね」

彼はにんまり笑って、鞄の中からクラシックレザーのロールケースを出した。慣れた手つきで紐《ひも》を解くと、そこには時計があった。修理を頼んだ、曾祖母のあの腕時計だ。

「もしかして、直ったの!?」

望はちょっと驚きつつも、はにかみながら頷いた。驚く彼のその表情に、由希子はハッと我に返った。気づけば、こんなにも顔を寄せてしまっている。恥ずかしくてたまらない。二人して視線を外して照れに照れた。望は「うん、直ったよ」と照れくさそうな笑みを浮かべて首を縦に振った。

「本当に!?　やったぁ！」と由希子はバンザイして喜んだ。

嬉しかった。本当に本当に嬉しかった。一日惚れした曾祖母の時計が直ったからじゃない。もちろんそれもあるけれど、それよりも、もっと嬉しいことがあった。彼の指には絆創膏《ばんそうこう》がたくさん貼ってある。時計を修理するための努力の影がその手にはありありと表れていた。わたしのためにこんなに……。そう思うと、ちょっとだけ泣きそうになった。そして、由希子は改めて思った。

西島君でよかった。本当によかった。

わたしのために頑張ってくれる人が、この人で本当に……。

「あのね、西島君。いっこお願いがあるの」

「お願い？」

由希子は震える吐息で深呼吸をひとつすると、左手を控えめに差し出した。

「腕時計、つけてくれないかな」

望は「え？」と口と目を丸くしている。その顔を見て、由希子は自分の発言を後悔した。顔と手をぶんぶん振って「違うの、そうじゃないの！」と早口でまくし立てる。

「わたし、アンティークの時計とかよく分からないから、ベルトのつけ方があってるかどうか分からなくて。もしかしたらベルトが傷むような使い方をしてるかもなぁーって思ってね。だから、その、お手本っていうか、つけ方を教えてもらおうかなって。だから全然深い意味はないの」

なにを言っているんだ、わたしは。なんて見え透いた嘘をついているのだろう。恥ずかしい。このまま走って逃げたい。今なら長距離のベストタイムを出せそうだ。

両耳が焦げてしまいそうなほど熱い。由希子は俯いたまま後悔と共に目を閉じた。しかし次の瞬間、由希子はハッと目を開いて顔を上げた。耳の熱さの種類が変わった。

男の人に、ううん、好きな人に、初めて手を握られたからだ。

彼はガラス細工を扱うように、大切そうに、由希子の左手を優しく握っている。うんと恥ずかしそうだけど、その表情には決死の覚悟が滲んでいた。由希子は呼吸を忘れて見入ってしまった。

彼はケースから出しておいた腕時計を由希子の左手首にそっとはめた。そして、

「よかった……」

望の微笑みを眩しい夕陽が金色に縁取った。

「この時計を中谷さんの手に戻せて本当によかった」

好きな人の手の感触がする。好きな人から言われた言葉が耳に残っている。好きな人の笑顔が心に焼きついて離れないでいる。これが幸せだというのなら、わたしにはまだちょっとだけ重すぎる。キャパオーバーでパンクしそうだ。でも、だけど――、

「ねぇ、中谷さん。もしよかったら、これから一緒に帰らない？」

「うん！」

でも、だけど――この幸せな思い出があれば、わたしはきっと、十年くらいはずっと幸せ！

学校を出てしばらく行くと海にぶつかる。遠くに富士山を望む穏やかな海がどこまでも視界いっぱいに広がっている。地球の雄大さを実感できる、そんな美しい海原《うなばら》だ。

望が「見て」と波の方を指さした。世界中の財宝をばら撒《ま》いたような鮮やかな夕景。海に溶けるようにして沈んでゆく太陽。空一面が燃え立って、海面が華麗な色に染まっている。そこに小さなタンカー船が黒い影となってぽつんと浮かんでいる。まるで少女が忘れていった片方の靴のようだ。

そのあまりの美しさに二人は顔を見合わせた。そしてどちらからともなく浜辺へ向かって走り出した。ローファーに砂が入っても構わない。波打ち際まで一気に走った。

先に着いた由希子は、くるりと彼に振り返り、

「ありがとう、西島君！」

恥ずかしいけど、思い切って、今のこの想いを伝えた。

「時計、直してくれてありがとう！　こんな綺麗な夕陽も見られて今日は最高の誕生日だよ！」

「誕生日!?」

彼の声が波音よりも大きく響いた。

「知らなかったよ！　ごめん！　なにもプレゼント用意してないや！」

「ううん、この時計で十分」

この間まで永い眠りについていた時計が、今は若々しく、誇らしく、その秒針を一歩一歩前へと

進めてくれている。こんなに素敵なプレゼントは他にない。だからこれは、

「人生最高のプレゼントだよ！」

太陽と海がくれる目映《まばゆ》い光に、望の笑顔が一等煌めく。なんて嬉しそうな顔なんだろう。

夕暮れの中、いつまでも、いつまでも、二人は笑顔を分かち合っていた。

日没まで時間があるので、砂浜に腰を下ろして〝砂山崩し〟をして遊ぶことにした。砂で作った山の上に棒を立て、順番に砂を掻いてその山を崩してゆくゲームだ。先に棒を倒した方が負けだ。

由希子には絶対的な自信があった。夏にまりなと海水浴に出かけたとき、一度も負けることはなかった。だから楽勝だと思っていた。しかしそこは時計職人を目指すだけあって、望はめっぽう強かった。手先がうんと器用なのだ。やってもやっても連戦連敗。でも「わたしには敵わないと思うよ！」なんてことを豪語したから、このままでは面目が立たない。よし、こうなったら、

「じゃあ、追加ルールね。次はお互い隠してることを言い合いながら砂を掻くの」

「隠してること？」

「うん、なんでもいいよ。隠れて煙草を吸ってるとかなんでも」

「そんな悪いことはしてないよ」

「なんでもいいから、ほら、やってみようよ！」

少しでも勝機がほしかった。もちろんそれもあるけれど、本当の本当は、それは嘘。ちょっとだけ、ほんのちょっとだけ、期待していた。こんなにも一生懸命あの時計を直してくれたんだもん。もしかしたら彼もわたしのことを……って。

でも、彼の隠しごとはどれもくだらないことばかりだった。親に内緒で塾をサボったとか、健次

郎の大切にしていたプラモデルを壊してしまったとか。正直ちょっとがっかりだ。

　ドラマみたいに上手くはいかないよね。由希子は心の内でため息を漏らしていた。

「じゃあ、次は西島君の番ね」

「そうだなぁ」と彼は首を捻った。もう隠しごとはなさそうだ。そろそろ日没。これで終わりかな。由希子が惜別の寂しさを感じていると、彼の表情に緊張の色が走った気がした。

「さっき言ってくれたよね。その時計が最高の誕生日プレゼントだって」

「うん、言ったけど……」

「僕も同じ気持ちなんだ」

「同じ気持ち？」

「中谷さんにはすごく大事なものをもらったよ。自信をもらった。もしかしたら僕には時計を作る才能があるのかもって、君の時計がそう思わせてくれたんだ。もちろん勘違いだと思う。プロから見たら、僕なんてまだまだ全然だと思う。でもね、中谷さんの時計のおかげで決意できたよ。卒業して何年か働いたら、お金と経験を貯めてスイスへ留学しようって」

「留学……？」

「一年後か二年後か、もっと先になるかもしれないけど、自分の可能性を試してみたいんだ。なにがあっても諦めないぞって、中谷さんが、君の時計が、そう思わせてくれたんだ」

　嬉しい言葉だ。でもそれ以上に辛さが勝った。離れ離れになってしまう。その悲しみに胸が押しつぶされそうだった。しかし由希子は「そっか、頑張って！」と無理して笑った。それでも心が故障してしまったんじゃないかというほど痛い。涙が溢れそうだ。だから由希子は悲しい気持ちを誤

魔化すように「あ、次はわたしの番だね！」と砂の山に視線を移して、

「やば！　もうすぐ棒が倒れそう！　ええっと、他に隠しごとあったかなぁ」

「あ、待って。まだ続きがあるんだ。隠しごとの」

「続き……？」

「うん。僕は――」

彼は静かに、その手を伸ばした。そして、

「中谷さんのことが好きだよ」

震える手で砂の山を優しく包んだ。

「一年生のとき、グラウンドで毎日必死に、一生懸命走っている君を見て、勝手に、一方的に好きになったんだ。それで健次郎がまりなちゃんと付き合ったのを知って頼んだんだ。中谷さんと一緒にお昼ご飯を食べたいって。君と仲良くなりたいって。でもいざ顔を合わせると、情けない話なんだけどさ、ドキドキしてなんにも話せなかったんだ。それが、僕の一番の隠しごと」

彼の声は、手は、溢れ出した感情で震えている。

「自分勝手だって分かってる。迷惑だって分かってる。でも、ごめん。わがままを言わせてほしい。留学するまででいいんだ。ほんの少しの間でいいんだ。もしよかったら僕と――」

崩れかけの山から、たくさんの砂が奪われた。

「付き合ってください」

夕陽の残り火が二人を染める。空の色はいつの間にか群青色に変わっていた。

山の上の棒が静かに倒れた。彼は「なんて無理だよね。いつか留学するのに、なに言ってんだっ

て話だよね。あ、くそぉ、僕の負けかぁ」と倒れた棒を見て苦々しく笑った。

「……待ってる」

由希子の言葉に、彼がこちらを見た。夜気を撥ね返すような驚いた表情だ。

「西島君が留学しても、ずっとずっと待ってる」

「でも……」

「わたしも西島君が好き。それに、わたしたちなら、なにがあっても大丈夫だよ」

今度は由希子が伝えた。好きになってからずっとずっと隠していた想いを。

勇気を出して、彼に〝あの言葉〟を伝えた。

「だって、わたしは――」


その日、昨日まで肌寒かったのが嘘のように、関東地方は穏やかな秋晴れの空が広がっていた。まさに最高のプロポーズ日和だ。

京王線で新宿駅まで来た由希子と望は改札から外へ出た。「どこに行くの？」と訊ねても、彼は「いいからいいから」と笑うばかりだ。しかも大きな黒のデイパックを背負っている。普段できる限り軽装で、できれば手ぶらで出かけたい派の望が今日はなんだか大荷物だ。指輪以外にもプレゼントがあるのだろうか？　なんて現金なことを考えてしまう自分がせこく思える。でも期待せずにはいられない。そんな期待と、ちょっとの不安をお気に入りのバッグにしまって、由希子は彼に連れられバスタ新宿までやってきた。

「え？　もしかして……」

青と白の車体が爽やかなバスが停車している。新宿なのはな号だ。

由希子は望のバンドカラーシャツをぐいっと引っ張った。彼はにこやかに笑って頷く。

これから二人で生まれ育った街・千葉県の館山《たてやま》へ行こうとしているのだ。

突然の帰省に驚きつつも、由希子は同時に納得もした。

なるほどなるほど。出逢った頃に立ち返ってプロポーズするつもりなんだな。いつもは時計のことばかり考えていて女心なんてちっとも分かっていないのに、望にしてはなかなか粋なことを考えてくれていたのね。バスに乗り込む足取りが、躍るように浮かれてしまった。

高校時代はあんなに遠くに感じられた東京とふるさとまでの距離だが、たった二時間程度で行くことができるなんて、これは交通技術の発達なのか、それともわたしたちが大人になったからなのか。そんなことを話しながら、二人は車窓を流れる懐かしい景色を眺めて笑い合った。

「じゃあ、これに着替えてくれる？」

館山駅に着くと、駅前のロータリーで望が鞄の中からあるものを出した。それを見て由希子は驚きのあまりひっくり返りそうになった。

「ほ、本気で言ってるの!?」

「もちろん」

彼が鞄から出したもの。それは、高校時代の制服だった。

「どうしたの!?　望らしくない！」

「いいだろ、たまには」

どういう風の吹き回し？　ハロウィーンのときだって、仮装してみんなで遊ぼうって誘ったら、

「そんな恥ずかしいことできないよ！」って頑なに拒絶していたのに。まさかプロポーズに向けてここまで腹をくくっていただなんて。彼の覚悟とサプライズ力に由希子は感服した。

「でも、この制服どうしたの？　まさか買ったの？」

「それは由希子が高校時代に着ていたものだよ」

「わたしの!?」

「うん。先週、一度帰ってきたんだ。そのとき、由希子の家にお邪魔してね」

「帰省してたの？　わざわざ制服を取りに？」

「まさか。ちょっと実家に用事があってさ」

もしかしたら結婚の報告を？　うぅ、追及したい。でもこれ以上は野暮だよね。そう思いながら、由希子は「へぇ～、そうなんだ～」とちょっと芝居がかった下手くそなリアクションをした。

「どうする？　やめておく？」

望はちょっと残念そうだ。子犬みたいなつぶらな瞳でこっちを見てくる。

そうだよね、望には望なりの作戦があるはずだ。それなのにプランを壊したら可哀想《かわいそう》だよね。よし、わたしも腹をくくることにしよう。

「分かった！　久しぶりに女子高生に変身してみるか！」

由希子は彼のサプライズに乗ることにした。しかし、

「――う、嘘でしょ？」

駅の近くの公衆トイレ。鏡に映った制服姿の自分を見ながら、由希子は顔の筋肉を引きつらせていた。かれこれ十二年ぶりに着た制服は、思っていたより、いや、すさまじいほど、小さかった。

ま、まさか、わたしってば、めちゃくちゃ太った？　体重は少しだけ、ちょっとだけ、まぁそれなりに、そこそこ増えたと思うけど、まさかここまで体型が変化していただなんて。たった十二年、されど十二年。干支《えと》の一周、恐るべしだ。

がくりと肩を落として外へ出ると、望は制服姿の由希子を見て大喜びだった。

「やっぱり由希子は制服が似合うね！」

「なに言ってんのよ。あんたの方がずっとお似合いよ」

望は昔の制服が今もぴったりだ。体型が変化していない証拠だ。それどころか、あの頃よりも顔つきが精悍《せいかん》になったせいか、制服姿がこれまたよく似合っている。昔のちょっともさったい色白の彼も可愛くて好きだったけど、今の望は逞しくなってより一層格好良い。悔しいけれど、ちょっと惚《ほ》れ直してしまいそうだ。

「それで制服姿にまでなって、一体なにをしようっていうの？」

期待を込めて訊ねると、「そうだな。言うなれば、これは」と望は照れながら笑った。

「青春時代プレイバックってところかな」

彼と初めてちゃんと話したあぜ道は、あの頃からなにひとつ変わっていなかった。遠くに見える山々も、時々走る軽トラックの古びたエンジン音も、辺りを泳ぐトンボたちの愛らしさも、なにもかもがあの頃のままだ。でも、あの頃よりも秋が深まっているおかげで稲穂はすっかり刈り取られている。たったそれだけで景色は一変したかのように思えた。それともうひとつ、十二年という時が経ち、二人の間に芽生えた絆《きずな》が周りの景色を違う色に見せているのかもしれない。

当時は緊張して顔もまともに見られなかったのが嘘のように、二人は冗談を言い合いながら、懐かしいこの道を仲睦《なかむつ》まじく並んで歩いた。久々の制服姿の恥ずかしさも今はもうない。

「実はあのとき、由希子がここを通るのを隠れて待ってたんだ」

「うそ！　初めて聞いたよ！」

「初めて言ったからね」

「えー、もっと早く言ってよ！　そういう可愛いエピソードって大好きなのに！」

「やだよ、恥ずかしい。でもウォルサムを見たときはびっくりしたな。由希子ってミーハーっていうか、流行りものが好きなタイプだから、ああいう渋い時計を気に入るなんてちょっと意外だよ」

「うん、まぁね。可愛かったから」

「どうしたの？　なんか歯切れ悪い」

「そんなことないよ。ていうか、わたしもびっくりしたよ。普段はおとなしい西島少年が、あんなに大きな声を出して驚くんだもん」

あの時計を気に入った理由は、実はもうひとつある。

でもそれは、彼にはまだ伝えていないとっておきの隠しごと……。

それから二人は近くの神社に寄ることにした。彼に腕時計を見せたあの場所だ。あの日と同じように境内の石段に座って、懐かしい昔話に花を咲かせた。

「ずっと内緒にしていたことなんだけど、時計を修理してたとき、僕一人じゃどうしようもなくなっちゃって、結局プロの時計職人にアドバイスをもらいに盛岡まで行ったんだよ」

「盛岡まで!?　交通費すごくかかったんじゃん！　もぉ、言ってよ！　わたしが出したのに！」

「大丈夫だよ。父さんが旅行のついでに連れて行ってくれたから。それに、そのときのことが縁で工房で働かせてもらえることになったからね。あの時計には本当に素敵な縁をたくさんもらったよ」

そうだったんだ。付き合うきっかけになったあの時計は、彼の仕事にも素敵な縁をもたらしていたんだ。知らず知らずの間に、望の夢のお手伝いができていて嬉しいな。

「よかった……」

「なにが？」

「あの時計を直してくれた時計職人が、他の誰でもなく、西島望でよかったなぁって思ったの」

「また止まっちゃったけどね。ごめんね、手が空いたら必ず直すよ」

「うん、でも無理しないで」

「無理してでも必ず直すよ」

彼の横顔を見て、なんだかちょっと不安になった。望は最近こんなふうに切羽詰まった表情をする。今の言葉だって、自分自身に言い聞かせているような重々しい響きを持っていた。まるでそれが己の使命であるかのような、そんな強い決意が滲む言葉と表情だ。

「ねぇ、望？　最近、思い詰めた顔をよくしてるけど、なにか心配事でも――」

「由希子」と彼は前を見たまま言葉を遮った。それからふっと、微笑みを浮かべて、

「腹、減らないか？」

「う、うん」と顎だけで頷いた。

今、わざと言葉を遮った？　妙な胸騒ぎが由希子の背筋を寒くさせた。

それから二人は、学校帰りにいつも寄り道をしていた小さな個人商店でカップラーメンを買って、

店先のベンチでそれを食べた。カップヌードルのシーフード味は青春の味だ。久しぶりに口にしたら唸るくらい美味しくて、二人してスープまで飲み干してしまった。

母校に着いたのは日が傾きはじめた頃だった。どうやら部活動は休みのようだ。誰もいない学校は深い眠りについているように、怖いくらいに静まりかえっていた。

あの日、望が直した腕時計を手にやってきたグラウンド。その場所に二人は並んで立っている。

由希子はスマートフォンで何枚も風景写真を撮った。望はそんな彼女を見て「よく撮るね」と少し呆れたような顔をしている。

「だって懐かしいんだもん。知ってる？　今の時代って、人類が生きてきた歴史の中で最も写真が撮られている時代なんだって。スマホの普及で誰もが手軽に写真を撮れるもんね。みんな忘れたくない思い出をこの中に残しておきたいんだよ」

「思い出か……。僕は写真はあんまり撮らないからな。その代わり、心の中に残しておくよ」

「心の中に？」

「うん。このグラウンドで毎日必死に、一生懸命、歯を食いしばって走っていた由希子の姿とか、一秒のタイムを縮めるために毎日毎日夜遅くまで走っていた姿を。それだけじゃない。寒い冬の朝もたった一人であのあぜ道を走っていたね。夏の暑い日も海岸線を走ってた。毎日努力を続ける君のことを僕はいつも目で追いかけていたんだ。尊敬してた。すごく頑張る子だなぁって。そんな姿に恋をしたんだ。あのとき感じた気持ちは、なにがあっても、心の中にしまっておくよ」

「どうしたの？　さっきから感傷的だけど」

「そうかな。なんとなくそう思っただけだよ」

微笑む彼の頰を、色なき風がそっと撫でた。

どうしてこんなに切なげなんだろう。西日がそう見せているのだろうか？

「さてと、そろそろ行くか。あの日みたいに海に行こうよ」

望は背を向けて歩き出した。由希子は高鳴る鼓動を落ち着けるように左胸に手を添えた。

きた……。これから望にプロポーズをされるんだ。

幸せへの一秒目。そのスタートラインにいよいよ立つんだ。


大きな大きなオレンジ色の夕陽が、太平洋の向こうに半分だけ顔を残している。空と海の境界線は神秘的な色に染まり、海面が百万カラットのダイヤのように豪勢に輝いている。日の入りが、日の出のときより、深く、濃く、彩られるのは、八十億もの人生を見守った疲れからなのだろうか。

秋の晴れ渡る夕暮れは、この世界のどんな景色よりも美しく、愛おしく、そして色鮮やかに見えた。

満潮によって洗われた岩が寄せる波を勢いよく弾くと、その残響がどこまでも木霊する。

砂浜では二人が向き合って座っている。由希子と望の間には、砂を盛った小さな山がある。てっぺんには細い木の棒。二人はあの日のように砂山崩しをして遊んでいた。

「また僕の勝ちだ。相変わらず由希子は下手くそだな」

「望が上手すぎるのよ。高校生の頃より上達してるし」

「そりゃあ、あの頃よりも手先が器用になったからね」

「じゃあ追加ルール。次はお互いの隠してることを言い合いながら砂を掻こうよ」

「あの日みたいに？」

「そう、あの日みたいに」

彼が「結婚してください」って言いやすいように、ちょっとだけアシストしたつもりだった。

望は神妙な顔つきになった。どうやら覚悟を決めたようだ。

「分かったよ」と呟く声が少しだけ震えている。緊張しているみたいだ。

でも、彼の隠しごとはどれもくだらないことばかりだった。由希子が買ってきたアイスを勝手に食べてしまったとか、お風呂掃除の当番をサボってそのままお湯を張ってしまったとか。正直ちょっとじれったかった。太陽は明日へ帰ろうとしている。次がきっと最後の一戦だ。

「さっき言ったよね？　ミーハーなわたしがウォルサムを気に入ったのが意外だったたって」

「怒った？　ミーハーって言ったこと」

「ちょっとね。でも、そうじゃなくてね。もちろん時計が素敵だったのも事実なの。だけど実は、もうひとつ理由があったの。あの時計がほしくなった理由が。それがわたしの一番の隠しごと」

「聞いたことないな。それはすごい隠しごとだ。どんな理由？」

「それはね――」

由希子の細い指が砂の山を包んだ。

「あの時計が、止まっていたからなの」

「止まっていたから？」

「知ってたんだ。望が時計の勉強をしてたこと。一緒にお弁当を食べるようになった頃、図書室で勉強しているあなたを見かけたの。すごく一生懸命だった。ノートを取ったり、本を読んだり。その姿を見て、素敵だなって思ったんだ。もっとあなたと話してみたいなぁって。それで、あの時計の針が止まっているのを見たとき期待したの。西島君なら、この時計を直してくれるかもって」

「でも、時計屋さんに持って行ったけど、無理って言われたって……」

「嘘ついちゃった。だって、最初から『お願い！　直して！』なんてグイグイ攻めていけるほど、当時のわたしは根性ないもん。それとなく、そおっと耳に髪をかけるフリをして、時計を見つけてもらおうとしたの。この時計が、あなたと仲良くなるきっかけになったら嬉しいなぁって思って」

由希子は恥ずかしくて俯いた。そして、砂の山から少しの砂を掻き取った。

「だからあの時計はわたしの宝物。ひいおばあちゃんの時計で、望の最初の作品で、あなたの夢への一歩を手助けした時計。それと、わたしたちの恋の一秒目を刻んでくれた大事な大事な宝なの」

波音が大きく響いた。その音に誘われるようにして顔を上げると、望の目の端には涙の影が覗いていた。その表情に触れた途端、由希子の胸にも熱いものが込み上げた。

「ほら次、望の番だよ」

由希子が気を取り直すように軽く微笑む。望は「うん」と波に消えてしまいそうなほど小さな声で呟いた。少し緊張したその顔が、海の色を反射して赤く染まった。運命の赤い糸のように。

随分と削り取られた砂の山に、望が静かに両手を伸ばす。節くれ立った逞しい指だ。

子供の両頰を優しく包むように、十指がそっと、砂の山を覆うと、

「由希子、大好きだよ」

彼の言葉に潮騒が続いた。

「この世界の誰よりも好きだ」

彼女の瞳も百万カラットに輝いた。

「だから、僕と――」

彼の指が砂を奪うと、山が崩れて木の棒が倒れた。

「別れてほしいんだ」

「え……？」

言葉の意味が分からなかった。戸惑いが由希子の顔に広がってゆく。

望は唇を噛んだまま顔を伏せている。だから由希子は語気を強めて、

「どういうこと？」

「ねぇ、どういうことなの？」

彼の唇は涙で震えている。悔しそうに、悲しそうに、震えていた。

「僕は――」

夕陽色の涙が、ひとつ、儚くこぼれ落ちた。

「もうすぐ君の時計を直せなくなるんだ……」

「直せなくなる？」

「由希子の時計だけじゃない。近い将来、時計を作れなくなると思う」

「どういう意味？」

「情けない話なんだけどさ……僕の身体は、もうすぐ動かなくなるんだ……」

彼は無理して笑って涙を拭った。

「最近、物をよく落としたり、転んだりしてて、おかしいなって思って病院に行ったんだ。そしたら、病気だって言われちゃってさ。だんだん筋肉が衰えていく珍しい病気なんだって」

彼は病名を口にしたが、聞いたことのない名前だった。

「いつのこと?」と由希子は慎重に訊ねた。

「八月の終わりかな。ほら、まりなちゃんとビアガーデンで飲んだ帰りに店に寄っただろ。そのときも転んで、あまりに続くものだから心配になって病院に行ったんだ。そのあとすぐに告知されて。ずっと黙っててごめん。なかなか受け入れられなくて言い出せなかったんだ」

望は奥歯を嚙んでいくつもの悔し涙をこぼした。

本当に病気なんだ……。その涙を見て、由希子は実感した。

「なんとか治す方法はないか探したりもしたんだ。病院を変えたり、パソコンで調べたりして」

「じゃあ、あのときも? パソコンの画面を見られそうになって怒ったときも?」

「病気のことを調べてたから焦ったよ」

望がずっと思い詰めていたのは、苦しそうな顔をしていたのは、このことがあったからなんだ。

「それで——」由希子は恐る恐る言葉を紡いだ。「治るの?」

「………」

「……望?」

彼は力なく首を横に振った。その仕草と表情を見て、まぶたの裏が熱く疼いた。

「無理みたいだ。せいぜい薬で進行を遅らせるくらいが限界だって。筋力はだんだん衰えていって、歩けなくなって、物も持てなくなったりして、それで何年か、何十年かしたら僕は……いつか寝たきりになると思う……」

由希子の瞳を包んでいた涙が一気に溢れて風に飛ばされた。

「毎日徹夜で仕事していたのは……？」

「あと何年かしたら時計を作れなくなる。身体が動かなくなって、細かい作業もできなくなる。だからその前に、少しでもたくさんの作品を残しておこうと思って。一本でも多くの時計を作って、一人でも多くの人に届けたくて」

望は涙を溢れさせた。

「僕の時計が止まる前に……」

由希子は砂のついた手で顔を覆って泣いた。

望はずっと一人で苦しんでいたんだ。ずっとずっとひとりぼっちで病魔に冒されてゆく恐怖と闘っていたんだ。それなのにわたしは自分のことばかりだった。毎日の生活に、仕事に、不満ばかりを抱いていた。通勤中にちょっと足を踏まれたくらいで不貞腐れて、インスタばっかり見て生きていた。プロポーズしてくれない望に腹を立てていた。ずっとずっと愚痴ってた。でも、望は……。

毎日、毎日毎日、毎日毎日毎日毎日毎日、自分の夢が壊れることに泣いていたに違いない。

「ごめんなさい……」

「どうして由希子が謝るんだよ」

「わたし……なにも知らなかった……だから……ごめん……ごめんなさい……」

「知らなくて当然だよ。誰にも言ってなかったんだから。健次郎にも、まりなちゃんにも誰にも。この間、帰省したとき初めて親に言ったんだ。だから、由希子――」

慰めようとしてくれるその声が、涙で濡れるその声が、余計に悲しみを誘った。

「そんなふうに泣かないで……」

「でも望が辛くて苦しんでるとき、わたしはなにもできなかった……だから……」

抱きしめられた。その温かさが痛くて、悲しくて、もっともっと泣けてしまう。いつも当たり前に感じていた彼のぬくもりが、今日はなんだか、うんとうんと、切なく感じた。

「きっと僕はこれから大変だと思う。いつか動けなくなって、働けなくなって、介護も必要になるはずだ。店を畳んで借金だけが残るかもしれない。だから――」

いつもより、強く強く、抱きしめられた。

「だから、もう別れよう」

彼の腕の中で頭を振った。何度も何度もしつこいくらい振った。

そんなことできるわけがない。望を見捨てるようなことなんてできない。

「分かってほしい。君に迷惑をかけたくないんだ」

迷惑だなんて、そんなこと……。

でも言葉が出てこない。そう言って慰めてあげたいのに、どうしても声に出せない。

「本当はね、由希子の誕生日にプロポーズするつもりでいたんだ。それなのに、こんなことになってごめんね。ずっと待っててくれたのに、由希子の気持ちを知っていたのに、ずっと応えられなくて本当にごめん。僕とはもう一緒にいない方がいい。みんながインスタとかに載せているような、ああいう幸せを僕は君にあげられないから」

自分が一番辛いのに、苦しいのに、望はわたしのことを第一に考えてくれている。その優しさが辛くて、痛くて、たまらなかった。

「付き合ってもう十二年か。永かったね」

彼がしみじみと、昔を懐かしむように呟いた。でも、語尾が涙で震えている。

「十二年も僕の人生に付き合わせちゃったね。こんな自分勝手な僕の人生に。それなのに、こんなことになって本当にごめん。こんな誕生日にしちゃってごめん。でも、由希子――」

彼は抱きしめたまま、頭の後ろを撫でてくれた。

「ずっと一緒にいてくれて、ありがとう」

涙で滲む世界の中で、太陽の橙色だけは、はっきり分かった。地平線に姿を消す最後の残り火が目に沁みて痛い。鮮やかで憎らしい色だ。

「幸せだった。君と一緒に二十代を生きることができて、僕は本当に、幸せだったよ」

「お願い、そんなこと言わないで……」

「素敵な三十代を過ごしてね。仕事が単調だからってあんまり腐るなよな。由希子なら大丈夫。いつかきっとあの日みたいに、陸上みたいに、全力で頑張りたいものと出逢えるよ。僕は信じてる。これからも、ずっとずっと、信じてるから」

「いやだ、そんなのやだよ……」

「僕は君が好きだ。大好きだよ。だから由希子にだけは情けない姿を見られたくないんだ。お願いだ、分かってほしい」

「やだ、やだよ……」

「さようなら、由希子。どうか幸せになってね」

空が群青色に変わった。今日の太陽が終わりを告げた。

二人の恋は、彼女の青春は、夜の帳《とばり》と共に静かに幕を閉じていった。

結婚って、なんなんだろう。あれからずっとずっと考えている。

血のつながらない、生まれた場所も全然違う、育った環境も異なっている、そんな二人が互いの指輪に誓いを込めて、永い永い人生を一緒に時を刻んでゆく。それってすごく不思議なことだ。無謀なことかもしれない。ありえないことかもしれない。だけど、なんでだろう。ずっと心惹かれていたんだ。どうしてなんだろう？

多分、結婚が『幸せへの一秒目』だからだ。

望とその一秒目を刻みたいって、思っていたのに――。


「別れた……!?」

吹き抜けのリビングにまりなの驚きの声が響くと、隣室で遊んでいた三歳になる子供たちが心配そうにドアの隙間から顔を覗かせた。まりなは母親の顔をして「なんでもないよ」と双子の我が子に微笑みかける。それから隣に座る夫・健次郎に戸惑いの表情を向けた。

あれから半月が経った。もう十月も中旬だ。

望は部屋を出て行った。心配になって何度か電話をしたけど、彼は一切出ようとしない。どうやら今は仕事場で寝泊まりしているようだ。

千歳船橋にある野崎家を訪ねていた由希子は、カリモクのソファに座っている。キャラメル色のウールのトップスにチェックのベロアのスカート。すっかり秋の装いだ。

「望の身体のことが原因か？」

斜向《はすむ》かいに座る健次郎が、浅黒い顔の下半分を飾る無精鬚を撫でながら神妙な面持ちで言った。

「知ってたんだ、二人とも」

「ついこの間な。望の奴、わざわざ訪ねてきてくれてさ」

望はここで辛い思いを吐露したのだろう。そのときの彼の気持ちを想像すると目頭が熱くなる。

「わたしってひどい奴なの。別れたいって言われたとき、望のことを引き留められなかった。本当なら、頬でも叩いて『バカなこと言わないでよ！　そんなことで別れるわけないでしょ！』って怒ってやるべきだったと思うんだ。でも言葉が出なかった。どうしても出なかったの」

やるせなくてスカートの上から腿《もも》を叩いた。

「これからのことを想像したら怖くなっちゃったの。いつか望の身体が動かなくなって、介護したり、わたしが一人で働いたり、お金のこととか、将来のこととか、苦労することばかり考えちゃって、そしたら怖くなってなにも言えなくなっちゃったの」

薄情な自分が許せず涙が溢れる。その雫が腿の上の指輪のない左手にこぼれ落ちた。

「最低だよ。望はやっと摑んだ夢を失いそうだっていうのに、苦しくて、悲しくて、たまらないはずなのに、わたしは自分のことばっかり考えて。思い描いた幸せな結婚が遠ざかってゆく気がしてビビったりして。みんなみたいに平穏な幸せを、わたしは送れないんだって思っちゃったの」

由希子は顔を歪めて情けなく泣いた。大切な恋人が、十二年という長い時間を共に歩んできた最愛の彼が、人生で最も辛い思いをしているのに、それなのに、保身ばかりを考えてしまっていた。

そんな自分が穢《けが》らわしく思える。

「最低なの、わたし……」

「そんなことないよ」と、まりなが隣にやってきて手を握ってくれた。

「分かるよ、由希子の気持ち」

その言葉に怒りが横切り、思わず手を振り払った。

「まりなには分からないよ！」

ダメだ。言っちゃダメだ。でも言葉が口から溢れてしまう。

「まりなは幸せじゃん！　なんの苦労もしてないじゃない！　結婚式で特注のウェディングドレスを着て、友達たちに祝福されて、あんなに可愛い子供が二人もいて、幸せそうな写真や動画をインスタにたくさん載せてさ！　アロマエステのお店も開いて、健次郎君は仕事で成功して、こんな素敵なおうちに住んでるじゃん！　そんな幸せいっぱいのまりなに、わたしの気持ちなんて分からないよ！　絶対に分からない！」

醜い妬《ねた》みだ。嫌らしい嫉《そね》みだ。恋人の過酷な運命を受け入れられず、そのやるせなさを友達にぶつけている。わたしはやっぱり、この世界の誰よりも最低な人間だ。

俯きながら泣いていると、まりなに「由希子、こっちを向いて」と呼ばれた。

でもこんな顔は見せたくない。無様で、醜い、こんな泣き顔は。しかし、

「向きなさい！」と肩を強く摑まれた。その剣幕に圧されて顔を上げると、まりなの美しい顔は涙で濡れていた。こんなに泣いている彼女を見たのは初めてだ。

「なにバカなこと言ってるのよ……」

その声は怒りと悲しみで震えていた。

「インスタに載ってる写真も動画も、その人の人生のほんの一部にすぎないよ」

「え？」

「なぁ、由希子。うちは幸せいっぱいなんかじゃないよ」

健次郎が自嘲するように俯きがちに言った。

「俺さ、今年の春に仕事でバカやって大損こいちまったんだ。おかげで仲間には見捨てられて、結構な額の借金も背負っちまった。なんとか仕事は見つけたけど、給料は以前の半分以下だ。この家も買い手が見つかったら手放すんだ。俺一人の稼ぎじゃどうしようもなくてさ。だからまりなは俺を助けるために、親や親戚に頭を下げて金を借りて、アロマエステのサロンをオープンしてくれたんだ。家族四人が生きてゆくために」

「正直どうなるか分からないの。何年もブランクがあるから、今も不安ばっかりだよ」

「だからさ、恥ずかしいけど、うちは由希子が思うよりもカツカツなんだよ」

突然の友人夫婦の告白に、由希子は戸惑いながら頭を振った。

「そんなの嘘だよ。だって夏に旅行に行ったたって、インスタに写真が」

まりなは恥ずかしそうに苦笑した。

「あれは去年の写真なの。バカバカしい見栄《みえ》なの。バレないと思って載せちゃった。少しでもわたしの写真を見て、お客さんが増えないかなぁってズルしちゃったの。せこいよね」

そうだったんだ……。それなのに、まりなはわたしの愚痴に付き合ってくれていたんだ。自分の辛い気持ちを胸にしまって、あんなバカバカしいわたしの話に耳を傾けてくれていたんだ。結婚したい愚痴なんか、まりなの大変さに比べたらどうだっていいことなのに。

「でもね、わたしは今、とっても幸せよ」と、まりなは綺麗な歯を見せて笑った。「強がりじゃなくて本当に幸せ。お金はもちろん大変だけど、うちには子供たちがいるから。バカでお調子者の健次郎もいるから。それだけで幸せなの。それに、弱音ばっかりの友達もいるから」

そう言って親友は、優しく手を握ってくれた。

「前までのわたしはキラキラした生活を送ることが一番の幸せだった。それ以外の幸せなんて考えてもいなかった。でもね、こんなことになって改めて考えたの。わたしにとっての本当の幸せってなんだろうって。他の誰かと同じじゃない、自分だけの幸せってどんなものなんだろうって」

自分だけの幸せ……。

「最近それがようやく分かったんだ。世界中の誰も『いいね』をくれなくたって、あの子たちと健次郎と、あんただけが『いいね』って笑ってくれれば、もうそれだけで十分幸せなんだなぁって。由希子にだってあるはずよ。由希子だけの幸せが、きっと」

わたしだけの幸せ……。

そんなの――と、由希子は下唇を噛みしめた。

そんなの、ひとつしかない。

ずっとずっと分かってた。この半月、ずっとずっと思ってた。

――君と一緒に二十代を生きることができて、僕は本当に幸せだったよ。

あの日の波音と共に、望の声が耳の奥で聞こえた。

わたしだけの幸せは、きっと世界にひとつだけだ……。

熱い涙を閉じ込めるようにして、由希子はそっと目を閉じた。

そのまぶたの裏に、望との十二年間の思い出が何百万枚もの写真のように蘇った。

#初めての彼氏！　#初めてのデート！　#初めてのクリスマス！　#初詣、望はなにをお願いしてるの？　#来年も仲良くいられますように！　#大学受験合格！　#望にお祝いしてもらった！　#四人みんなで卒業旅行　#思い出話でたくさん泣いちゃった　#大学入学、遠距離恋愛スタート　#東京のアパート狭い　#不安だな　#望に逢いたいな　#盛岡からわざわざ逢いにきてくれた！　#不安なんて全部吹っ飛んじゃった　#新歓コンパに参加　#初めてのケンカ　#初めての仲直り　#夏休み　#久しぶりに逢えて嬉しい　#やっぱり望の隣が一番好き　#留年して、まりなに怒られた　#気持ちを入れ替えよう　#望も頑張ってるんだ　#誇ってもらえる恋人になりたい　#望が留学する　#応援してる　#ほんとは寂しいって言いたかった　#逢えないのはやっぱり寂しい　#成人式　#望とお祝いしたかったな　#就活に大苦戦　#将来が不安　#新社会人デビュー　#望が帰ってくる！　#やったやった！　#久しぶりの再会！　#これからはずっと一緒だね　#倦怠期　#あいつ、いつも忙しそう　#全然かまってくれない　#別れたいって言っちゃった　#本当は一緒にいたいのに　#望と別れた　#仕事しんどい　#心がボロボロ　#退職した　#わたしってダメな奴だ　#望から連絡がきた　#逢いたいって言ってくれた　#たくさん話せた　#今も好きだよって言ってくれた　#あの腕時計も直してくれた　#ずっと望と一緒にいたい　#ずっと一緒に生きていきたい　#望の独立　#高校生の頃からの夢が叶った　#おめでとう！　#すごくすごく嬉しそう　#わたしも嬉しい　#応援したいな　#支えたいな　#望はわたしを支えてくれた　#今度はわたしが支えるんだ　#もちろん不安もある　#だけど信じよう　#高校生の頃から思ってるあの気持ちを　#出逢ったときからずっとずっと思ってる　#望はわたしの――

#運命の人だって……

わたしの幸せは、望と生きたこの十二年間だ。

わたしの幸せは、望がくれたたくさんの思い出だ。

わたしだけの幸せは、西島望という恋人なんだ。

プロポーズしてくれないムカつく恋人。キラキラした目で夢を語るムカつく恋人。わたしよりも時計が好きなムカつく恋人。それでも全部許したくなる笑顔が素敵なムカつく恋人。それに――、わたしの運命の人になってくれた、特別な恋人。

運命の人って、出逢えればそれだけで勝手に幸せになれる相手だと思ってた。でもそれは違う。違うんだ。たとえ運命の人と出逢っても、幸せになるためには歯を食いしばって生きてゆかなきゃいけないんだ。わたしは今、運命の人がなんなのか分かった気がした。

運命の人ってきっと――、
その人の運命がどんなものであったとしても、一緒に生きたいと思える人のことだ。

結婚ってきっと――、
その人の運命も、辛いことも、悲しいことも、嬉しいことも、夢も、願いも、全部をひっくるめて一緒に幸せになろうとする……その一秒目のことなんだ。大事なのは結婚することじゃない。運命の人と、一緒に時を刻み続けることだ。

「ねぇ、まりな。いっこお願いしてもいい？」

親友の手を、強く強く握り返した。再び顔を上げたとき、由希子はもう笑顔を取り戻していた。

「貸してもらいたいものがあるの」

　笹塚の隅っこにひっそり佇むコンクリートの外壁をした小さな建物。路面店のドアの前に置かれた看板が風に吹かれて寒そうに震えている。『クロノス・アンド・カイロス』の看板だ。

　店から少し離れた場所で、由希子は自身の左薬指を見つめている。その指にはあの指輪がある。シルバーに輝く少しくたびれた奇跡の指輪だ。そこから伸びる赤い糸は、今もあの店の中へ向かって伸びている。たとえ別れたって運命は変わらない。それが嬉しいと思った。同時に怖いとも思った。自分のこれからの将来を思うと、黒い布で心を覆われそうになる。それでも由希子は頭を振って決意を固めた。そして、「大丈夫」と自分に言い聞かせながら指輪を外した。

「この指輪、預かってくれる？」

　そう言って、後ろに立つ親友に指輪を渡した。「なに？　この指輪？」と、まりなと健次郎は手のひらに載せた指輪を怪訝《けげん》そうに覗いている。由希子は「この指輪はね」と微笑んだ。

「幸せを運ぶ奇跡の指輪なの」

　指輪はわたしに運命を見せてくれた。赤い糸でつながる唯一の人を教えてくれた。わたしにとっての幸せがなにか、それを考えるきっかけをくれた。そんな奇跡の指輪だ。

「ここまで送ってくれてありがとう。この格好だと電車には乗れなかったから助かったよ」

　由希子は自分の着ている服を見て恥ずかしく思った。だけど、まりなは首を振って「すごく綺麗よ」と言ってくれた。健次郎も微笑んで頷いてくれている。

「なぁ、由希子。俺さ、お前が高三のときに、望に海で告白した言葉が大好きなんだ」

「どうして健次郎君が知ってるの!?」

「望が酔っ払ったときに口を滑らせたんだ。すごく素敵な言葉だって思ったよ」

「やめてよ、恥ずかしい」

「恥ずかしいことなんてないさ。誇りに思っていいくらいの最高の言葉だよ」

「そう言われると照れるな」と頬をポリポリ掻いた。

「頑張れ、由希子。あの言葉が、きっとこれからのお前たちを支えてくれるよ」

あの言葉――。好きになってから、ずっとずっと隠していた想いを込めた言葉。わたしたちのことをずっとずっと、今日までずっと、支えてきてくれた言葉だ。

由希子は「うん」と深く深く頷いた。そして、

「じゃあ、行ってくるね」

ゆっくり一歩を踏み出して、前へ向かって歩き出す。ドアにかかった『Ｏｐｅｎ』の札を裏にひっくり返した。今だけは二人きりにしてほしい。そして、店のドアを押し開けた。

「なんだよ、その格好……」

薄暗い店内の工房スペースでは望が時計作りをしていた。突然入ってきたかつての恋人に驚いて椅子を倒す勢いで立ち上がり、こちらへ駆け寄ってきた。

「やっぱり変だよね」

由希子はもう一度、自身の服装を見た。まりなに貸してもらったウェディングドレスだ。サイズはちょっと小さいけれど、なんとか気合いで身体を収めた。

「どうしてそんな格好……」

「そうだなぁ。言うなれば、これは」

由希子は彼に笑いかけた。

「わたしのプロポーズ大作戦かな」

呆然と立ち尽くす望に向き合い、由希子はきりりと表情を変えた。

「望、結婚しよ！」

真剣で、迷いのない、大人な顔だ。一方の望は弱々しい顔をしている。

「言っただろ。由希子に情けないところは見せたくないって」

「ばか」

「え？」

「そんなバカなこと言って、わたしを失望させないでよ」

「………………」

「だって望、すごく情けないこと言うんだもん」

凛《りん》とした表情で、彼女は恋人に語りかけた。

「違うよ。望は間違えてる。病気になったことが情けないんじゃない。身体が動かなくなることが情けないんじゃない。一番情けないのは、諦めることだよ」

眼鏡の奥で、望の目が大きく開いた。

「わたしの知ってる高校時代の西島君は絶対にそんなこと言わないよ。もしも身体が動かなくなっても、それでも、最後の一秒まで時計を作り続けるはずだよ」

彼の目が微かに潤んでいる。

「諦めるな、望！」

「……由希子」

「高校生の頃からの夢なんでしょ。やっと叶った夢なんでしょ。だったら絶対に諦めちゃダメだよ」

瞳を覆う涙が、まなじりに盛り上がった。

「もしも支えが必要なら、わたしが支える。時計の作り方も、部品の名前も、全部全部覚えるよ。あなたが作りたい時計を、あなたと一緒に作ってみせるよ。砂山崩しで一度も勝てないくらい不器用だけど、それでもわたしは絶対、絶対絶対、諦めないから。あなたの夢も、人生も全部」

溢れた涙が、彼の頬を滑って伝う。

「だって、わたしの幸せは――」

わたしだけの幸せは――。

彼女の脳裏に、望の今までのすべての笑顔が蘇った。

夢を語るときの爽やかな横顔。キラキラ輝かせていた目。嬉しそうに、楽しそうに、少年のように笑っていた顔。十二年間、ずっと隣で見続けた、由希子だけの特等席だ。

「幸せそうに時計を作る望を、隣で見ていることだもん……」

彼のこぼした涙ごと、この手で頬を優しく包んだ。

なんて温かくて、愛おしい涙なんだろう。この涙の温度を覚えていよう。彼の嬉しそうなこの顔を、今の気持ちを、ずっとずっと、心に刻み続けよう。いつか過酷な運命に挫《くじ》けそうになったとしても、今日この心が感じたこの気持ちが、いつか未来のわたしを助けてくれるはずだから。

「わたしがあなたを幸せにする。ううん、一緒になろ。幸せになろうよ」

そして、由希子はもう一度、あの日のように〝あの言葉〟を口にしようと思った。

「わたしたちなら、なにがあっても大丈夫。忘れたとは言わせないよ。ほら、高校三年生のときにあの海で言った、わたしの告白の言葉」

好きになってから、ずっとずっと隠していた想いを込めた言葉。

わたしたちのことをずっとずっと、今日までずっと、支えてきてくれた言葉だ。

遠距離恋愛のときも、留学したときも、倦怠期も、すれ違ったときも、別れたときも、この言葉だけを頼りに、なにがあっても乗り越えてきた。

「覚えてるよ」

彼は目を細めて微笑んだ。言ってほしいんだ。

だから由希子は、この声にありったけの心を込めた。

「きっと大丈夫。わたしたちなら、なにがあっても大丈夫。だって、わたしは由希子で、あなたは望──」

彼女の涙が窓の光に輝いた。

「二人でいれば、希望は消えないよ」

そう言うと、望の胸に飛び込んだ。彼の心までこの鼓動が届くように、回した腕に目一杯の力を込めた。望もそれに応えてくれた。強く強く、呆れるくらい強く、抱きしめてくれた。

「望も言ってよ」

「なにを？」

「恋人にここまでさせたのよ？　ウェディングドレスで逆プロポーズ。その上、とぼけるつもり？」

彼は「ごめん」と笑った。その笑みの震えが胸を通じて心の奥に響く。

そして身体を離すと、望は工房の机の上から、あるものを持ってきた。

それを見た途端、由希子の目から数限りないほどの涙が溢れた。

いい？　と彼が目で訊ねる。

うん、と彼女も目で応えた。

あの日、高校三年生のときに初めて触れてくれたときのように、そっと、優しく、望が由希子の左手を取った。そして愛おしそうに、涙ながらに、微笑んだ。

「由希子、大好きだよ」

その言葉に、心がうんと嬉しくなった。

「この世界の誰よりも好きだ」

彼女の瞳が涙で百万カラットに輝いた。

「だから、僕と——」

彼の瞳も、笑顔も、美しい光に包まれた。

「結婚してください」

望は指輪をはめるようにして、彼女の手首に時計をつけた。

あの時計だ。古い古い時計だ。

西島望の人生最初の作品で、夢を応援した腕時計。恋のきっかけになってくれた宝物の時計だ。

新たな時を刻んでいる。一秒、また一秒と、未来へ向かって歩いている。

「誓うよ。これからもずっとずっと、この時計は僕が直す。何度止まっても必ず直すから。ううん、この時計だけじゃない。誰かの腕でずっとずっとずっと、一緒に時を刻める時計を作り続けるよ。命ある限り」

これからだってきっとそうだ。ずっとずっと大丈夫だ。

いつまでも、希望は消えない。

「僕も諦めない。絶対に諦めない。だから、由希子――」

彼は少年のような、大好きなあの顔で笑った。

「これからも、僕と一緒に時を刻んでくれませんか?」

由希子は宝物の時計を胸の前で抱きしめた。

そして、彼のプロポーズに笑顔で応えた。

「はい、喜んで!」

二人の恋が、時間が、幸せへの一秒目が、柔らかな秋の光に包まれて進み出した。

#5

わたしが求めているもの

Something

Just Like This

ベッドの上に横たわる小柄な女性。鶴《つる》のように細い首だが、肉はたるみ、深い皺がいくつも刻まれ、所々に茶色っぽいシミも浮かんでいる。かつて陽光を撥ね返すほどの美しさを誇っていた肌は見る影もなく、張りを失っている。変わり果てた母の姿が今はただただ虚しい。

五十五歳にしては随分と老け込んで見えるのは、きっと病気のせいだろう。前にも増して病状が悪化して、手のつけられない状態になっていた。日焼け止めもスキンケアも嫌がって暴れることも少なくない。昨晩、父がなんの気なしに「もう俺たちの知ってる母さんじゃないみたいだな」と呟いていた。そんな父もまた心身の疲労から、五十代後半とは思えぬほど老いさらばえて見えていた。

換気のために半分ほど開けた窓から晩冬の冷たい風が流れ込むと、掃除を怠ったフローリングの上に蓄積した埃が渦を巻くようにして宙を舞った。月光を浴びた埃が細氷――ダイヤモンド・ダストのように輝いている。母の呑気な寝息がその美しさを台無しにすると、ベッドの脇の丸椅子に腰を据えた柳《やなぎ》未音《みおん》の胸の奥で、ふつふつと湧き上がっていた怒りが今まさに沸点を超えた。

音を立てぬよう静かに立ち上がると、未音は手を伸ばして母の首に両手をかける。皮膚に触れた瞬間、思わずたじろいだ。それでも覚悟を決めてガラス細工のように美しい指に力を込める。命よりも大切なこの十本の指を、母が育ててくれたこの指を、まさかこんなことに使うだなんて。後悔が闇夜から湧き上がり全身を覆い尽くそうとしている。そのときだ。母がふっと目を開けた。両腕が総毛立った。でも大丈夫、と未音は己に言い聞かす。この人はどうせ忘れる。わたしのことも、このことも、なにもかもすぐに忘れてしまう。悪いのはお母さんだ。わたしがほしいものを、求めているものを、なにひとつ与えてくれず、こんなふうになってしまったひどい人だ。

わたしが求めているもの、それは――、

未音は驚き、目を見開いた。お母さんが笑っている。

それは――祝福だ。

月明かりの加減で微笑んでいるように見えたのかと思った。でも違う。母は確かに笑っている。苦しげに浮かぶ額の血管。しかしその下の目は三日月のように優しい弧を描いている。その柔らかな表情に驚いて、未音はのけぞり、後ろへとバランスを崩した。靴下が床で滑ってしまったのだ。

すべてがスローモーションになってゆく。目の端に写真立てが映った。真っ赤なドレスを着た小学生の頃の自分。『最優秀賞』と書かれた賞状を手に笑っている。傍らには母の姿がある。今の母とは大違いで、美しく、凜とした佇まいが眩しかった。しかしその顔に笑顔はない。いつものお母さんの表情だ。あのときもそうだった。父がシャッターを押したあと、母は厳しく未音を叱った。最優秀賞の賞状など母にとってはなんの価値もない。それよりもミスしたことが許せないのだ。そして家に帰ると想像を絶するような日々がまたはじまる。いつもいつも、その繰り返しだった。

そんな幼い頃の記憶が走馬灯のように脳裏を駆けめぐると、未音は大きな音を立てて尻餅をついて倒れた。リビングにいた父が「どうした？」と膝立ちで引き戸を開ける。彼女は「ううん」と立ち上がり、足早に母の寝室から出た。「ちょっとコンビニ」と言い訳のように短く告げて、玄関の方へと逃げてゆく。そして、三日月笑う夜空の下で、宝物の指を固めながら悔しく思った。

一度でいい。たった一度だけでいい。わたしはお母さんから祝福されたかった。生まれてきたことを、生きていることを、今日まで命を懸けて頑張ってきたことを、ただ一度だけ、祝福されたかったただけなのに……。

目を覚ましたとき、未音は自分が泣いていることに気づいた。

いつものことだ。この夢を見たら、いつも決まって涙が勝手に溢れてしまう。

寝室を出てリビングルームの遮光カーテンと窓を目一杯開けると、花信風《かしんふう》が部屋の中へと迷い込んできた。冷気の中に柔らかな春のぬくもりを含んだ優しい風だ。朝八時の五月晴れの空には、太陽の光を浴びた輝雲《きうん》がまばらに浮かんでいて、土曜の神戸の街並みを清々と美しく彩っている。

大学進学を機にこの街に引っ越してきてもう七年。茨城の田舎町で育った未音にとって、都会の暮らしは今もどこか居心地の悪いものであった。それでも、十階に位置するこのベランダから望む神戸港の景色は大のお気に入りだ。特に梅雨前のこの時期は一年で最も好きな季節だった。暑すぎず、寒すぎず、日差しは柔らかくて、苦手な雨もあまり降らない。今日のような晴天に恵まれた日であれば、もうそれだけで言うことはないってくらい最高なのに、しかし今朝はどうにも気分が冴えなかった。理由は分かっている。さっき見た、あの夢のせいだ。

年に数回、今も決まってあの夢を見てしまう。もう七年も経っているというのに。いや、何年経っても許されることではない。それは分かっている。これは自分が背負った罪と罰だ。神様が「忘れていないだろうね？」と釘を刺しているのだ。目が覚めたらもう最悪。自律神経が乱れて吐き気とめまいと、自己嫌悪で身体が動かなくなってしまう。

この日も例に漏れず、起きてすぐに窓辺に据えた合皮のソファに倒れ込んでしまった。そして仰向けになり、しばらくぼんやり天井を見つめていた。両手を弱々しく顔の上にかざしてみる。雪の妖精に命を分けてもらったような華麗な指は、文字通り透き通るようになめらかで、血管の位置まではっきりと分かるほど白く、シミひとつ見当たらない。小ぶりな爪は指それぞれによって少しずつ長さが異なっている。別に無粋な訳じゃない。未音の職業柄によるものだ。

手のひらにはまだ母の首に触れたときの感触が残っている。そんな気がする。多分気のせいだ。夢の副作用だと思う。未音はその幻影を追い払うように黒く細い髪をゴシゴシと掻いた。そろそろ仕事の準備をしないといけない。身体を起こそうとした、そのとき、視界の端をなにかが横切った。

ふわり……ふわり……と漂うそれは、色のない純白の羽根だった。

青空を泳ぐ海鳥の落とし物だろうか。風に乗ってこの部屋まで辿り着いたらしい。羽根は弧を描くように部屋の中を散歩して、小さな長方形の白と黒が並ぶその真ん中にゆっくり落ちた。鍵盤だ。ピアノの鍵盤の上に羽根は音も立てずに着地して、そのまま二度寝をはじめてしまった。

未音はソファから起き上がってピアノの元へと向かった。指を伸ばして羽根を拾おうとするが、そのまま鍵盤のひとつを押した。ぽーんという優しい音色が部屋の穢れを清めてくれる。いつもならば忌々《いまいま》しいとすら思えるこの音色が、なぜだか今日は、うんと綺麗に聞こえてならない。


シャワーを浴びて着替えとメイクをすると、トーストにジャムを塗って齧った。食事と言うより、ただの栄養補給だ。歯を磨いて玄関へ。時刻は九時を過ぎている。急がないと遅刻してしまう。

しまった、忘れるところだった。靴を脱いで慌てて寝室へ戻った。今日は仕事の後にバイトがある。その衣装を忘れていた。寝室のクローゼットにあらかじめ用意しておいた収納ケースのジッパーを開けると、その中には無数のスパンコールがあしらわれた白い刺繍《ししゅう》のドレスがある。未音のステージ衣装だ。再びジッパーを閉じると、それを抱えて急ぎ足で部屋を出た。

自宅から駅まで歩いて五分。神戸三宮《こうべさんのみや》駅まで電車で十分。さらにそこからもう少しだけ歩くと、楽器店が併設した音楽教室の看板が見えてくる。大手に比べればかなり小規模だが、関西圏《かんさい》で三店舗も展開している立派な教室だ。ここで週に四日、小学生から高校生まで幅広い年齢層の子供たちを相手にピアノを教えている。雇用形態は契約社員だ。近頃は少子化の影響で生徒数が激減しているため、ここでの収入だけでは生活は成り立たない。音大を目指す受験生への個別指導をしたり、バーやレストランでも時々ピアノを弾いている。今夜のバイトもバーでの演奏だ。

神戸で人気のカフェバー『バッカス』が、音楽を聴くことに特化した新店舗『ミュージック・バッカス』を出店する。そのレセプションパーティーの席で、BGMとして演奏をするのだ。単なる常連として店に通っていたのに、こんなチャンスが巡ってくるだなんて。しかもオーナーの吉田《よしだ》さんはかなりの太っ腹で、今日のギャラはなんとなんと五万円も頂ける。だから気合いが入っていた。

未音は神戸の名門音楽大学のピアノ科を卒業している。しかし、ピアニストとしての輝かしい実績は皆無だった。幼い頃、母にあんなことをしてしまう前までは、様々なコンクールで多くの成果を残してきた。『天才ピアノ少女現る！』なんて感じで週刊誌に取り上げられたこともあった。でも「天才も二十歳過ぎればただの人」とはよく言ったものだ。今はなんとかこうしてピアノで食いつなぐので精一杯の状況だ。だから今日のようなピアニストとしての仕事は頑張りたい。評判を呼べばまた次の仕事につながるかもしれない。別にピアニストとして大成したいわけじゃない。もう少しだけ心にゆとりを持って生活を成り立たせたいのだ。そう、未音にとってピアノとは食べてゆくための道具に過ぎなかった。もうあの頃のようにピアノを誠心誠意頑張りたいという気持ちはない。そんなことを考えるたび、未音の心にはある想いがため息と共に去来する。

あの日、お母さんにあんなことをして、わたしのピアニスト人生は終わってしまったんだ……。

　小学生を対象とした大人数のクラスが終わると昼休みだ。バックヤードに戻って、近所で買ってきたBLTサンドを齧りながら今夜のパーティーの曲順をおさらいする。曲のオーダーはほとんどがジャズナンバーだ。幼い頃からクラシック一筋だったので、正直ジャズは得意ではない。だけど文句は言えない。それに合間にお気に入りのクラシック音楽を挟んでも構わないと言ってもらえていた。今のところリスト、バッハ、パッヘルベル辺りの曲を演奏しようと思っていた。

　ご飯を食べたら、もう少しだけ練習をしよう。そんなことを考えていたら、傍らのスマートフォンが不愉快な音を立てて鳴った。物心つく前から音楽に触れてきた未音には『絶対音感』が備わっている。そのため、ちょっとの不協和音にも耳が敏感に反応してしまう。だからこそ、雑踏の中でも着信音に気づけるように、あえて不愉快なものを設定していた。

　この着信音は、父・時雄《ときお》からの電話だ。

「もしもし」とBLTサンドをコンビニのホットコーヒーで喉の奥へと追いやりながら電話に出ると、父は『未音か！　久しぶりだなぁ！』とやけに明るい調子で言った。それから間髪容れずに世間話をはじめてしまった。趣味のネット将棋が絶好調だとか、勤め先である大学の若い職員から「柳教授ってお若くて素敵ですね」と褒められたとか。貴重な昼休みを父の無駄話に割くのはちょっともったいない。けれど、未音は父の声に愛想よく相づちを打ち続けた。

　最近ずっと無沙汰にしていた。だからこのくらいは最低限の親孝行として付き合ってあげないと。そう思ったのだ。それに父の声は柔らかくて甘い音色を持っている。その音がなんとも耳に心地よい。聞いているだけで癒やされる。父はそんな素敵な声の持ち主だった。

わたしって相変わらずの声フェチだな……。その人の持つ声質の善《よ》し悪《あ》しで相手の好き嫌いを決めてしまうきらいがある。特に恋愛となると、苦手な音の持ち主だと絶対に恋愛対象には入らない。顔はすごーくタイプなのに、声を聞いた途端「この音、無理！」って顔を背けてしまうのだ。おかげでもう三年くらい彼氏がいない。『運命の人』と出逢う予感は、今のところまったくなかった。

まぁ、運命の人とか、赤い糸とか、そんなの全然信じてないけど……。

父は『どうした？　なに笑ってるんだ？』と電話の向こうで首を傾げているようだった。

「ううん、お父さんの声が素敵だなぁって思ったの」

『なんだ、小遣いがほしいのか？』

「やめてよ、そんなんじゃないから。今朝、ちょっと嫌な夢を見てね。それで気分が沈んでいたの。だけど、お父さんの声を聞いたら癒やされたよ。ありがとう」

『だったら、父さんのお願いをひとつ聞いてくれるか？』

「お小遣いがほしいの？」

『バカを言いなさい。たまには帰ってくるんだ』

「そう言うと思った」

『いいかい、未音。父さんは一人暮らしなんだ。それにもうすぐ七十歳だ。あんまり放っておいて孤独死しても知らないからな？』

「縁起でもないこと言わないで」

『じゃあお盆に帰ってきなさい。カレンダーに書いちゃうからな』

「待って待って。仕事の予定と相談させて。前向きに考えるから」

『そうやって何度帰ってこなかった？　いいかい、未音。老人の一人暮らしっていうのは、未音が思っているよりもずっとずっと寂しいんだ。家の中での父さんの話し相手はルンバ一人だけなんだぞ？　ルンバに『吸い太郎』って名前をつけてる父親の気持ち、お前は考えたことがあるかい？　それに、喋《しゃべ》らないのは脳の働きにも左右するらしい。もしこれで父さんまで病気になってみろ。苦労するのはお前なんだぞ？』

「お父さん」と刺すような鋭さで告げると、父は自身の失言に気づいたようだ。『悪い悪い、本当に縁起でもないことを言ってしまったな』と苦笑していた。

「……ねぇ、お母さんは最近どんな様子？」

普段だったらこんなことは絶対に訊かない。でも今日に限って自然と母のことを質問していた。きっと今朝の夢が押した罪悪感という名の烙印《らくいん》が、胸の中でやけどのように残っているのだ。

『まぁ、相変わらずだ』

「誤魔化さないで。お父さんってバツが悪くなるとすぐに口ごもるんだから。本当のことを教えて」

『未音はなんでもお見通しだな』と父は電話の向こうで頭を掻いているようだ。

『施設に入ってもう三年も経つからな。前より病状は進行しているよ。面会も月に一回しかできないから、たまに会うとやっぱり色々、あれだな、うん』

口ごもるところをみると、かなり良くない状態なんだな。胸がぎゅうっと苦しくなった。

「そっか。じゃあもし、次にお母さんに会ったとしても――」

コーヒーカップの中の黒い水面に映った自分の顔が、なんだかとても悲しそうに見えた。

「わたしのこと、もうきっと思い出せないね……」

母にピアノで褒めてもらいたい——。それが幼い頃の未音の夢だった。

母・柳未来世《みきよ》は、クラシック音楽の世界ではそこそこ名の知れたピアニストだった。その圧倒的な美貌もさることながら、力強いタッチと豊かな音色、幅広い表現力が評価され、単独でコンサートを開催すれば多くの客が押し寄せるほどの高い人気を博していた。また、仲間たちとユニットを組んで海外公演などを精力的に行うクラシック音楽界の若手の雄ともいえる存在だった。無論、彼女がピアノに全身全霊で打ち込めていたのは、大学で講師をしている夫・時雄の手厚いサポートのおかげだろう。コンサートが近くなると、母は家事が手につかなくなった。炊事も洗濯もなにもかも夫に任せっきりになり、表現者・柳未来世になるのだ。子育ても夫に任せきりだ。娘と話す時間すらも練習に当てていた。しかし未音は寂しくなかった。ピアノに向かう母の姿を間近で見られる、ただそれだけで幸せだと心から思えていた。

ピアノの前に座る母は、いつも、いつでも、光り輝いて見えた。魂を燃やすようにして鍵盤を叩く姿はパワフルで、それでいて優美で、なによりも素敵だった。奏でるピアノの音色は、この世のどんな音よりも甘美《かんび》で、どんなものにも代えがたい宝石に思えた。そんな母の背中を、音楽を、未音はその目と耳で感じながら育った。やがて彼女もピアノに興味を抱くようになり、気づけば母の真似をしてピアノの前に座って鍵盤を叩くようになっていた。もちろん、でたらめな演奏だ。音楽と呼べる代物ではない。しかしそれでも、未音は自分の指先から溢れる色鮮やかな音の数々が愛おしくてたまらなかった。ピアノとはやさしい楽器だ。音を出すだけならば誰にでもできる。しかし母の生み出すそれとは雲泥の差だ。わたしも毎日一生懸命練習すれば、お母さんみたいな素敵な音を出せるようになるかなぁ。そう思いながら、見よう見まねでピアノを毎日弾き続けた。

そして彼女が四歳のとき、密《ひそ》かに練習を重ねた曲を母の前で披露した。モーツァルト作曲『きらきら星変奏曲』だ。どういうわけか、未音はこの曲が大好きだった。理由は分からない。けれど、初めて弾くならこの曲がいいって思った。

未音はたどたどしいタッチで懸命にピアノを弾いた。リズムが狂ってしまったけれど、それでも指を止めず、最後まで必死に動かし続けた。お母さんに褒めてもらいたい。ただその一心で。

母は娘の音楽センスに驚いていた。四歳の子供が独学でここまで弾けるだなんて、と思ったのだろう。しかし未音を褒めることはしなかった。その代わり、なにも言わずに娘の隣に腰を下ろして
「もう一度、弾いてごらん」と優しげに言った。未音は言われるがまま『きらきら星変奏曲』をまた弾いた。すると、母がそこに音を重ねてくれた。一台のピアノを二人で弾く連弾だ。

連弾の場合、左側に座る奏者が低音部を担当し、ベテランである場合が多い。リズムを担う低音部が狂うと曲自体が壊れてしまうからだ。母は今、左側にいる。セコンド——第二奏者——を務めてくれている。そして母が演奏に加わった途端、さっきまでの不安定なリズムが嘘のように整った。

白と黒の鍵盤の上で音が笑っている。優しい午後の日差しに包まれた部屋では、ピアノの音色がシャボン玉のように生まれては弾けて、また生まれては弾けてを繰り返している。その一音一音には色がはっきりと見えた。未音は紅葉のような小さな手で音を生み続けた。しかしシャボン玉はすぐに弾けてしまった。未熟な音の欠片《かけら》が空気に溶ける。でも、お母さんの音は違う。赤、青、黄色、それぞれの色が鍵盤から溢れ出して日だまりの中をいつまでも漂っている。その色は濃く、眩しいくらいに鮮やかだ。そんな音たちを生み出す母の指は美しく、堂々としている。まるで川を泳ぐ魚

たちのように活き活きと躍動していた。十本の指が駆け回る鍵盤は、どこまでも続く清流に思えた。

お母さんのピアノは魔法の音だ。だってこんなにワクワクするんだもの。わたしもなりたいな。

ううん、なる。絶対なる。いつかお母さんに褒められる、そんなピアニストになってみせる。

しかし、そう思った途端、窓から降り注ぐ陽の光の束は消えた。分厚い雲が空を覆ったのだ。

未音の幸福な誓いもまた、鉛色に姿を変えて、やがて彼女の背中に重くのしかかった。

その一年後、母が病を患ったのだ。若年性アルツハイマー型認知症だった。


音楽教室の仕事が終わると、空き教室でバイトの時間ギリギリまでピアノを弾き続けた。同僚たちは「練習熱心ね」と褒めてくれる。ここ最近、終業後に何時間も鍛錬を重ねていた。そんな姿を見て感心しているようだった。しかし未音にとって、こんなものは練習のうちには入らない。ピアノの前に座るのは風呂に入るのと同じこと。鍵盤に触れるのは歯を磨くのと同じこと。母にそう教え込まれてきたからだ。

若年性アルツハイマー型認知症になってから、母は明らかに人が変わった。

病状の進行を遅らせるためには長閑《のどか》な暮らしが良いと言われて、東京から茨城へ引っ越して以来、母はピアニストの第一線を離れ、未音の指導にのみ心血を注いだ。それは厳しい日々だった。

食事と風呂と睡眠以外の時間はすべてピアノに向かうよう強要された。熱が出ても弾かされた。友達と遊ぶことも許されず、テレビやゲームも許可してくれない。自由がほしければプロになってから満喫すればいい——それが母の口癖だった。叱責されたこともあったし、叩かれたこともある。単純なミスタッチでもしようものなら、目を吊り上げて怒鳴られた。そのときの母の顔は童話の世界から飛び出してきた魔女のようだった。おかげで未音の腕前は小学生の中では群を抜いていた。母の才能を受け継いだこともあるだろうが、文字通り血の滲むような努力の賜《たまもの》だ。『アルツハイマーによって未来を断たれた悲劇の天才ピアニスト・柳未来世。しかしその娘は、母の意志を継いで天才ピアノ少女へと成長していた』と週刊誌に取り上げられたこともあった。数々のコンクールで優勝を果たす未音は、クラシック音楽界の少年少女の間で有名な存在になっていった。けれど、どれだけ活躍しても母は一切褒めてはくれなかった。「よくやったわね」のひと言すらもなかった。そんな母の冷たい態度に触れるたび、未音はやるせなかった。

　そして高校生になると、ピアノが憎くてたまらなくなっていた。母は年々病状が進み、それに比例するように指導もさらに厳しくなった。それは常軌を逸したものだった。毎日ヘトヘトになるまでピアノを弾いて、ようやく床に入ったかと思ったら、夜中に叩き起こされ「未音ちゃん！　今日のレッスンさぼったでしょ！」と叱責される。母はさっきレッスンをしたことを忘れてしまっていた。髪を摑まれてピアノの前に座らされたことは一度や二度じゃない。父が止めても暴れてしまい、未音がピアノを弾くまで決して落ち着くことはない。もちろん毎日逃げようとした。しかし家に帰らなければ父に迷惑がかかってしまう。未音が帰宅しないことに激高した母は、刃物を振り上げ、警察沙汰になったことも度々あった。

　毎日毎日寝不足で、朝までピアノを弾いていた青春時代。未音は次第に「お母さんから逃げたい」と強く思うようになっていった。母の気持ちは分かる。自分がピアノを忘れてしまう前に、娘に伝えられることをすべて継承させたいと思っているのだろう。しかしそんな母の願いに応えられるほど、未音はまだ大人ではなかった。その頃になると、母に殺意すら抱くようになっていた。

そんなある日のこと、追い詰められる未音を見て、父は遠くの大学へ進むよう勧めてくれた。

「ピアノをやめたかったら、普通の大学へ進学しても構わない。とにかくこの家を出なさい。この家にいる限り、母さんは未音にピアノを教えようとする。もう母さんのことは忘れて生きなさい」

そう言うと、父は分厚いその手で、未音の両手を優しく包んだ。

「でもな、できたらでいい。できることなら、母さんが今まで未音にしたことを許してやってほしいんだ。今日までお前を苦しめたのは、なにもできなかった父さんだ。母さんはただ、お前を一人前のピアニストにしてあげたかっただけなんだ。それだけは、どうか分かってあげてほしい」

そして未音は母から逃げ出すことにした。だけど、ピアノをやめることだけはどうしてもできなかった。あの日の願いが胸につかえていたからだ。お母さんに褒められたい、祝福してほしいという幼い頃に夢見たあの願いが。

未音は神戸の音大に進学を決めた。母に内緒で試験を受けて、見事合格を勝ち取ることができた。そしてあの冬の日、母に神戸音楽大学のピアノ科に進学することを恐る恐る告げた。春にはこの家を出て神戸で一人暮らしをする。しかし心配しないでほしい。大学には素晴らしい先生が多く、留学制度も充実している。お母さんの元は離れるけれど、それでも、もっともっと上手になってみせるから……と、言葉を選んで丁寧に伝えた。しかし、

「育て方を間違えたようね」

母はいつになく正気な様子で未音に言った。

「え？」と戸惑う彼女に、母は「大学は東都《とうと》藝術《げいじゅつ》大学のピアノ科しか認めないと言ったはずよ。どうして受けなかったの？」と刃物のように鋭い言葉を振り上げた。

「どうせ自信がなかったんでしょ？　それとも、受けたけど落ちたの？　どちらにせよ、これであなたのピアニスト人生はもう終わりね」

「そんな言い方しないでよ……」

　未音は涙を堪えながら母に言った。だが、病の母には未音の気持ちは伝わらない。さらに追い打ちをかけるように「まぁ、落ちて当然よね。毎日レッスンもしないで寝ているんだもの」となじるような言葉を吐いた。その瞬間、未音の中でなにかが壊れた。

「したよ！　したじゃない！　毎日毎日、必死に練習してきたでしょ！　寝る時間だって削ったし、頭がおかしくなるほど練習してきた！　それなのに、どうしてそんなこと言うの!?　お母さんが忘れただけでしょ!?　すぐ忘れちゃうくせに、全部わたしのせいにするのはやめてよ！」

　未音は悲鳴のような叫び声を上げて、椅子を振り回して部屋の中で暴れた。慌てた父が羽交い締めにしてきたが、喉が焼けるほど絶叫して暴れ回った。母は怯《おび》えて泣いていた。

　しかし、未音が落ち着きを取り戻すと、母はなにごともなかったかのように「未音ちゃん、今日のレッスンは？」と訊ねてきた。未音は泣きながらピアノを弾いた。そうしなければ母はいつまでも眠らないからだ。ぽろぽろとこぼれた涙が白と黒の鍵盤を穢してゆく。

　きっともう、お母さんがわたしのピアノを褒めてくれることはない……。

　この人はひどい母親だ。わたしがほしいものを、求めているものを、なにひとつ与えてはくれなかった。きっとわたしのことなんて愛してなんかいないんだ。わたしが生まれてきたことも、生きていることも、ピアノを頑張っていることも、なにも祝福してくれない最低な母親だ。

　そしてその夜、未音は母の首を絞めた。今日まで育ててくれたこの指を、お母さんを傷つけるために使ってしまった哀れな自分を、彼女は今もまだ、どうしても許せずにいた。

神戸の街並みは、夕方から夜にかけてのこの時間が最も鮮やかに映えると、未音は思っている。落ち着いた雰囲気の港町が、日が落ちて洒落た空気に包まれる瞬間がたまらなく好きだった。

線路の高架をくぐってしばらくゆくと、建設されたばかりの商業施設が見えてきた。円形の中央広場を囲むように環状扇形の二階建てのシックな建物が誇らしげに建っている。騒がしい駅の近くとは打って変わって、落ち着いた雰囲気を纏ったこの施設は、どこかのゼネコンが造ったらしく、ここを神戸指折りの〝大人の社交場〟として発展させる狙いらしい。

『ミュージック・バッカス』はその施設の一階、中央広場近くの一番目立つ場所に入っていた。外観は黒を基調としており、五線譜を模した看板に店名が書いてあって、淡いグリーンのライトで照らされている。ピアノの外装面のような艶《つや》やかな扉も小粋な雰囲気を醸し出していた。

「おーい、未音ちゃん！」と四十代前半の男性が店の前で手招きしている。背が高く、口ひげが立派なダンディーなこの人がオーナーの吉田秀忠《ひでただ》だ。今はバーの経営者として手腕を発揮しているが、元々は未音と同じ音大出のピアニストだった。しかし鳴かず飛ばずで音楽家としての道を諦めて以来、こうして経営に力を注いでいる。その傍らで、未音のような若手音楽家を応援していた。自身の店でミニライブを開催したりと、なにかと彼女たちの面倒をみている。

「吉田さん、こんばんは。遅くなってごめんなさい」

「かまへんよ。食事は？　なにか簡単なものを用意させよか？」

「いえ、南京町《なんきんまち》で肉まんを食べてきました」

「相変わらず抜け目ないねぇ。じゃあ、準備できたら早速頼むわ」

相変わらず良い声だな、と未音は思った。彼の声は父に負けず劣らず好みの音だ。

店に入ると、真新しい木の匂いが胸いっぱいに広がった。外観とは打って変わって、店内はカジュアルな雰囲気だ。広々としたフロアに、ゆったりとした間隔で座り心地のよさそうなソファが据えてあり、その奥には一枚板の立派なトチノキのカウンターがある。そのカウンターの向こうには古今東西のウィスキーボトルが整然と並んでいて、愛嬌たっぷりのバーテンダー・横澤裕也《よこざわゆうや》がパーティーで出すお酒の準備に取りかかっていた。カウンターの横には中央広場を望む湾曲ガラスが広がっていて、その脇にはヤマハのグランドピアノが置いてある。安く譲り受けたもののようだが、なかなかの代物だ。リハーサルで何度か弾いたが、音がすこぶる華やかだった。

従業員控え室で衣装に着替えてメイクを直して楽譜と共にフロアに戻ると、アイスピックで氷を削っていた横澤が「今日は一段と綺麗だね」と褒めてくれた。

「なにそれ。もしかして笑いを取ろうとしたの？」

「まさか、本心だよ」

同世代の彼とはそんな冗談を言い合える友人のような間柄だった。

グラスに水をもらってぐいっと飲むと、未音はピアノの元へと向かった。ベンチタイプの椅子に座って高さを入念に調節する。手を開いては閉じてを繰り返し、深呼吸をひとつ。ピアノに向かう前の儀式のようなものだ。

そして未音は、鍵盤に指を置いた。

レセプションパーティーは定刻通り、午後六時半にはじまった。参加者は吉田の仕事関係の人たちが多くを占めている。神戸の街で飲食店を経営するオーナーたちや取引先の食品卸会社の営業担当たち。ピアニスト時代の旧友も何人か来ているようだった。中には業界人丸出しの少しチャラチャラしたおじさまもいる。未音のピアノに誘われるようにして、三々五々店に集まってきた。

スタンディングで八十名は入るフロアで老若男女が会話を楽しんでいる。お酒を用意する横澤は大忙しの様子だ。カジュアルな立食パーティーを楽しむ人々の姿を目の端で眺めながら、未音は演奏に集中していた。こういった仕事の際、決して個性を出してはいけない。語らう人々が音楽に気を取られたら、もうその時点でBGM失格だ。空気にそっと音を溶かすようにピアノを奏でるのだ。未音の作り出す音は、人々の笑顔に優しく寄り添っていた。

しかし、演奏が乱れるような出来事が起こった。

ピアノから離れた所に一人の男性が立っている。彼は口を半開きにしている。同い年くらいだろうか？　すごくすごく驚いているようだ。高価ではなさそうな濃紺のスーツに、ライトブルーのワイシャツ、マスタードイエローのネクタイをしっかり締めた真面目そうな男性だ。どちらかと言えばイケメンの部類に入ると思う。センター分けの髪の色素は薄く、猫の毛のように柔らかそうだった。小柄で、スーツ姿じゃなかったら女性と間違えてしまいそうなほど身体の線が細い。ワイングラスを持つ手もまた、少女のように小さかった。そして、恐らく結婚している。左の薬指にはシルバーのリングが光っていた。

未音は彼を見た途端、驚きのあまりピアノを弾く手を止めてしまいそうになった。

その人は、右目から一筋の涙をこぼしていた。店内は少しだけ暑いから汗が頬を伝ったのかとも思った。でも違う。彼は確かに泣いている。涙を溢れさせている。未音を見つめながら。

ど、どうして泣いているの……？　そう思ったのと同時に、「皆さん、よろしいでしょうか」と吉田の挨拶がはじまった。未音ははたと我に返り、ピアノの演奏を中断した。

少し休憩しよう。カウンターに水をもらいに行こうとしたが、なんだか上手く歩けなかった。鼓動が高鳴っている。さっきの涙を見たせいだ。気になって男性がいた場所に視線を移した。しかし彼の姿はない。どこかへ行ってしまったらしい。だが、そのときだ。

「あの！」

背後で張り詰めた声がした。反射的に振り返った刹那、視界が真っ赤に染まった。なにが起こったのか理解できなかった。驚いたのも束の間、未音の小さな身体に体重がのしかかってきた。さっきの彼が覆い被さってきたのだ。

な、なに!?　なんなの!?　未音は彼と一緒になってその場に倒れた。痛たた……と目を開くと、思わずぎょっとした。間近に彼の顔がある。近くで見ると、驚くくらい綺麗な顔だ。でもその顔は驚きで硬直していた。彼自身、この状況が理解できていないようだ。

「大丈夫ですか!?」と足元の方から別の男性が駆け寄ってきた。どうやら彼らはぶつかって、身体の小さなこの人は――覆い被さっている彼だ――ドミノ倒しのようにこちらへ倒れてしまったらしい。未音はそれに巻き込まれたのだ。ワインもそのとき偶然かかってしまったのだろう。

店内がざわめきに包まれると、吉田は挨拶を一旦止めた。騒然となる参加者たち。

「あ、あの……大丈夫ですか？」と先に声をかけたのは未音の方だ。

その言葉に我に返った真上の彼が「す、すみません！」と大慌てで身体をどかす。そして「お怪我はありませんか！」と手を差し伸べてきた。急なアクシデントに戸惑いつつも、未音は「大丈夫です」とその手を掴んで身体を起こしてもらった。幸いなことにグラスは割れずに済んだようだ。しかし問題が起こった。最悪だ……。純白のドレスが赤ワインで汚れてしまっている。

それを見た小柄な彼は顔面蒼白。「ご、ご、ごめんなさぁい！」と情けない声でオロオロしていた。未音は少しムッとした。このドレス、なかなか高かったんだけどな。三万円もしたのにな。これじゃあ台無しだよ。文句を言ってやろうかとも思った。しかしその怒りをぐっと堪えた。

今はなによりパーティーが優先だ。自分のせいで挨拶が中断している。未音は「お気になさらないでください」と頰を引きつらせながらにこりと笑い、会場にいた参加者たちにも笑みを送った。

続けてくださいと吉田に目顔で伝えると、彼は「ここで今日のピアニストを紹介します。ワインもしたたる良い女、柳未音ちゃんです」と軽い笑いを誘ってくれた。

「彼女はホンマに良いピアニストなんで、今日は音楽もぜひ楽しんでいってくださいね」

横澤が控え室から彼のジャケットを持ってきてくれた。未音はそれに袖を通すと、腕をしっかりまくってピアノに戻った。椅子に腰かける瞬間、チラッと睨むように視線を送ると、例の彼は今にも泣きそうな顔をしていた。にこりと微笑みかけたが、内心では「くそぉ、このドレスどうしてくれるのよぉ」と恨み節が止まらない。その怒りを鍵盤に叩きつけるようにして、未音は次の曲の演奏をはじめた。お気に入りのパッヘルベルの『カノン』が今日はなんだか厳しい色に染まっていた。

パーティーはさっきまでの和やかさに包まれた。未音のピアノの音色もまた、柔らかなものへと戻っていった。ようやく落ち着きを取り戻した。でも同時に、ひとつの疑問が頭をもたげた。

あの人、どうして涙を流していたんだろう……。

パーティーが終わると、むしゃくしゃした気持ちをドライマティーニと一緒に胃の中に閉じ込めた。「横澤君、おかわり」という未音の低い声が、客のいなくなった店内に響く。カウンターにグラスを置いて彼の方へすっと押すと、横澤は彼女の汚れたドレスを見ながら同情するような声で「濃いめで作るよ」とそのグラスをピックアップしていった。

「災難やったなぁ、未音ちゃん」

最後の客を見送った吉田が苦笑いを浮かべてこちらへ戻ってきた。

「本当ですよ。このドレス高かったのに。思わず『なにするのよ！』って怒鳴っちゃいそうでしたもん。あのあと、わたしのピアノ大丈夫でした？」

「タッチ、めっちゃ狂ってたな。怒りで荒々しかったわ」

「ごめんなさい」と手で髪をなでつけながら謝った。「せっかくのレセプションパーティーなのに」

「いやいや、未音ちゃんのせいじゃないって。あ、そうそう。これ、渡しとくわ」と吉田が封筒を出してこちらへ向けた。「今日のギャラ。中身、念のため確認して」

恐縮しながら受け取ると、未音は彼に背中を向けて封筒の中を覗いた。一、二、三……あれ？

「吉田さん、多過ぎです！　八万円も入ってる！　約束は五万円だったのに！」

「ええってええって。クリーニング代やと思って受け取ってよ」

「ダメです！　受け取れません！」

「未音ちゃんのような駆け出しのピアニストが大変なのは、俺自身の経験からもよく分かるから」

「でも……」

「そんなに嫌がるなら、やっぱり返してもらおうかな」

吉田は冗談っぽい口調で封筒を奪い取ろうとしたので、未音はその手をひょいっと躱して、

「いえ、やっぱり遠慮なく頂きます」と、これまた冗談っぽく微笑んだ。

「それでええよ。もらえるものはもらっておく。そうせんとピアノを生業《なりわい》にして生きていかれへんもん。音楽で生きてゆくのは簡単なことじゃないからね」

ピアニストとして夢破れた吉田の声は、いつもよりオクターブ低くて悲しい色に包まれていた。

「それでさ、未音ちゃんはこれからどうしていきたいん？」

「これから？」

「もうすぐ二十六歳やろ？　いつまでもこのままって訳にはいかんやろ。ピアノの先生と、こういうバイトだけじゃピアニストとして成長せぇへんもん。コンクールにも出てないんやろ？　きつい言い方になるけど、中途半端な気持ちでピアノに取り組んでるのが音に表れとるよ」

痛いところを突かれて未音は閉口した。

「未音ちゃんにはピアノの才能がある。俺はそう思ってる。だけど、その力は正しく使わなもったいないよ。宝の持ち腐れっていうかさ。あ、勘違いせんといてな。コンクールに出ろとか、バンバン弾いて活躍しろとか、そういうんやないで？　なんのためにピアノを弾くか、夢というか、信念っていうか、そういうのを心の真ん中にしっかり据えて弾いた方がいいってことやな」

吉田さんの言うとおりだ。大学を出て以来、いや、お母さんにあんなことをしてしまって以来、わたしはピアノを弾く意味を見失っている。特にこの数年は、何度もピアノをやめようと思ってきた。もうお母さんにレッスンを強要されることもないのだから、ピアノから離れて違う自分になろうとも考えた。でもわたしはピアノ以外の生き方を知らない。結局、この年になるまで他の世界に

飛び込む勇気を持てなかった。だから今もピアノにしがみついている。目標もなく、目的もなく、中途半端な生き方をしていることを吉田さんは見抜いているんだ。

「なぁ、未音ちゃん。今度うちでリサイタルでもしてみぃひん？」

「リサイタル？」

「今日みたいな演奏じゃなくて、ちゃんとお客さんを呼んで、未音ちゃんのピアノを聴いてもらう機会を設けたらどうかな。その方が練習に身が入るやろうし。それで、もう一回、考えてみたらどう？　未音ちゃんがピアノを弾く理由」

ピアノを弾く理由か……。

母の顔が、あのときの『きらきら星変奏曲』の音色が、未音の脳裏に鮮やかに蘇った。

わたしがピアノを弾く理由はひとつだ。ずっとずっとひとつだけだ。でも――。

「ありがとうございます。お気持ちだけ頂きます」

「なんで？」

「わたしがピアノを弾く理由は、きっともう叶わないから」

吉田がなにかを言おうとした。すると、気を利かせた横澤が「でもさぁ」と言葉を挟んでくれた。

「さっきの彼、声もかけずに帰っちゃうなんてひどいよね。未音ちゃんの知り合い？」と言って新しいドライマティーニを未音の前に置いた。

さっきの彼……。例のワインのあの人だ。

まったくもってそのとおりだ。パーティーが終わったらもうどこにもいないんだもの。お詫びなんていらないけど、もうひと言くらい謝ったってバチは当たらないと思うんだけどな。

「別にいいよ。それに全然知らない人。逢ったこともない」

「ふーん、そうなんだ。でも、あのとき呼び止められてなかった？　『あの！』って大声で」

確かに……。あのとき、彼はわたしになにを言おうとしたんだろう？

「吉田さんは、あの人とはどういうご関係なんですか？」と未音は隣の吉田に訊ねてみた。

「ああ、彼？　お酒の卸の人やよ」

「おろし？　流通会社の社員さん？」と横澤が続く。

「『伊原山食品《いはらやま》』の営業さん。最近うちの担当になってね。めっちゃくちゃ気の弱い子なんよ。いつもオドオドしてて、すぐにテンパって。ええっと、名前は確か――」

「湯川肇《ゆかわはじめ》です！」

オドオドした声がドアの方から聞こえた。その裏返りそうな声に誘われ、未音たちは三人同時に顔を向けた。さっきの彼が戸口に立っている。元々小さな身体が罪悪感でさらに小さく、弱々しく見える。未音は汚れたドレスに視線を落とすと、ちょっとムッとした顔で彼のことを軽く睨んだ。


「さっきはすみませんでした！」

中央広場に肇の大声が響くと、道ゆくサラリーマンたちがなにごとかと振り返った。冷たい視線がチクチク痛い。未音は「か、顔を上げてください」と彼に向かって両手を広げた。

「いえ！　ダメです！　本当にすみませんでした！　パーティーが終わったあと、すぐに謝りに行かなくてごめんなさい！　お客さんから急な電話がかかってきちゃって！」

こ、困ったぞ。恐らく通行人たちは、わたしのことを男に何度も頭を下げさせている悪女だと思っているに違いない。違うんです。わたしは被害者なんです。そんなふうに思われるなんて癪《しゃく》だよ。

「あの、本当にもう怒っていませんから。だから——」

「いえ！　ダメです！」

だからぁ！　わたしがいいって言ってるんだから！　という言葉が喉元までせり上がった。

「ドレスも弁償させてください！　いくらですか!?　買わせてください！　お願いします！　僕が買います！　買わせてください！　買いたいんです！」

彼はポーターの鞄から同じブランドの財布を出してそれを開いた。

「お金、出します！　いくらでも出します！　お願いします！　買わせてください！」

通行人が足を止めてヒソヒソヒソヒソ。そりゃそうだ。こんな街の真ん中で「買いたい！　買いたい！　買わせてください！」なんて、なにかいかがわしい交渉だと思うに決まっている。

嫌な予感がした。その予感は見事に的中。通行人が呼んだらしく、若い警官が向こうから大慌てでやってきた。「ちょっと！　そこの人たち！」と小走りで駆け寄ってくるではないか。

最悪だ……。未音は長い黒髪の後頭部を掻いた。事情を説明するのが面倒だ。そう思った矢先、腕を摑まれる感触がした。驚いて顔を向けると、肇が「警官です！　逃げましょう！」と言った。

「は？」と言葉を漏らしたのと同時に、彼は未音の腕を引いて猛然と走り出した。

ちょ、ちょ、ちょ！　なんで!?　なんで逃げるの!?　意味が分からない！　これじゃあホントにやましいことをしていたみたいじゃん！

警官が「待ちなさい！」と追いかけてきた。

もうこうなったら立ち止まれない。逃げるしかない。二人は夜の神戸の街を全力で走った。

土曜の夜の南京町は多くの人々で賑《にぎ》わっている。宙に吊るされたいくつもの丸い提灯たちが赤い光を放っている。さっき少しだけ降った雨でできた水たまりに朱色の光が反射して輝いている。空にも、地面にも、光の玉が浮かんでいる。まるで五線譜を泳ぐ音符のようだ。水しぶきを上げて水たまりを踏むたび、未音の耳には鮮やかな音がドレミで弾けた。原色のネオンの看板。中央の広場では石像たちが笑っている。中国ふうの四阿《あずまや》を横切ると、二人は南京町を出て、大丸《だいまる》神戸店までやってきた。警官はまだ追いかけてくる。アーチ状の天井の下を人の流れに逆らいながら進む。ヒールの低いパンプスでよかった。それにしても、こんなに走ったのはいつ以来だろう。自分の心臓の音を聞いたのは久しぶりだ。点滅から赤に変わった信号を一気に駆け抜けると車にクラクションで怒られてしまった。未音は「きゃあ！」と小さな悲鳴を上げた。こんなふうに声を出したのも本当に久しぶりだった。

「大丈夫ですか!?」と彼が振り返った。

大丈夫だけど、なんなの、この人？　オドオドして、すぐにテンパる変わり者。わたしのことを見て涙をこぼしていた変な人。それに――と、未音は薄く微笑んだ。

さっきは気づかなかったけど、この人の声、うんと素敵だ。

今まで聞いた誰よりもずっと。お父さんより、吉田さんより、圧倒的に素敵な音だ。だけど――。

右手首を摑む彼の手を見た。その薬指で指輪が光っている。シンプルなクロスリングの真ん中で小さな石が光っている。随分とくたびれた指輪だ。女性もののようだけど、もしかしたらユニセックスのものかもしれない。

だけど――この人は妻帯者だ。それなのに、どうしてわたしの腕を引いて走っているの？

海のそばのメリケンパークの噴水広場まで辿り着くと、二人して転がるようにして地面に膝をついた。心臓がもう限界だ。ぜぇぜぇと息が溢れて、肺がギブアップを訴えている。

未音は地面に尻をついた。疲れすぎて思考が完全に停止していた。だけど、ちょっとだけ清々しかった。

ワインでぐしゃぐしゃのドレスがさらに汚れてしまう。でも、もうどうにでもなれだ。

神戸海洋博物館の建物が目映く光っている。波を立てて海をゆく帆船の帆のような白いスペースフレームがライトアップされて緑がかった銀色に輝いている。その中央にそびえる真紅のつづみ形をした神戸ポートタワーは大海に浮かぶ希望の灯台のようだ。広場内は静かだ。二十分間隔で放たれる噴水は今は静かに眠っていて、人の気配もまばらだった。

「怪我してませんか？」と肇が声をかけてきた。その途端、清々しかった気分が現実に引き戻された。未音は大慌てで立ち上がって「どうして逃げたりしたんですか!?」と叫んだ。

「え？」と彼は膝をついたまま、目と口をまん丸にしている。

「警官が来たって、別に悪いことしてないんだし、逃げる必要はなかったですよねぇ！　正直に話せばすぐに分かってもらえたはずでしょ!?　それなのに、逃げたりしたら却って怪しいでしょ！」

「た、確かに……」と彼も立ち上がり、うんうんと頷いた。その様子にカチンときて、

「確かに、じゃないですよ！　明日からお尋ね者になったらどうしてくれるんですか!?」

「で、ですよね！　ごめんなさい！　今から警察に行って事情を話してきます！」

「もういいです」

「でも！」

「でもじゃなくて！　いいったら、もういいです！　余計なことはしないでください！」

「すみません」と彼は細い眉をハの字にしていた。「でも、せめてドレスは弁償――」

「ドレスもいいです！」

「分かりました……」とさらに悄気《しょげ》てしまった。

さすがに言い過ぎてしまったかな。こうして怒られた子供のように落ち込まれると、こっちが悪者に思えてしまう。わたしの方が被害者なのに。未音は「じゃあ、いっこ訊いてもいいですか？」と気持ちを落ち着けてから話しかけた。彼は、なんでしょう？と目をパチパチさせる。

「わたしにワインをかける直前――」

「すみません、ワインをかけちゃって！」

「そうじゃなくて。聞いてください」

「すみません……」

「わたしのこと、呼び止めましたよね。『あの！』って。あれ、なにを言おうとしたんですか？」

「それは」と彼は口ごもった。

「それは？」

「……あのとき、こう言おうとしたんです」

遠くで船の汽笛が鳴った。その音を合図に、彼が真面目な顔をこちらへ向けた。

「あなたは僕の、運命の人なんです……って」

噴水が水を放った。七色の水の柱が夜空へ向かっていくつも伸びる。その水しぶきが夜の闇に弾けると、神戸ポートタワーの光を浴びてスカーレット色の宝石のように艶《つや》やかに染まった。驚きを浮かべた未音の表情もまた、戸惑いの緋《ひ》色に染まっていた。

「な、なに言ってるんですか？」

噴水の色が変わって青く輝く。

「あなた結婚してるんですよね？　左の薬指に指輪があるし」

今度は紫色に姿を変えた。

「それなのに、変なこと言うのはやめてください！」

風に乗って宙を舞う水の粒子が夜の景色に染まる中、彼は指輪を外してこう言った。

「結婚なんてしていません。これは、運命の人が分かる不思議な指輪なんです」

手のひらの中の指輪が水の色を反射させて笑った。

「バカなこと――」

左手にぬくもりを感じた。肇に手を握られたのだ。突然のことに未音は言葉を失った。

彼は彼女の薬指に指輪をはめた。その途端、目の前の景色が、世界が、ブリリアントな輝きに包まれた。

糸だ……。目を疑ったが、確かにそこに、宙を舞う糸がある。

その糸の色は、神戸の象徴たるタワーの色より目映い赤を誇っていた。揺れ動きながら輝く糸が、漆黒の闇を彩る夜景を縫うように煌めいている。未音の左薬指から伸びたその糸は、目の前の彼の指とつながっていた。赤い光に包まれながら、彼はそっと微笑んだ。

「僕らは、『運命の赤い糸』で結ばれているんです」

その声は、今まで聞いたどんな声よりも、どんな楽器の音よりも、なにより一等、美しかった。

まるで、母が奏でるピアノのような、えも言われぬほどの優しい音色に満ち溢れていた。

ありえない。絶対にそんなことありえないから……。

あれから一週間が経った日のこと、未音は音楽教室が終わってバックヤードのパイプ椅子に腰を下ろしながら、まじまじと左の薬指を眺めていた。あの日の出来事が今も信じられずにいる。しかし今もはっきりと薬指からは赤い糸が伸びている。ドアをすり抜けてどこかへ向かって伸びているのだ。きっと、あの人の指へと向かって。

——僕らは、『運命の赤い糸』で結ばれているんです。

耳に塗られた暖色の声が今もまだ残っている。今もまだまだ耳が熱っぽい。悔しいけれど、あの声に完全にやられてしまった。声フェチを自称する未音だったが、ここまで衝撃的に気持ちの良い声と出逢ったのは生まれて初めてだった。そんな声で「僕らは運命の赤い糸で結ばれている」だなんて言われたら、悔しいけれど、脳が溶けてしまいそうになる。本当に本当に、悔しいけれど。

この指輪どうしよう……。

未音は指輪のついた左手で髪をくしゃっとさせた。彼のあの言葉のあと、未音は「そ、そんなの信じられるわけないでしょ！」と戸惑いの声を上げた。でもはっきりと糸は見えている。でもでも、信じられるわけがない。戸惑いやら、恥ずかしさやら、混乱やらで「もうわたしに関わらないで！」と踵を返して逃げてしまったのだ。結果、指に指輪は残ったままだ。

返しに行かないと。でもな、訪ねていくのは気まずいよな。だって自分から「もう関わらないで」って言ったんだもん。それなのにノコノコ訪ねていくなんて、ちょっと間抜けな感じだよね。なら返さない？　それもなんだか盗んだようで気が引ける。彼にとってこの指輪は大切なものかもしれない。そりゃあ大切だよな。だって、運命の赤い糸が見える指輪なんだから。まぁでも、これが本物の運命の赤い糸かどうかは疑わしいけどね。彼が運命の人かどうかも……。

そんな脳内会議を繰り返していると、「柳さん、ちょっといいかな？」と七三頭の支店長がドアの隙間から笑顔でこちらに手招きをした。

「――け、契約解除!?」

支店長室に未音の悲鳴のような声が響いた。顔面蒼白。吃驚仰天《びっくりぎょうてん》。突然言い渡された契約解除は、まさに青天の霹靂《へきれき》だった。一方の支店長はなぜか、にこやかな表情をしている。

「こ、困ります！　わたしここをクビになったら生きてゆけません！」

「うん、分かる。僕も生きていけんもん」

「え？」

「僕も一緒にクビになるんや」

「支店長も……ですか？」

「最近、子供が減ってるでしょ？　うちの教室も生徒数が一時期の三分の一以下になって経営が火の車なんよ。神戸支店だけじゃなくて、大阪の二店舗も壊滅的で、社長は本格的に人員整理に乗り出してね。だから神戸支店は来月で閉鎖になってしまうんよ」

「そんなぁ……」

「柳君は才能あるし、ホンマによう頑張ってくれているから、大阪の教室に異動させてほしいって社長に頼んだんやけどね。今はどこも一杯らしいわ。堪忍な」

堪忍なって……。堪忍なんてできないわよ。怒りが口からこぼれそうになったが、目の前の支店長の悲愴感を通り越して悟りを開きつつあるくらいの絶望的な表情を見ていると、どうにも言葉が出てこない。この人は辛すぎて笑うしかない状況なんだな。可哀想でなにも言えなかった。

でも、ものは考えようだ。もしかしたらこれはピアノの神様からの伝言かもしれない。「もう潮時だぞ」っていう。ピアノと決別するときがきたのかもしれない。そうだよ、これはこれで、いいきっかけなのかもしれないな。でも、だけど——と、未音は手のひらを見た。

母の顔が、あのときの『きらきら星変奏曲』の音色が、未音の脳裏にまた鮮やかに蘇った。

いいのかな、このまま本当にピアノをやめてしまっても……。


仕事が終わって外へ出ると、太陽はまだ西の空を爽やかな色に染めていた。いつもと同じ退勤時間なのに、この時間でもまだ空がこんなに明るいだなんて。だんだんと夏が近づいている証拠だ。未音はコットンキャンディブルーのワンピースの袖を腕の付け根の辺りまでぐいっと捲《まく》り上げながら空を見上げた。神戸三宮駅近くのフラワーロードに植えられた花たちも初夏の装いにその姿を変えている。街ゆく人々の装いもジャケットを脱いで軽やかなものへと変化していた。もう夏なんだな。ついこの間まで大学生だったのに、あっという間に時は流れて、二十六歳になる年を迎えてしまった。光陰矢のごとしとはよく言ったものだ。大学を出てからは余計にその言葉の重みを実感している。気づけばきっと、あっという間に三十歳だろう。その頃、お母さんはどんな状態なんだろう。ピアノのことすら忘れてしまっているのかな。あんなにピアノが好きだったのに。

駅前を通る片側三車線の大きな道路の脇を歩きながら、未音は左手を前に向かって伸ばしてみた。鈍い光を放った指輪が切なげに笑っている。まるで未音の心の色を表しているかのように。その指から伸びる赤い糸は、青空の中を泳ぐようにして、まっすぐと、駅の方へ向かっている。未音は指輪に、赤い糸に、心の中で問いかけてみた。

君はどうしたらいいと思う？　このままピアノをやめるべき？　それとも続けるべき？

子供の頃に願った夢を、いつか叶えるその日まで続けるべきなのかな……。

お母さんに認めてもらう、祝福してもらう、その願いが叶うまで。

「あ……」

彼女の真横を銀色の国産車が通り過ぎると、その車が停車した先の横断歩道に一人の男性の姿が見えた。未音の指から伸びた赤い糸が、その彼とつながっている。

肇だ。重たげなネイビーのジャケットを着た彼は横断歩道の前で背中を丸めて信号が変わるのを待っていた。その姿は水を求めて砂漠の真ん中で途方に暮れる遭難者のようだ。なんとも暗い表情をしている。

声、かけようかな……。未音はぎゅっと左手を固めた。

でもな、気まずいし、このまま無視してしまおうかな。でもでも、勝手に持ってきてしまった指輪を返さないと。そうだよ、声をかけるのは彼が運命の人だからじゃない。用事があるからだ。だから声をかけるんだ。未音は言い訳のように自分自身にそう言い聞かせた。

高鳴る鼓動の音色とシンクロするようにして一歩を踏み出す。そして彼に近づき、二メートルくらい離れた場所から「あの！」と声をかけてみた。しかし肇は気づかない。もう一度「あのぉ！」とさらに大きく声をかけた。信号待ちをしていた人々がこちらを見る。しかし彼だけは気づいていない。どういうこと？　無視されてる？　未音は口をへの字にした。さらに歩み寄り、肇の肩を叩こうと――信号が青になった。肇は気づかずそのまま歩き出す。その背中を見送りながら、未音は「声かけなきゃよかったな」と少し後悔した。点滅する信号。遠ざかってゆく背中。丸くて元気のない小さな背中だ。なにか悲しいことでもあったのだろうか？　そんなことを思っていると、どこかで車のクラクションが大きく鳴った。その音に驚いた彼が赤信号になった道路の向こうで踵を返した。二人はようやく目が合った。彼らの間にある白と黒の鍵盤のような横断歩道。その端と端を結ぶ赤い糸。未音と肇の視線の間を遮るように国産車が走ってゆく。再び彼の顔が見えたとき、肇はうんと嬉しそうに笑っていた。その笑顔が恥ずかしくて、未音は思わず視線を逸らした。

ありえない。絶対にそんなことありえない……。

二人は阪急《はんきゅう》神戸三宮駅の山側にある小さなベルギービールのバルに入って丸テーブルを囲んでいる。まさか二人で飲むことになるだなんて。未音は未だにこの状況を信じられずにいた。大きなグラスに入った黄金色のベルギービールをごくごく飲む。ホップの苦みが口いっぱいに広がったが、大好きなビールを味わえぬほど、彼女は居心地の悪さを五臓六腑《ごぞうろっぷ》で感じていた。

彼が座る斜め左側をちらりと見る。今も視界には運命の赤い糸が映っている。糸は肇の薬指とつながっている。やっぱりこの人がわたしの運命の人なんだ……。そう思うとソワソワして落ち着かなくなってしまった。一方の彼も緊張していた。フィッシュ・アンド・チップスをつまみながら、オロオロした様子で黒ビールをちびちび飲んでいた。

「仕事でなにかあったんですか？」

そう問いかけてみたが、彼は無反応だ。さっきの横断歩道といい、なんなのだろう？　声をかけているのに反応がないことが多い。どういうことなの？

「あのぉ！」

「え!?」と彼が驚いてこっちを見た。「な、なんでしょう？」

「仕事でなにかあったの？」

「どうしてですか？」

「さっきから元気がないなぁって思って。まぁ、普段のあなたを知らないから、これがいつものテンションなのかもしれないけど」

「だいたいいつもこんな感じです。根暗っていうか、陰キャっていうか。そんなんだから綺麗な女性と二人きりだと、なんだかすごく緊張しちゃって」

あのぉ、今さらっと『綺麗な女性』と仰いました？　それは天然？　それとも狙ってる？　陰キャなフリしてやり手かもしれないぞ。気をつけよう。未音はビールをぐいっと飲んだ。

「あ、その指輪」と彼は彼女の手元を見て微笑んだ。

未音は恥ずかしくなって指輪を外した。その途端、世界は平凡な色に戻った。彼の前に指輪を置いて「勝手につけて帰ってごめんなさい」と頭を下げて謝った。

「いえ、僕の方こそ。あのとき、勝手に未音さんの指に指輪をはめたりしてごめんなさい。特別な指なのに、無許可であんなことしちゃって」

「いいえ、気にしてません」と冷静なフリして微笑んだ。悔しいけれど、彼の声に聞き惚れていた。というか、ちゃっかり『未音さん』とか下の名前で呼んでるし。やっぱりやり手かもしれないぞ。

彼はテーブルの指輪を摘まむと、顔の前に持ってきた。

「この指輪、すごく不思議ですよね。最初につけたときは信じられませんでした。でも会社の先輩とその奥さんの指と指が赤い糸でつながっていたり、道ゆく高校生のカップルの指同士がつながっていたりして。そういうのを見ていたら、本当に運命の赤い糸が見える指輪なのかもって思うようになったんです。それで気になったんです。僕の運命の人はどこにいるんだろうって。それ以来、ずっと薬指につけていました。女性ものの指輪だから、ちょっと恥ずかしかったけど」

彼の指は男性にしては驚くくらい美しい。この指輪がちょうど収まるくらいに細かった。

「いつか運命の人に逢えたら嬉しいなぁって思っていたんです。そしたら三ヶ月前、東京本社から神戸の支社へ転勤を言い渡されて。新幹線に乗って静岡を過ぎて、名古屋、京都、新大阪……って、神戸に近づくにつれて、糸の色がどんどん濃くなっていったんです。びっくりしました。でも嬉しかったな。なんだかこの指輪に導かれているみたいで。それで僕は――」

彼は恥ずかしそうにこちらを見て笑った。

「あなたに出逢えた」

悔しい。すごく悔しい。歯ぎしりしたいくらいの悔しさだ。ドレスを汚された憎き相手なのに、この声と『運命の赤い糸』というキラーフレーズによってコテンパンにやられてしまった。さっきから彼の声が心を潤して胸がいっぱいだ。

「正直、不本意な異動だったんです。東京でやりたいことがまだあったから。でもあなたに逢って、悔しさ半分、嬉しさ半分。ううん、嬉しい方が勝りました」

「やりたいことって？」と未音はあえて彼の言葉の後半については触れずに訊ねた。

「漫画です。実は今日も会社にお休みをもらって、東京の出版社に行ってきたんです。東京にいればものの一時間で行ける距離なのに、関西にいると交通費もすごくかかるし、有給を取るのもなかなか大変で。だからもうちょっとだけ向こうに住んでいたかったなぁって思っていたんです」

今日の彼の格好は、前に逢ったときよりもラフだった。ネイビーのジャケットの下は白いTシャツ。ベージュのチノパンは恐らくユニクロのものだろう。似たようなものを未音も持っている。

「そうなんだ。会社員をしながら漫画家もしているだなんて、すごいですね」

「漫画家って名乗るのはおこがましいレベルです。いわゆる持ち込みってやつです。出版社に原稿を持っていって、編集者さんに読んでもらうんですよ。それで芽があったらブラッシュアップして雑誌の掲載を目指したりもするんですけど……」

「けど？」

「恥ずかしい話ですが、中学生の頃から持ち込んでいるのに、掲載されたのはたったの一度だけなんです。高校一年生のときの一度きり。それ以来、十年近く、描いてはボツにされてを繰り返しています。今日もダメでした。自分としては自信があったんですけどね。編集者さんからはダメ出しの嵐で、結局箸にも棒にもかかりませんでした。才能ないんです」

そっか。だからさっきの横断歩道で元気がなかったんだな。呼んでも気づかなかったんだ。

「ちなみに、どんな漫画を描いてるんですか？」

「ギャグ漫画です」

「ギャグ漫画!?」と未音はひっくり返りそうになった。

「そんなに驚きます？」

「だってだって、あなたのキャラに全然合ってない！」

「あはは、確かに。よく言われます」

「あなたが描くギャグ漫画かぁ。それはそれで、ちょっと興味あるかもなぁ」

「え？」

「真面目で不器用そうなあなたがどんなギャグ漫画を描くのか、ちょっとだけ気になります」

「そ、そうですか」と彼はカシューナッツを齧った。それからなにかの覚悟を決めたように顔を上げると「じゃあ、今から読んでみてもらえますか？」と語尾を強めてそう言った。

「今から!?」

「はい！　今から！　ちょうど今、原稿があるんです！　読んで感想をください！　僕の運命の人が、僕の漫画を読んでどう思うのか、すごくすごく気になります！」

「あの、その運命の人っていうのは……」

「す、すみません！　まだ二度しか逢っていないのに馴れ馴れしいですよね」

まぁ、悪い気はしないけどね。でも面と向かって言われると恥ずかしくなっちゃうよ。

「……じゃあ、読ませてもらおうかな。あなたの描いた漫画」

彼は「やった！」と嬉しそうに、傍らのドキュメントファイルを開いた。

どうしよう。どう言ったらいいんだろう……。

原稿を読み終えた未音は言葉にすごーく困っていた。三十分ほど時間をかけてじっくり読んだが、はっきり言ってクスリともしなかった。未音自身、少年漫画を読み慣れていないこともあるが、なんていうか、ギャグが唐突で大味で大雑把なのだ。ストーリーもハチャメチャで――それはいいのだが――起承転結が壊滅的に分かりにくい。ジャンルは一応、学園ものだ。宇宙から転校してきた

『UFO一郎《いちろう》』という主人公の男の子が、宇宙パワーという超能力を使って運命の赤い糸でつながったヒロイン『岡《おか》ルト子』と出逢い、彼女に振り向いてもらおうとするラブコメ要素もあり、ヒロイン親子の確執と和解もあり、恋のライバル『ムー山純之介《じゅんのすけ》』との超常能力バトルもある。ラブコメ親子バトル漫画というべきか。味変がすさまじい内容だ。そして、はっきり言って絵が下手だ。とんでもなく下手くそだ。小学生の落書きに産毛が生えた程度の画力だった。

この絵と内容じゃデビューは難しいかもなぁ。未音は鼻の付け根に皺を作って顔をしかめた。

彼女の顔を見て、肇は心情を察したようだ。幽霊のように今にも消えてしまいそうな様子で「つまらないですよね」と苦笑いで呟いた。

「いえ、わたしがあんまり漫画を読まないタイプだからだと思います……」

「いえ、気を遣ってくれてありがとうございます。読んでくれた人はだいたい未音さんと同じような感じになります。ギャグ漫画なのに、不幸話を聞いたときのような気まずい顔になるんです」

「ひとつ訊いてもいいですか？」と彼に原稿を返しながら問いかけた。

「どうして才能がないのに漫画を続けてるの？」

「才能、ないですよね……」

「いやいやいやいや、才能がないって言ったのはあなた自身ですから。でもまぁ、十年間ずっとずーっとダメだったら、そりゃあ、才能的に厳しいのかもしれないけど。だけど、どうしてですか？どうしてそれなのに、今も漫画家を目指してるの？　純粋に漫画が好きだから？」

「それもあります。でも、それともうひとつ」と彼はビールをごくりと飲んだ。そして、手の中の原稿に優しいまなざしを向けて言った。

「祝福です」

「え……？」と未音は耳を疑った。

「僕は、過去の自分を祝福してあげたいんです」

「祝福して、あげたい？」

「はい。僕は子供の頃から気が弱くて、いじめられていたこともありました。父と母の仲も悪かったし、家にも学校にも居場所らしい居場所はありませんでした。でも、そんな僕を漫画が救ってくれたんです。くだらないギャグ漫画だったけど、初めて読んだときはお腹がよじれるくらい笑いました。生きてきた中で一番笑ったんじゃないかな。それくらい笑えたんです。それで思ったんです。いつか僕もこんな漫画が描きたいって。漫画家になってみたいって。うぅん、なる。絶対なる。僕みたいに毎日がつまらないって思っている子たちを、僕の漫画で笑顔にしてみせるぞって」

彼のその横顔には、かつて漫画を通じて生きる希望を手にした少年時代の面影が滲んでいた。そんな表情を見つめながら、未音は「運命の人か……」と心の中で小さく呟いた。

この人も、おんなじようなことを思っていたんだな。それってやっぱり、運命の人だからかな。

「いつか、あの頃の僕に言ってあげたいんです」

「なんて言ってあげたいの？」と未音は微笑みながら頬杖をついた。彼は少し恥ずかしそうに、

「あれからいろんな辛いこともあったけど、君は未来で誰かのことを幸せにできているよって。あのとき君が手にした夢のおかげで……って。そう言えるような人生を、僕は生きたいんです」

わたしはずっと、お母さんからの祝福を求めていた。お母さんに褒められたい。わたしが生まれてきたことを、生きていることを、ピアノを頑張っていることを、ただ認めてもらいたかった。ず

っとずっと自分のためだけにピアノを弾いてきた。自分が満たされるためだけに。だけど、この人は違う。絵が下手で、ストーリーもめちゃくちゃだけど、この人は誰かを笑顔にするために漫画を描いているんだな。誰かを幸せにすることで、過去の自分を祝福しようとしているんだ。

母に祝福されたいだけのわたしと、誰かを幸せにしてかつての自分を祝福したい彼。似ているようで全然違う。わたしもそんなふうにピアノを弾いてくればよかったな……。

店を出ると、ほんの少しだけ肌寒かった。昼間はあんなにも夏の気配に包まれていたのに、夜はまだまだ冬の名残が居座っている。そんな不思議な五月の終わりの優しい夜を二人は駅の方へと向かって歩いていた。グラスを交わしたこともあってか、店に入る前よりも随分と打ち解けていた。彼の表情にも緊張の色はなく、自然な笑顔を見せてくれている。声はさっきより優しくなって、表情も子供みたいに柔らかい。未音も自然と笑うことができていた。ギャグセンスは置いておいて、肇とは会話の波長が合った。相性の良さはやっぱり彼が運命の人だからなのだろうか？

未音は薬指にはめた指輪を見た。彼が「それはあなたが持っていてください」と言ったから、今もこうして指に残している。「僕にはもう必要ないので」と肇は笑っていた。でもそれを言えば未音だって同じだ。でもな――と、彼女は少し前を歩く彼の背中をこっそり見た。

こんなに簡単に、この人を運命の人だって認めてもいいのかなぁ……。

神戸有数の待ち合わせスポット『さんきたアモーレ広場』までやってきた。再整備が終わってリニューアルした広場には楕円《だえん》体を三つ組み合わせたストーンヘンジのようなオブジェがあって、柔らかな夜間照明に照らされながら荘厳と佇んでいる。その下では人々がオブジェから派生したベンチに腰を下ろしてスマートフォンをいじったり、誰かを待っている姿がある。

広場の真ん中に差しかかると、未音はふっと足を止めた。「ねぇ」と前をゆく彼のことを呼び止める。しかし彼の耳には届いていないようだ。またた。どうしてなんだろう？ ややあって、肇は隣に未音がいないことに気づいて振り返った。彼は「どうしました？」と目をパチパチさせていた。

「まだ少し時間ある？ もしあったら、わたしの夢の話も聞いてもらえるかな……」

肇は「もちろんです」と、こちらへやってきて未音の前に立った。

「わたしもね、祝福なんだ」

「え？」

「あなたと同じように、ピアノを続けている理由は祝福なの。でもわたしの場合は、祝福してもらう方。お母さんに認めてもらいたくて、今日までずっとピアノを弾いてきたの。だけど、そろそろ潮時だなぁって思っているんだ。ピアノ、やめようと思ってて」

肇のくっきりとした二重まぶたが大きく見開かれた。すごく驚いているようだ。

「実は今日、音楽教室の仕事をクビになっちゃって。この間みたいなお店で弾くバイトだけじゃ食べていけないしね。それに、もうお母さんがわたしを祝福してくれることはないから」

「どうしてですか？」

「うちのお母さん」少し言い淀《よど》んだ。「アルツハイマーなの」

「アルツハイマー……」と彼は言葉をこぼすように鸚鵡《おうむ》返しした。

「今は施設で暮らしてて、いろんなことをどんどん忘れちゃってるみたいなの。きっとわたしのことも覚えていないと思う。だからもう、わたしがピアノを弾く理由はないの」

いざ口に出すと寂しさが心底募った。胸の奥でシャボン玉が弾けたように痛かった。

「わたしの人生は、お母さんの期待に応えるためのものだった。最初はお母さんに褒められたくて『きらきら星』を必死に覚えて、それでお母さんの前で披露したの。そしたらお母さん、一緒に連弾をしてくれてね。嬉しかったな。もっともっと上手になりたいって思えた。それがはじまりだったの。でもね、お母さんが病気になってからは毎日が苦しかった。それでも必死になってピアノを弾いたの。十三年間、一度も褒めてもらえなかったけど、それでも、いつか必ず認めてくれるって信じてた。『未音、上手になったね』って言ってくれるって、そう願ってた」

微かに冬の余韻を孕《はら》んだ風が二人の間を吹きすぎる。寒くて声が震えてしまった。いや、涙で声が震えていた。

「でも、お母さんは言ってくれなかった。一度も言ってくれなかった。それどころか怒ってばっかりだった。それが悔しくて悔しくてたまらなかった。だからわたしは……」

両手のひらをじっと見つめた。こんなこと、出逢ったばかりの人には言えない。未音は「やっぱりいいや」と苦笑いで首を横に振った。

「引かれるから、これ以上はやめておくよ」

「引きませんよ」

「ううん、きっと引くから」

不意に、肇が未音の左手を取った。その温かさに胸がまた苦しくなった。

「言いたくなければ言わなくてもいいです。でも、もしも未音さんの中で打ち明けたいなにかがあるなら言ってください。僕でよければいくらでも聞きます。引いたりなんて、絶対にしないから」

未音は俯きがちに「本当に？」と呟いた。彼が頷いたのが分かった。だから、

「わたしね……」

彼の手を、ぎゅっと握った。

「この手で、お母さんの首を絞めたの……」

涙が溢れた。その涙が二人をつなぐ赤い糸をすり抜けて地面に落ちる。

「わたしが必死に努力していることを忘れちゃうお母さんが憎くて。ね、引くでしょ？」

作り笑いで肇を見ると、未音は目を見開いた。彼も涙をこぼしていた。その涙があまりに綺麗に見えたから、未音の瞳を包む涙も、感情も、一気に溢れ出した。

「ほんとはね……」と呟いた声が涙で濡れていた。それでも未音は言葉を続けた。

「ほんとはずっと後悔してた。お母さんにあんなことをしちゃって。本当はこの手で、この指で、お母さんに喜んでもらいたかった。もっともっと上手くなって、褒めてもらいたかったのに。わたしのピアノで幸せな気持ちになってほしかったのに……。それなのに、わたしはお母さんを傷つけるためにこの指を使ったの。そんな自分が許せなかった。この街に来て、ずっとずっと思ってた。わたしのピアノの音は、すごくすごく汚いって。ピアノを弾く資格なんてないって。だからもうやめるの。お母さんがわたしを忘れたら、ピアノを弾く理由なんてないから」

「未音さん」と彼がそっと呼びかける。そして優しく手を撫でてくれた。肇の愛おしげな視線が未音を捉えていた。微かな臆病さも感じない、自信と確信に満ちた表情だ。

「あなたのピアノは美しいです」

「そんなことないよ」

「そんなことあります。少なくともあのとき僕は、美しいって思いました」

　彼は涙をこぼして微笑んだ。

「あなたは僕に、音楽が素敵だって教えてくれた人なんです」

「え……？」

「さっき言いましたよね。僕は小さな頃からよくいじめられていたって。その原因のひとつが、右耳なんです。聞こえないんです。子供の頃に高熱を出して、その後遺症で聴力が極端に弱くなってしまって。そんなんだから、声をかけられても気づけなかったり、何度も『え？』って訊き返したりしちゃって。どんくさい奴だって馬鹿にされていたんです」

　そうか、だからなのか。何度も呼びかけたけど気づかなかったのは、わたしの声が聞こえていなかったからなんだ。

「子供の頃からテレビも音楽も、音が出るものが大嫌いでした。余計な音が耳に入って左まで聞こえなくなってしまったらって思って、できる限り音に触れないようにして生きてきたんです。だから漫画が好きになったのかもしれません。漫画なら、音は自分の心の中で聞こえるから。でも、そんな僕だけど、生まれて初めて音楽って素敵なんだなぁって思えたんです」

　肇は未音の指を愛おしげに見つめて笑った。

「それが、あなたのピアノでした」

　あの日、未音が弾いていたピアノの音色に心を奪われた。バッハの『主よ、人の望みの喜びよ』という曲だった。思わず胸が熱くなった。そして気づけば涙が溢れていたと彼は言った。

「未音さんが運命の人だと分かったから、ピアノの音色に聞き惚れたのかもしれません。でも、あのとき思ったんです。あなたでよかったなぁって。僕の運命の人があなたで本当によかった。未音さんは僕に音楽の美しさを、喜びを、幸せな気持ちをくれた特別な人です」

肇は未音の手を強く、優しく、もう一度握った。

「だから未音さん、あなたの音は決して汚くなんてありません。綺麗です。すごく綺麗です。ピアノを弾く資格だってきっとありますよ。僕が保証します。自信を持ってください」

嬉しかった。純粋に嬉しいと思えた。お母さんのためだけに弾き続けてきたピアノ。お母さんからの祝福だけを望み続けてきた人生。でもわたしは、この人にほんの少しでも音楽の喜びを、幸せを、あげることができたんだ。二十年間必死に、どれだけ苦しくても、辛くても、弾き続けてきたあの日々が少しだけ報われた気がした。

ピアノって、夢って、自分のためだけに追いかけるものじゃないのかもしれない……。

誰かの心に届けるために、追いかけ続けるものなんだ。

わたしも彼のように祝福してあげたい。夢を持ったあの頃の自分を。

胸を張って言ってあげたい。わたしは、あなたのおかげで誰かを幸せにできたんだよって。そんなピアニストになりたいな。ううん、なる。絶対になる。今は心からそう思えている。

「これからもピアノを弾いてください。それで、お母さんにも届けてあげてください。きっと大丈夫です。お母さんのこと、未音さんのピアノで幸せにしてあげられますよ」

「できるかな、わたしに」

「できます。あ、じゃあ、お守りを」と彼はジャケットの胸ポケットからボールペンを出してペン尻をノックした。そして左利きの手で、反対側から、彼女の左手のひらに下手くそな絵を描いた。

「これは？」とクスッと笑うと、肇は「『できる君』です」と微笑み返してくれた。

「大丈夫。あなたならできる。たくさんの人から祝福されるピアニストにきっとなれます」

未音は彼がくれたお守りのキャラクターを優しく握りしめて「ありがとう」と笑った。すると、

「そこの人たち！」と声がした。警官だ。この間とは別の人だが、怪訝な視線をこちらへ向けている。きっと泣いている未音を心配して声をかけてきたのだろう。

「大丈夫？　この男に変なことされてない？」

「へ、変なことなんて！」と肇が大慌てで両手を振った。「僕らは知り合いなんです！」

「どうなの？　この人とは本当に知り合いなの？」と警官が未音に訊ねた。

彼女は左の薬指で微笑む指輪を見た。そして、

「はい。この人は――」

そこから伸びる赤い糸が彼女の涙を優しい色に染めた。

「わたしの運命の人なんです」

夏がやってきた。八月のコバルトブルーの空には、大きな入道雲が威風堂々とそびえ立ち、その白と青の雄大な自然のカーテンを横切るように小さな飛行機が糸を引いて流れてゆく。そんな豊かな色彩が十階に位置する窓の向こうに広がっている。しかし未音はその風景には目もくれず、ピアノに向かっていた。顎先からしたたる汗が光のプリズムを弾けさせて彼女の穿いたブルーのスカートの上に落ちると、濃紺のシミとなってじわりと生地に染み込んだ。

いつもの夏よりうんと暑い日々が梅雨明けから続いていた。しかし未音は季節の移ろいなど気にしない。それほどまでに集中してピアノを弾いている。この三ヶ月は本当にあっという間だった。あの日、肇に描いてもらった『できる君』は手のひらにはもういない。それでも彼女の心には今もなお住みついている。こんなにも真剣に、心から、ピアノに向き合ったのは母に指導をしてもらっていた子供の頃以来だ。いや、あの頃よりもずっとずっと楽しんでピアノと会話ができている。なんだか仲直りできたみたいで嬉しい。そして、いよいよ母との対話の日を迎えようとしていた。

未音の小さな肩に、そっと手が添えられた。そのぬくもりで現実世界に帰ってきた彼女は首だけで振り返った。

「未音ちゃん、そろそろ」

そう言ったのは肇だった。白いポロシャツにチノパンを穿いたラフな格好をしている。

あれから二人は付き合いだした。同棲《どうせい》こそしていないが、こんなふうに彼はよく家を訪ねてきてくれる。今日は特別な日だ。未音が遅刻しないように朝から見守ってくれているのだ。

「大丈夫？　緊張してない？」

「うん、平気。むしろ運命君の方が緊張してる感じがするけど？」

「まあね。朝からちょっとお腹が痛いや」

「相変わらず繊細ね。じゃあ支度してくる」

そう言うと、ピアノの蓋を閉じてシャワールームへ向かった。

『運命君』というのは、肇のあだ名だ。付き合った当初は『肇さん』とか『肇君』と呼ぼうとした。でもなんだかしっくりこなくて、結局今はこの名前に落ち着いたのだ。彼は下の名前で呼んでほしかったようだけど、未音はなかなか気に入っていた。

シャワーを浴びて汗を流すと、白いTシャツとジーンズに着替えた。メイクは最低限にして、楽譜を鞄に突っ込むと、クローゼットから今日のステージ衣装を引っ張り出した。

未音は今夜、『ミュージック・バッカス』でリサイタルを行う。以前、吉田が提案してくれたものだ。あのときは断ってしまったが、肇に背中を押されたことをきっかけに、その翌日には店を訪ねて「チャンスをください！」と頭を下げた。本気でピアノに向き合おうと思った。今までは自分のために弾いていたけど、来てくれる人たちの心に届く演奏がしたい。そしてなにより、お母さんにわたしのピアノを聴いてもらいたい、幸せな気持ちにしたいと心から思ったのだ。

クローゼットから出したこの赤いドレスは、子供の頃にコンクールで着ていたものに似ている。お母さんはもうわたしのことを忘れているかもしれない。会うのだって数年ぶりだ。でもこのドレスを着れば、もしかしたら思い出してもらえるかも……。そんな気持ちで、ちょっと高いこの服を買ったのだった——白いドレスをダメにした罪滅ぼしで、肇も少し援助してくれた——。

準備を終えると肇と一緒に『ミュージック・バッカス』へ向かった。本番は五時からだ。あと二時間後にはお母さんと再会する。不安で震える浅い呼吸が、夏の外の熱気に混じって少し乱れた。つと、赤信号の前で肇が手を握ってくれた。小さな手だけど、そこにはとっても大きな心がある。彼は「大丈夫だよ」と目で言ってくれている。未音は深く頷き、青信号で歩き出した。

西の空が桃色に染まると、店にお客さんが集まってきた。着席で四十人程度のキャパシティだが、今日はなんと五十人もの人が来てくれた。音大時代の友達や音楽教室の同僚や支店長、それに肇、吉田、横澤も集客を手伝ってくれた。こんな名もない自分のために、こんなにもたくさんの人が駆けつけてくれたことが嬉しい。従業員控え室のドアの隙間からその様子を見て、未音は胸を熱くさせていた。だが、父と母の姿はまだない。開演まであと十分。なにかあったのだろうか？

たまらず電話をかけてみると、十回ほどコールが積み重なってようやく父が応答した。

「お父さん？　今どこ？　迷ってない？」

電話の向こうで母の大声が聞こえた。帰りたいとごねている。父は『近くまで来ているんだが、ちょっと遅れるかもしれん』と困った様子で電話を切った。無理を言って外泊の許可を取ってもらった母の病状は、未音が思っていたよりもずっとずっと悪いようだ。父の慌てぶりを耳にして不安と緊張が一気に跳ね上がった。しかし「大丈夫」と心を落ち着け、震える顎に力を込めた。それから左手を開いた。そこには、さっき肇が描いてくれた『できる君』がいる。

お願い、できる君。お母さんをここまで連れてきてあげて。

素敵な演奏ができるように、わたしのことを守って……。

「未音ちゃん、準備はいいかな？」

吉田が控え室に入ってきた。背中をポンと叩かれて、未音は深呼吸をひとつした。そして目を開いたとき、彼女はピアニストの表情になっていた。

最初の曲はショパン『エチュード　作品10－5〈黒鍵〉』だ。次いで『エチュード　作品10－4』を演奏した。ショパンは母の好きな作曲家だ。聴いてもらえないのは残念だ。

次はドビュッシー『月の光』。父が一番好きな曲だ。この曲で描かれている音はまさに色そのものだ。色の移ろい、色彩の変化、それらがえも言われぬ美しさを表現している。母がよく父のために弾いてあげていた曲でもあった。あの頃の美しい母の横顔を思い出しながら丁寧に演奏を続けた。

店の扉が、静かに開いた。甘い和音に誘われるようにして、母がゆっくり入ってきた。黒地に花柄の襟つきワンピース。その上にワインレッドのロングカーディガンを羽織っている。結んでいない髪は所々白いものが目立ってはいるが、背筋を伸ばして大股で歩く姿は、あの頃の母そのままだった。病気によって老いてしまった印象はちっとも感じない。母を初めて見た人は、まさかこの人が病を患っているだなんて思いもしないだろう。母はそのくらい凛とした美しさを放っていた。

母の姿を見た途端、音が崩れそうになった。想像の中の母は、もっと弱々しくて、もっと老いていたからだ。もちろん年は重ねている。しかし纏っている空気は未音が幼い頃から見ていた母となにひとつ変わっていない。むしろ後ろに続いて入ってきた父の方が弱々しい老人に見えるくらいだ。父は演奏に間に合ったことに安堵《あんど》の表情を浮かべていた。

二人は肇に促される形で一番後ろの席に座った。母はこちらを見つめている。ピアニストのときのお母さんの目だ。わたしのことを覚えているんだ。さっきまで取り乱していたが、今は落ち着きを取り戻してわたしの演奏を吟味するように聴いている。娘の上達をその目で確認しているんだ。すさまじいプレッシャーに押しつぶされそうになった。

未音は指先に魂を宿した。わたしは今、お母さんにピアノを聴いてもらえている。お母さんが望むような成長ができたかどうかは分からない。でもきっと演奏を届けられるこれが最後のチャンスだと思う。だから伝えよう。わたしが持っているありったけの技術と心を込めて。それで――、左手の甲の向こうにいる『できる君』が応援してくれている。未音は笑顔で頷いた。

それで、お母さんの心に届けるんだ。わたしが奏でる、わたしのピアノを……。

すべての演奏が終わると、従業員控え室で水分補給をして、したたる汗をタオルで拭った。胸の内側で心臓が暴れている。こんなにも鼓動が高鳴っているのは久しぶりだ。まだ血が燃えるように興奮していた。子供の頃のコンクールのあとみたいだ。

演奏は自分でも納得のゆくものだった。ほとんどミスタッチもせずに弾ききることができたと思う。やりきったと思える演奏。こんな充実感はいつ以来だろう。心地よい高揚感が全身を包んでいた。左手のひらの『できる君』に、「できたよね？」と訊ねてみると、彼も「うん、できたよ！」と喜んでくれているみたいだった。彼女は手のひらを胸に当てて微笑んだ。

ノックの音がして、反射的に背筋を伸ばした。ドアを開けて入ってきた肇が目を弧にして「お疲れさま。すごくよかったよ」と褒めてくれた。その言葉ももちろん嬉しかったが、未音は礼もそこそこに「お母さんは？」と彼に訊ねた。肇は首だけで振り返り、ドアの隙間からフロアの方に目を向けた。そこで二人が待っているんだ。未音は左手をぎゅっと握った。

控え室から出ると、視線の先には父の満面の笑みがあった。母を連れてこられたことと、無事に娘の演奏を聴けたことに満足しているようだった。未音は父に硬い笑みを送ると、その隣に立つ母のことを見た。久しぶりに目が合った。そして、一歩一歩、母の方へと足を進めた。

お母さんはわたしの演奏を聴いて、どんな感想を持ったのだろう？　どんな気持ちになったのだろう？　喜んでくれたかな？　楽しんでくれたかな？　幸せだなって思ってくれたかな……。

脳裏では病気によって常軌を逸した厳しさを放っていた頃の母の面影が浮かんでいる。もしかしたら叱られるかもしれない。そんな恐怖も心の底でチリチリとくすぶっていた。しかし未音は勇気を出して母の前に立った。緊張で声が出ない。「どうだった？」と言うべきか？　それよりも先に「久しぶり」と声をかけるべき？　ううん、やっぱり一言目は「お母さん」って呼びたい。

「お母さ――」

「初めまして」

未音の頰に浮かんでいた淡い笑みが消えた。

「あなた、この方は？」と母が隣の父に訊ねた。

「や、やだな、母さん。さっきまでちゃんと分かってたじゃないか。この子は未音――」

「ああ、未音ちゃんのお友達ね」

母は他人行儀な笑みをこちらへ向けた。

「わたしもピアニストなの。柳未来世です。よろしく」

そう言って、左手で握手を求めてきた。未音はその手を握ることができなかった。

お母さんはわたしのことを忘れている。そのことは覚悟していた。でも店に入ってきたときの姿が、かつてピアノを弾いていた頃の面影と重なって、勝手に勘違いしてしまっていた。お母さんは、わたしのことをまだ覚えているんだ……って。

母は笑みを浮かべて手をこちらへ向けたままだ。

応えなきゃ。挨拶しなきゃ。でもなんて？　初めましてって？

未音は奥歯を嚙んだ。

嫌だ。言いたくない。だって、だってこの人は、わたしのお母さんなんだ。言えるわけがない。

未音は震える左手をそっと伸ばした。その手には『できる君』がいる。手のひらの皺が彼の顔を歪めて、泣いているみたいだ。そして、未音は母の手を無言で握った。

その途端、涙がこぼれそうになった。

母の肌の感触が懐かしかったからだ。でも思い出したのは素敵な思い出ばかりじゃない。お母さんの首を絞めてしまったときの、あの日の肌の感触も同時に思い出された。きっと神様は、まだあのときの罪を許してくれていないんだ。未音はそう思った。

未来世は手を離すと、口元の笑みを蠟燭《ろうそく》の火のように消した。

「あなたの演奏、素晴らしかったわ」

よかった、その言葉が唯一の救いだ――、

「そう言ってあげたいけど、でもそれはお世辞でも言えないわね」

未音の瞳を涙が包んでゆく。

「同じピアニストだからはっきり言わせてもらうわ。日々の鍛錬が足りていないのがタッチに表れていたわよ。特に最後から二曲目に弾いた『エチュード』。右手のリズムは精彩を欠いていたし、左手のアルペジオもはまってなかった。お粗末なショパンだったわ」

わたしのピアノは、お母さんには届かなかったんだ……。

悔しかった。悔しくて悔しくてたまらなかった。

未音は涙を堪えるだけで精一杯だった。

「今度、うちの未音ちゃんの演奏を聴いてごらんなさい。あの子のショパンは一級品よ。参考にするといいわ」

「そうなんですか……」と未音は言葉を振り絞った。

そんなふうに褒められても、ちっとも嬉しくなかった。

「来年、あの子は東都藝大を受けるの。きっと合格間違いなしだわ。入学したら、わたしが師事した先生に習って、もっともっと腕を磨いて、何年かしたらポーランドに留学させたいの。ワルシャワのショパン音楽院に。あそこは、わたしが二十代の頃にたくさんのことを学んだ場所だから、きっとあの子にも素敵な出逢いがあるはずだわ。わたしの夢はね、あの子を、未音ちゃんを、世界的なピアニストにすることなの。きっとこれからどんどん上手くなるわ。それで二十五歳くらいのときに凱旋《がいせん》帰国をしてソロコンサートでも開いてくれたら、もうそれだけで最高の親孝行だわ」

ごめんなさい……。心の中で謝った。なんの親孝行もできなくてごめんなさい。こんな中途半端なピアニストにしかなれなくて本当にごめんなさい。それどころか、お母さんにあんなひどいことをして、ちっとも期待に応えられなくて、本当に本当に、ごめんなさい。

「あなた、どうして泣いているの……？」

たまらずこぼれた涙が未音の顔を汚している。それでも彼女は顔を上げ、気丈な笑みを浮かべてみせた。そして、目の前にいる母に「応援しています」と他人行儀な口調で伝えた。

「娘さんが世界で活躍するピアニストになることを、わたしも応援しています」

「ありがとう。あの子ならきっとなってくれるわ」

ごめんね、お母さん。

お母さんの夢、わたしはちっとも叶えられなかったね……。


リサイタルが終わって父と母を駅まで見送ると、後片付けを済ませて帰路についた。ヘトヘトだったし気分も沈んでいた。けれど未音は「ねぇ、運命君。ちょっと出かけようよ」と彼の腕を引っ張って夜の神戸の街に飛び込んだ。

簡単に食事を済ませると、二人はケーブルとロープウェーを乗り継いで、摩耶《まや》山の掬星台《きくせいだい》までやってきた。標高六九〇メートルに位置する展望台は、真夏の夜でも冷たい風が吹いている。少しだけ肌寒さを感じていると、肇が薄手のジャケットを肩にかけてくれた。未音は「ありがとう」と無理して笑った。それから二人はしばらく黙って展望台からの夜景を眺めた。神戸から大阪まで広がる大パノラマの眺望は、さすがは日本三大夜景のひとつだ。手を伸ばせば、無限の星たちをこの手で掬《すく》えそうだ。目映くて鮮やかな光の銀河が眼下で瞬いている。

「うちのお母さん、迫力あって怖かったでしょ」

冗談っぽく言うと、未音は隣の恋人ににこやかに笑いかけた。きっと母とのやりとりを見て、肇も心を痛めているに違いない。わたしは大丈夫だよって伝えたかった。

「でもさぁ、普通あんなふうにダメ出しするかなぁ。演奏を終えたばっかりなのにだよ？　しかもお母さんの中では、わたしは娘の友達なのよ？　それなのにガシガシ意見するなんてすごいよね。やっぱり何年経ってもお母さんはお母さんだなぁ。根っからのピアニストなんだなぁって思ったよ。

まぁでも、図星だから仕方ないか。くそぉ、もっと頑張ればよかったな」

風で乱れる髪の毛を耳にかけると、やるせなさが胸を覆った。

「喜んでほしかったな……」

冷たい風に声が震えた。

「楽しかったでもいいし、嬉しかったでもいいから……お母さんに喜んでほしかった……」

涙で声が震えてしまった。

「娘だって分からなくてもいいから……お母さんにわたしのピアノを楽しんでほしかった……」

結局、わたしは誰かに幸せを届けるピアノは弾けなかった。あの頃、ピアニストになるって夢を持った自分に向かって、胸を張って言うことはできないんだ。わたしはあなたのおかげで、誰かを幸せにできたんだよって。そんなピアニストにはなれなかったんだ。

「過去のわたしを、祝福してあげたかったな……」

「素敵な演奏だったよ」

「そんなことないよ」

「そんなことあるさ」

「でも……」

「君は今日、たくさんの人を笑顔にしたよ」

彼の声は、いつもより重い響きを持っていた。

「証拠だってあるんだ」

そう言うと、彼はスマートフォンをこちらへ向けた。そして動画を再生した。それは演奏中の客席の様子を撮ったものだ。ピアノの音色に酔いしれる人たちの笑顔がある。指先で一緒になってリズムを刻んでくれている人がいる。顔を見合わせ「素敵だね」って微笑み合っている恋人同士がいる。そして、演奏が終わると割れんばかりの拍手と喝采が店内を包んだ。

「これを見ても、自分はまだ無力だと思う？」

未音の目からこぼれた涙が風に誘われ、遠い夜景の中へと消えてゆく。

「僕は思わないよ。だってそれくらい、すごくすごく、君のピアノは素晴らしかったから」

「運命君……」

「あの会場にいたみんなもきっと同じ気持ちだよ」

未音は手のひらを見た。少し滲んだ『できる君』の笑顔を。そして、心の中で彼に問いかけた。

できたかなぁ。わたしはみんなを幸せな気持ちにできたと思う？

彼は未音が羽織っていたジャケットの胸ポケットからペンを出した。そして左利きのその手で、自身の右手のひらに絵を描きはじめた。下手くそだけど、可愛らしい女の子のキャラクターだ。

「この子は？」とクスッと笑うと、肇は「『できた子ちゃん』だよ」と微笑み返してくれた。

「ねぇ、未音ちゃん。できる君をこっちに向けて」

言われるがまま左の手のひらを彼に向けると、彼は『できた子ちゃん』が描いてある右の手のひらをそこに重ねた。まるで、手のひらの中の二人がくちづけをしているみたいだ。

「できたよ」

優しい声で、大好きな声で、肇はそう言ってくれた。

「未音ちゃんは、みんなのことを幸せにできた」

そして指を折って、未音の左手を優しく包んだ。

「僕はそんな君を祝福したいよ。今の未音ちゃんを、子供の頃の未音ちゃんを、心から祝福する」

その言葉に救われた。今日までの三ヶ月間が、練習を重ねてきた日々が。ううん、それだけじゃない。ふるさとを捨てて神戸にやってきた頃の自分が。どんどん変わってゆくお母さんの厳しい指導に歯を食いしばって耐えていた頃の自分が。お母さんに祝福されたいと願っていた子供の頃の自分が。みんなみんな、彼のこのひと言で救われた。だからやっぱりこの人は――。

「ありがとう。やっぱりあなたは、わたしの運命の人なんだね」


あれから二年の歳月が流れた。

「未音ちゃん！　支度はまだ!?　早くしないと新幹線に間に合わないよ！」

肇のソワソワと落ち着かない声がリビングの方から聞こえた。脱衣所の独立洗面台の鏡に向かっている未音は「もうすぐ終わるー」と空返事をしてマスカラで睫毛を目覚めさせた。今日は化粧乗りが最高に良い。長かった髪の毛をばっさり切った未音は、あの頃よりもうんと大人びている。吉田や横澤からも「どんどん良い女になっていくなぁ」と褒められていた。もちろんお世辞だろう。

メイクを終えると、ハンドソープで入念に手を洗った。爪の長さはすべて一定で、しっかりと切り揃えられている。ここ最近、忙しくてピアノに触れてはいなかった。左薬指にはめた指輪が蛇口から流れる水を弾いてキラキラと輝いている。三つの小さなダイヤが並んだ細身のプラチナリング。結婚指輪だ。日々の家事で少しだけ水垢《みずあか》が目立つけれど、それでも、その輝きは誇らしげだった。

タオルで手を拭って、鏡の中の自分を見ると、いつもより少しだけ硬い表情をしていた。

今日、これからお母さんに会いに行く。小さな結婚式を挙げてから、かれこれ二年ぶりの再会だ。あれから母の病状はさらに進んで、今はもう父のことすら思い出せなくなっていた。自分が誰かさえも分かっていないのかもしれない。今も施設で暮らしているが、父曰《いわ》く、訪ねてもまともに会話をしてくれないそうだ。だからもうわたしのことを思い出すことはないだろう……。そう思うと寂しい。会うのも怖い。あのときのリサイタルで見せた他人行儀なまなざしを向けられたらまた泣いてしまうかもしれない。だけど、未音にはどうしても母に会いたい理由があった。それは――。

「ごめんね、運命君。準備オッケーだよ」

「相変わらず準備が遅いんだから。来音《くるね》ちゃんもママが遅くて怒ってまちゅよ～」

語尾をとろけさせながら、肇は腕の中の赤ん坊に目をやった。

生後半年になる二人の娘・来音だ。

「怒ってないよね～。ママが綺麗だと来音ちゃんも嬉しいもんね～」と肇の腕から愛娘《まなむすめ》を受け取った。来音はキャッキャと笑っている。今日は朝からご機嫌だ。もしかしたらおじいちゃんとおばあちゃんに会えることが楽しみなのかもしれないな。

今日、この子をお父さんとお母さんに紹介したい。生まれてからまだ一度も会わせていない孫娘を抱っこしてほしい。未音はそう思っていた。

新幹線にギリギリ間に合った三人は、東京駅で京浜《けいひん》東北線に乗り換えて、秋葉原《あきはばら》からつくばエクスプレスに乗車した。四時間の長旅だったが、来音はほとんど泣くことはなかった。

「今日はうんとご機嫌だね」と抱っこひもに守られながらスヤスヤ眠る来音を見て、肇は安堵の表情を浮かべている。未音に似て耳がよいのか、来音はちょっとの騒音で泣いてしまう。でも今日は電車の走行音にも、ホームのベルにも、列車が通り過ぎる轟音《ごうおん》にも、動じることなく穏やかだった。

「おじいちゃんとおばあちゃんに会えるから、おすましてるのかも」

「でもお父さんに会ったらギャン泣きすると思うな」

「どうして？」

「もうさぁ、お父さんってば三日前からワクワクしちゃって大変なの。会った瞬間、ぎゅーって抱きしめてやろうって電話の向こうで興奮してるのよ。きっと力が強すぎて泣いちゃうと思うな」

「あはは。仕方ないよ。初孫との初対面なんだから。なかなか帰省できなかったからね」

「この半年は本当に本当に、ほんとぉ〜に、大変だったもんね。いやぁ、子育てをナメてたわ。まさかこんなに夜泣きをするとは」

「お義父《とう》さんだけでも来てもらえばよかったね。子育てを手伝いたいって言ってくれてたし」

「無理無理。お父さんじゃ絶対無理だよ。足手まといでイライラしちゃいそう」と未音は眉をハの字にして笑った。「病気じゃなかったら、お母さんが手伝ってくれたかもしれないけどさ」

「お義母《かあ》さんは……」彼の声のトーンが少しだけ落ちた。「この子のこと、喜んでくれるかな」

「どうかな」未音は電車の走行音に消えてしまいそうなほど小さな声で言った。「きっと自分の孫だなんて分からないと思うよ。それに、会ってもすぐに忘れちゃうよ。でも――」

彼女は背中をぴんと伸ばした。

「でもこれが、わたしができる最後の親孝行だから」


母がお世話になっている介護施設はつくば市の外れにあった。悠然とそびえる筑波《つくば》山を望む田園風景の中をタクシーに乗ってしばらくゆくと、川を越えたところに東雲《しののめ》色をした三階建ての立派な建物が見えてきた。入口で手続きを済ませると中へと案内された。父は先に着いているようで、さっきからスマートフォンには『まだか?』『まだか?』と催促の嵐が吹き荒れていた。

縦長の建物は一階が食堂や風呂、談話室などが並ぶ共用部となっている。母は今、一番奥にあるレクリエーションルームにいるらしい。若い女性介護士に案内されながら一階の廊下を歩いていると、未音は心の中で不安と緊張が広がってゆくのを感じた。等間隔に並んだ窓からは午後の優しい日差しが漏れ入り、辺りを温かな色に包んでいる。それでも未音の目には、その光が少しだけ鈍く映っていた。不安が彼女の世界の色を歪めていた。

「今日は夏祭りがあって、ほとんどの方が外出してるんですよ」と介護士が言った。どうりで施設内が静かなわけだ。スリッパで床を踏む音がはっきりと聞こえるほど、辺りは静寂に包まれていた。

レクリエーションルームの前まで着くと、介護士の女性は会釈して去って行った。隣で来音を抱っこしている肇が、その目で「心の準備はいい?」と訊ねてきた。未音は慎重に頷いて、部屋の扉をゆっくりと開けた。

　中は思っていたよりずっと広くて、緑の庭に面しているせいか、室内の至る所が柔らかな若草色に包まれている。長机には将棋盤やオセロが置かれていて、本棚には小説なども並んでいた。窓辺にはアップライトピアノも据えてある。

「お、来たか！」と弾んだ父の声がした。目を向けると、ピアノから少し離れたソファに父と母が並んで座っていた。父は待ちくたびれたと言わんばかりに、こちらへ駆け寄ってきた。肇の挨拶が終わるが早いか、「おぉ～、可愛いなぁ～」と来音のことを奪ってしまった。案の定、来音は泣き出した。オロオロする父を見て、やれやれとため息を漏らしながら、未音は母に目を向けた。母も立ち上がっていた。二年前よりもさらに老いた印象だ。髪の毛はほとんど白いものに覆われていた。目の焦点も合っていない。ぼんやりと、どこかを静かに見つめていた。

　未音は心配になった。来音の泣き声を聞いて、お母さんが怒ってしまわないだろうか。だから慎重な口ぶりで「ごめんね、うるさいよね」と母に謝った。

「さっきまでお昼寝してたの。お父さんに起こされちゃってご機嫌斜めになっちゃったみたい」

　母は「お昼寝？」と未音の背後に目を向けた。そして、父の腕の中の赤ん坊を見た。その瞬間、ぼんやりとしていたまなざしに意思が籠もったのが分かった。昔のお母さんの顔つきに戻った。それから母は、ぽそりとこう呟いた。

「……未音ちゃん？」

「え？」と未音は驚いた。

「あらあらあ、どうしたの未音ちゃん。そんなに泣いちゃって」と母は慌てて父の元へ向かった。

未音は真横を通り過ぎていった母のことを目で追った。父の腕から孫娘を優しく受け取ると、母は「ダメよ、あなたじゃ。未音ちゃんはわたしじゃないと泣きやまないんだから」と身体を揺らして来音のことをあやしはじめた。孫の来音を赤ん坊の頃の未音と勘違いしているようだ。

その姿を見て、未音の胸はじんわりと熱くなった。

お母さんが、すごく幸せそうに笑っている。

あんなに優しいお母さんの声は初めてだ。

「よしよし、未音ちゃん。お母さんがいるから大丈夫よ。ほらほら、大丈夫だからね」

そして来音が泣き止むと、うんうんと嬉しそうに微笑んだ。「えらい、えらい」と囁く母の声に、未音の目から大粒の涙が溢れた。そして、思った。

生まれたばかりの頃、わたしはこんなふうにお母さんに抱っこされていたんだな……。

こんなふうに、えらい、えらいって、褒めてもらえていたんだな……。

「ありがとね、未音ちゃん」と母は孫娘に向かって笑いかけた。皺に覆われたその顔を優しく綻ばせながら、歯を見せながら、目尻に皺をたくさん寄せて笑ってくれている。

わたしは、ずっとずっと間違えていたんだ。

「未音ちゃん、お母さんの子供に生まれてきてくれて、ありがとうね」

わたしは、ずっとずっと祝福されていたんだ。

「あなたが生まれてきてくれて、お母さんは幸せよ」

生まれてきたことを、生きていることを、お母さんに喜んでもらえていたんだ。

「そうだ。ねぇ、あなた。未音ちゃんのこと、ちょっと預かってもらえるかしら」と母は父のことを見た。しかしまた泣いてしまうかもしれない。すると肇が「じゃあ僕が」と来音を受け取った。

母は肇の腕の中で赤ん坊が泣かないことを確認すると、それから窓辺へ足を向けた。そして鍵盤蓋を開けて、ピアノの前に座った。

「未音ちゃんの好きな曲を弾いてあげるね」

そう言って、ピアノの演奏をはじめた。その曲を聴いた瞬間、未音はたまらずまた涙した。

『きらきら星変奏曲』だ。未音が初めて覚えた曲だ。どういうわけか、彼女が大好きだった曲。その理由が分かった。お母さんがこうして聴かせてくれていたからだ。

しかし長年ピアノを弾いていない母の手は精彩を欠いていた。すぐに指が動かなくなってしまった。そのことに困惑している。何度弾いても、何度弾いても、指がつっかえて演奏が止まった。

「おかしいね。お母さん、今日は指が動かないみたい」と困った顔で独り言を言っている。

未音は隣の肇の顔を見た。涙を浮かべた彼が、うんと深く頷いた。

そして彼女は踏み出した。母の元へ向かうと、左隣に静かに立った。

「もしよかったら、一緒に」

困り顔だった母の口元に小さくそっと笑みが咲いた。母は隣を譲ってくれた。未音はそこに腰を下ろして鍵盤に指を置く。二人は顔を見合わせ、呼吸を合わせ、ピアノを一緒に弾きはじめた。

二十四年ぶりの連弾だ。

あの日は、母がセコンド——第二奏者——を担ってくれた。音楽を支える低音部を。しかし今日は未音がその席にいる。母の演奏を支えている。立場は変わったけれど、それでも、あのときみたいに世界は一瞬で輝く音の光に包まれた。

優しい午後の日差しに包まれた部屋では、ピアノの音色がシャボン玉のように生まれては弾けて、また生まれては弾けてを繰り返す。その一音一音には色がはっきりと見えた。

未音は子供の頃に戻ったような気持ちになった。あの頃のように、今は大きくなった手で音を生み続ける。柔らかくて丸々としたシャボン玉。しかし弾けることはない。あのときよりも立派な音色だ。赤、青、黄色、それぞれの色が鍵盤から溢れ出して日だまりの中をいつまでも漂っている。母と一緒に奏でる音は、その色は、眩しいくらいに鮮やかだった。

隣を見ると、お母さんは笑っていた。

未音も嬉しくなって思わず笑った。

こんなにもピアノが愛おしいと思ったのは、あの日以来だ。

お母さんと一緒にピアノを弾いた、あの素敵な思い出の日。

演奏が終わると、来音も嬉しそうに笑っていた。幸せそうなその声を聞いて、母は満足そうに頷いていた。それから身体をこちらへ向けた。そして、

「また来てくださる？」

「え？」

「楽しかった」

そのひと言に、未音は涙を溢れさせた。

「あなたとピアノを弾くの、すごくすごく、楽しかったわ」

頰からこぼれ落ちた涙が、宙を漂う音のシャボン玉をパチンと割った。

「また一緒に弾きたいから、遊びに来て」

お母さんはそう言うと、右手を優しく握ってくれた。手のひらをうんと優しく撫でてくれた。

「綺麗な指ね」

未音は言葉にならず、ただただ涙で首を横に振る。

でも、本当は言いたかった。

お母さんがくれた指だよ……。

「素敵な音を奏でる、立派な指だわ」

お母さんがくれた音だよ……。

未音は左手で涙を拭うと、輝くように微笑んだ。

「お母さんがいたからです」

そして、母の手を強く強く握った。

「お母さんが、わたしにピアノを教えてくれたんです」

ありがとう、お母さん。こんなに素敵な宝物をくれて。

ごめんね、お母さん。この指で傷つけてしまって。

でも、わたしはね——。

母が手を握り返してくれる。そのぬくもりの中、未音は思った。

心から思った。

わたしは、お母さんの子供で幸せだよ……と。

#6

今、誰を愛してる？

Who

Do You Love

赤い糸が、その色が、濃くなった気がした……。

淡雪が天高くから、静かに、ゆっくりと、この世界の悲しみを癒やすように降り落ちる光景が目の前に広がっている。さっきまであんなに晴れていたのに、あっという間にねずみ色の雲に覆われ、風が啼《な》いて、気温が一気に下がっていった。そして空は、天使のため息のような白い雪をプレゼントしてくれた。もう三月の終わりだというのに。

両手にはめたカーキ色の薄手の手袋。手荒れ防止でつけていた手袋がまさか防寒で役に立つとは。その左手の薬指の辺りからは一本の赤い糸が伸びている。手袋の糸がほつれているのではない。これは普通の人には見えない特別な糸。そう、『運命の赤い糸』だ。

糸は手袋をすり抜けて、真っ白な雪たちの間を縫うようにしてどこかへ向かって伸びている。さっきまで苺色をしていたのに、今はその色を深紅に変えて輝きを放っていた。宙を舞う赤い糸が雪の一粒一粒の頬を柔らかな桃色に染めている。雪はまるで恋する少女のほっぺたの色のようだ。

横須賀本港を一望できる公園。デッキにはベンチがいくつか据えられていて、そこに座る高校生のカップルが突然の雪に喜びの笑みを浮かべている。欄干の向こう側に米海軍基地が見える。停泊した二隻の艦船が夫婦のように並んでいる。客を乗せた観光船がその近くを横切ると、新たな波が生まれて岸壁にぶつかって弾けた。そんな幻想的で美しい風景を眺めるキャメル色のスプリングコートを着た女の子の背中。楽野李花《らくのりか》だ。

寒さにめっぽう弱い彼女の耳と鼻は、糸が染める春の雪と同じ恋色に染まっている。しかし李花は今、その寒さを感じられないほど、指から伸びた赤い糸の行く先に釘付けとなっていた。

この街のどこかに君の運命の人がいるよ……。

運命の赤い糸の色が、そう教えてくれているのだ。

李花の鼓動は激しく高鳴っていた。遠くで響くＪＲ横須賀線の車輪の音よりも速いリズムで。

「李花ちゃん、お待たせ」と背後で声がした。

我に返って顔を向けると、少し離れたところに車椅子に乗った年老いた女性と、ふくよかな中年女性が立っている。八十歳になる陸田《りくた》さんと、ヘルパーの瑠璃川《るりがわ》さんだ。李花は「陸田さん、こんにちは！」と笑顔で駆け寄る。同時に瑠璃川さんにも挨拶をした。

陸田さんは「雪なんてびっくりねぇ」と皺に覆われた手を寒そうに擦り合わせている。

「ですね！　もう三月の終わりなのに！　桜の季節に雪が降るなんて不思議。あ、これどうぞ」

そう言って手袋をとって、陸田さんの両手にはめてあげた。

「まぁ、温かい」と陸田さんは嬉しそうに微笑んでくれた。

「バッチリ温めておきました！」と李花は冗談ぽく言ってウィンクをひとつした。

車椅子の後ろにいる瑠璃川さんも「よかったね、陸田さん。さっきから寒い寒いって文句ばっかりだったもんね」とくつくつ笑っている。

「わたしは文句なんて言ってないわよ」と陸田さんがとぼけると、瑠璃川さんは「李花ちゃんの前だと良い子ぶるんだから」とまん丸の顔をさらに膨らませて、やれやれと吐息を漏らしていた。

手を振って去ってゆく瑠璃川さんを見送りながら車椅子の後ろに回った。

「さてと。寒いし、おうちに帰りましょうか」

横須賀市内の福祉大学に通う李花は、週に二、三度、大学の紹介で介助のアルバイトをしている。

普段は要介助者の自宅に直接伺うのだが、陸田さんはさっきまで京急線の汐入駅前にある『鎌倉ル・モンド』のカフェで買い物をしていたらしく、家の近くのこの公園を待ち合わせ場所に指定してきた。これから瑠璃川さんと交代して夕方までの短い時間を勉強も兼ねて働かせてもらう。

「ねぇ、李花ちゃん。さっき海を眺めながらなにを考えていたの？」

車椅子を押しながら園内を歩いていると、陸田さんが首だけで振り返って訊ねてきた。

「え？　なにも考えてないですよ」

「嘘おっしゃい。何度も何度も呼んだのよ。それなのに、ちっとも気づかないんだもの」

「そうだったんですか。それは失礼しました」

「で、なにを考えていたの？」

「運命の人のことです」

「運命の人？」

李花は車椅子のハンドルグリップを握る左手を見た。薬指にくたびれた指輪がある。シンプルなクロスリングの真ん中で小さな石が光っている。イミテーションのダイヤだけれど、雪の光を吸い込んで誇らしげにキラリと笑うように輝いていた。久しぶりにつけた指輪はなんとも嬉しそうだ。

「わたしの運命の人が、この街にいるような気がして」

陸田さんは「ロマンチックね」と笑っている。きっと信じていないのだろう。

でも、それは本当のこと――と、李花は思った。

わたしの運命の人は、確かにここ横須賀にいる。さっきそれが分かったんだ。運命の赤い糸がいつも以上に赤く染まった。その鮮やかな色を見て確信した。

この指輪は、わたしをここまで導いてくれた奇跡の指輪なんだ……って。

李花が横須賀へやってきたのは偶然だった。

両親が共働きだったということもあり、幼い頃の彼女は祖父と過ごす時間が圧倒的に多かった。

祖父には障がいがあった。李花が生まれて間もなく脳梗塞で倒れ、半身不随になってしまっていた。それでも祖父は優しく、常に李花のことを想ってくれた。常に愛してくれた。元々生物の教師をしていただけあって、博識で、自然に関する様々なことを教えてくれた。たくさんの絵本を読み聞かせてくれた。李花は祖父が大好きだった。丸々とした身体も、大きな手も、なにもかもが好きだった。それにちょっと嫌らしい話だけど、欲しいものがあるといつもおじいちゃんにおねだりしていた。もちろんすぐにバレて、お母さんにこっぴどく怒られていたけれど。

そんな心優しい祖父との時間は、彼女の心をまっすぐに育ててくれた。李花は誰に対しても分け隔てなく接することのできる女の子へと成長していった。クラスメイトたちからも人気だった。男の子たちからも、まぁ、なかなかモテていたと思う。「李花ちゃんは将来絶対アイドルになれるよ！」なんてことを言われたのは一度や二度じゃない。歌だって誰よりも上手だった。多分だけど、本気で頑張ればアイドルにもなれるだろうな……。なんて自惚《うぬぼ》れたことも多少はあった。しかし彼女は介護士になることを夢に持った。理由は祖父の姿を間近で見ていたからだ。障がいによって、普段の生活に大きなハンデを背負ってしまった祖父を見ていたからこそ、「おじいちゃんのような人たちの力になりたい」と思うようになったのだ。そして李花が小学五年生のとき、祖父が他界したことをきっかけに、彼女の夢は強い意志によって固まった。将来進むべき道を決めたのだ。おじいちゃんから受けた愛情を今度はわたしが誰かに返そう。支えが必要な人たちのために力を尽くそう。そう思ったのだ。

中学、高校はバドミントン部に所属していたが、弱小チームということもあって練習はそこまで厳しくなかった。だからその分、学業に力を注いだ。勉強は苦手だ。だけどコツコツ努力を重ねることは好きだった。李花の唯一の特技といってもよいだろう。東京の福祉大学への進学を目指して、塾や予備校には通わず、独学で受験勉強を続けた。

だがしかし、第一志望の福祉大学の受験当日、大きな大きな、事件が起こった。

前日に食べた消費期限切れのプリンによって、津波のような腹痛に襲われたのだ。

わたしって、ここぞってときに限って、しちゃいけないミスをするんだよなぁ……。

受験会場である東京・神田《かんだ》まで向かう電車内で、李花はホッカイロを何枚も貼ったお腹をさすりながら苦悶《くもん》の表情を浮かべて思った。

高校受験のときもそうだった。受験票をなくしちゃダメだぞ！　って考えるあまりに、抽斗の奥深くにしまい込んで当日の朝に見つからなくて遅刻してしまった。恋愛だってそう。初めて好きになった同じクラスの連城《れんじょう》君に、勇気を出して「明日の朝、一緒に学校へ行かない？」って誘ったにもかかわらず、緊張のあまり眠れず、次の日、思いっきり寝坊しちゃったし。

今までの失敗で学んできたはずでしょ？　わたしの場合、『勝って兜《かぶと》の緒を締めよ』じゃなくて、『戦う前からぎゅっと兜の緒を締めなさい』だって。それなのに……。

李花は受験に落ちた。腹痛で試験どころではなかったのだ。

不合格の結果をスマートフォンで見たときは泣いて泣いて泣き喚《わめ》いた。おまけにお父さんが慰めにプリンを買ってきたせいで、悲しみやら怒りやらが綯い交ぜとなって、感情がカラメルをぐちゃぐちゃに混ぜたプリンみたいになってしまった――結局、泣き疲れてお土産のプリンで糖分を摂取した――。そんなこんなで、第二志望だった今の大学へと進学したのだった。

運命って不思議だな。もしもあの日、お腹が痛くならなかったら、わたしはきっとこの街にはいなかった。この指輪を拾ったことだってそうだ。おじいちゃんがお世話になっていた茨城の介護施設で偶然拾っていなかったら、わたしは運命の人のことなんて考えたりもしなかっただろう。そう思うと、この指輪を拾ったことも、大学に落ちたことも、なにもかもが運命に導かれているような気がする。

それに――と、李花は指輪を見て思った。

それに今日、半年ぶりに偶然指輪をつけた日に、わたしの運命は動いた。

突然、糸の色が濃くなったんだ。きっと運命の人がこの街に来たんだ。

そんな数々の偶然が、美しい奇跡に彩られた運命のように思えた。

陸田さんがお昼寝すると、李花はオーシャンビューのマンションの窓を開けた。表ではまだ雪が降っている。積もるほどではないにしても、横須賀の街並みを、鉄紺の海を、深緑に包まれた山々を、限りないほどのミルクホワイトに染め上げていた。李花はその景色に向かって指輪をはめた左手を向けた。そして、鈍く輝く指輪にそっと話しかけてみた。

ねぇ、指輪くん。君はわたしに出逢わせたいの？

世界でただ一人の、運命の人に……。

次のヘルパーさんが早めに到着したので、予定より一時間も前にバイトは終わった。

陸田さんは「会社の人には時間通りに帰ったって言っておくわ。時給、ちゃんともらってね」と言ってくれた。李花はぺこりと頭を下げて、その言葉に甘えることにした。

普段ならば京急線の汐入駅から自宅最寄り駅である県立大学駅まで電車で二駅という距離なのだが、今日はなんだか寄り道したい気分だった。そのまま横須賀中央駅まで歩いて、三笠ビル商店街でコスメをいくつか買った。おかげで財布の中身はほとんど空っぽ。お金もないし、やることもないので海の方へと足を延ばした……というのは嘘だ。李花は赤い糸を追いかけていた。海に近づくと、糸はさっきよりも赤を濃くした。運命の人にまた少し近づいたんだ。

ワシントンヤシモドキの木々が並ぶ海沿いの道を一歩一歩ゆっくり歩く。雪はまだ降っている。もうすぐ四月になろうというのに本当に不思議な天気だ。桜だって満開なのに。

空はだんだんと明るさを取り戻しつつあった。雲が薄くなって空の色が滲み出すようにして淡く光っている。ぷかんと海に浮かぶ猿島の島影も雪に彩られて柔らかな色を放っていた。

やがて公園が見えてきた。スケボーエリアとバスケットコートを有する海沿いの公園は、休日こそ人が多いが、平日のこの時間はほとんど人の姿はない。李花は公園の入口で足を止めた。そして唇をきゅっと結んだ。手袋から伸びた糸は、今までで一番鮮やかな赤色を放っていた。

ここにいるんだ。わたしの運命の人が……。

緊張を和らげたくて近くの自動販売機でサイダーを買って園内に入った。ペットボトルのキャップを捻ると、プシュッと大きな音を立ててサイダーが溢れて手が濡れてしまった。

うわ、やっちゃった……。片目を瞑《つぶ》って顔をしかめようとした――が、ふと顔を上げた。

バスケットボールのドリブルの音が聞こえたのだ。その音の方に目を向けると、背の高い男の人がゴールに向かってシュートをしている姿があった。李花はサイダーで濡れた手を拭うのも忘れて見入っていた。指先から滴り落ちる透明な雫が雪の白さを浴びて光る。スローモーションで落ちてゆく。男の人の息もまた雪の白さに染まっていた。

すごい……。李花は息を呑んだ。その人の放つシュートも、ドリブルも、身のこなしも、素人とは思えない。どう見たって経験者だ。しかもかなり上手い。もしかしてプロの選手？　それに——。

李花は左手を彼の方へ向けた。そして、そこから伸びる糸の行く先を見た。

運命の赤い糸は、はっきりとした色で彼の薬指とつながっている。

この人が、わたしの運命の人なんだ……。

夕陽と同じ色をしたボールがネットをまた揺らすと、地面の小石に弾かれてイレギュラーにバウンドした。こちらへ向かって一直線に転がってくる。そして李花の靴にぶつかって止まった。

その瞬間、柔らかな風が李花と彼の間を吹き抜けていった。春風に誘われて、桜の花びらがひとひら、どこかからやってきて宙を舞う。ボールを追いかけてきた男の人が李花に気づいた。

立ち尽くしていた李花は、彼としっかり目が合った。

その瞬間、時間が止まった。降り落ちる雪が、公園内を歩く人たちが、宙を舞う桜が、ピタリと一時停止した。そんな気がした。ほんの数秒の視線の会話が、何秒間、何分間、何時間、何日間、何年間、何光年にも思えた。心臓まで止まってしまったみたいだ。息すらできない。なにも考えられない。そんなふうに李花のすべては、いともあっさり、奪われた。

背が高くて、肌が白くて、整いすぎているほど綺麗な顔立ちをした男の人。二十代後半？　ううん、もっと若い。二十三か四歳くらいだろうか？　少し寂しげな漆黒の瞳に思わず吸い込まれそうになる。文字通り、運命の人である彼に釘付けになっていた。

手に持っていたサイダーのボトルが滑り落ちて中身がボールにかかってしまった。「ご、ごめんなさい！」と慌てて拾った。彼は微笑みながら首を横に振る。なにかを懐かしんでいるような、そんな笑みに思えた。彼が胸の前で手を広げた。パスをしてほしいみたいだ。李花は迷った。ちゃんと綺麗に拭いてから返すべきかなと思ったけれど、「大丈夫だよ」と目で言ってくれているので甘えることにした。力一杯、ボールを投げた。しかし、あまりに力を入れたものだから、ボールは大袈裟に跳ねて明後日の方へ飛んでいってしまった。

し、しまったぁ！　ここぞってときに限って、またしちゃいけないミスを！

「す、すみません！」と李花は大慌てで追いかけた。ボールは海との境界である欄干にぶつかって宙を舞った。このままでは海に落ちてしまう。両手を思いきり伸ばしてボールを取ろうとした。ダメだ、届かない。そう思った拍子に、躓いて転びそうになった。すると、「危ない！」と彼が後ろから抱きとめてくれた。突然のことに李花はびっくりした。がっしりとした腕の感覚が腰の辺りに触れている。耳が一気に熱くなった。糸が眩しいくらいの輝きを放った。

彼も突発的なふれあいに驚いたのだろう。「ご、ごめん」と慌てて腕をほどいていた。

李花は頭を振って「いえ」と短く答えるだけで精一杯だった。しかし、すぐにハッとした。「ボール！」と欄干から身を乗り出した。バスケットボールは海の上をぷかんぷかんと浮かんでいる。このままでは潮の流れに乗って遠くへ行ってしまう。彼は李花の隣に立つと、欄干に両肘を預けて「いいよ。ここからじゃもう取れないから」と目尻を下げて優しく笑いかけてくれた。でも、

「ダメです！」

「え？」

「わたしが拾います！　絶対に取り戻してみせます！」

「別にいいよ。大事なボールってわけでもないし」

「それでもやらせてください！　簡単に諦めちゃダメです！」

彼はふっと笑った。それから背筋を伸ばして「よし。じゃあ、やってみるか」と頷いた。

「諦めずにやってみよう。未来の僕らが、奇跡を起こすかもしれない」

未来の僕らが奇跡を？　どういう意味だろう？

言葉の意味は分からなかったけど、彼の笑顔に背中を押されて李花は走り出した。

この辺りなら釣り人がいるはずだ。柄の長い網を借りてボールを掬うんだ。必死になって釣り人を捜した。しかし平日だからか、それらしき人は見当たらない。どうしよう。急がないとボールがどんどん沖に流されちゃう。走り回ってようやく釣り人を見つけると、二人で懸命に頼み込んですくい網を貸してもらった。海に浮かぶボールはギリギリ網が届くか届かないかの位置にまだある。手が滑らないように手袋をとってポケットに突っ込むと、李花は柄の端っこを握って網を思い切り伸ばした。しかし届かない。彼が「貸して」と長い腕を伸ばす。それでも届かなかった。

ええい、こうなったら！　李花はキャメル色のコートを脱いだ。

「どうするつもり？」と彼と釣り人のおじさんが目をしばたたかせている。

「泳ぎます！　今から泳いで取りに行きます！」

李花が勢いよく欄干を跨《また》ごうとすると、彼が「ダメだ！」と思い切り腕を引っ張った。

「そんなことしたら君が溺れるだろ！」

「でも、わたしのせいだから！」

「絶対ダメだ！　事故に遭ったらどうするんだ！」

彼はすさまじい剣幕で李花の肩を揺すった。それから苦渋の表情を浮かべて、

「分かった、じゃあ僕が行く！」

「えぇ！　その方がダメですよ！　元はと言えばわたしが起こしたことなのに！」

「君に危ないことをさせるくらいなら、僕が取りに行った方がマシだ。そうさせてくれ」

「いやいやいやいやいや！　あなたこそ、溺れたらどうするんですか！」

「それはこっちのセリフだよ！」

「君たちさぁ」と釣り人のおじさんが呆れた声で二人の間に割って入った。「熱く言い合ってるところ悪いんだけど、知り合いがすぐそこで船を出してるから、ボール、拾ってもらおうか？」

「本当ですか!?」と李花と彼は声を合わせた。

「だから二人してバカなことを言い合うのはやめなさい」

冷静な声音でそう言われると、二人は恥ずかしくなって俯いてしまった。

「――はい、これ」

李花は海水を綺麗に拭いてボールを彼に返した。釣り人のおじさんの知人があっという間に拾ってくれたおかげで、ボールはものの十分ほどで手元に戻ってきた。

「ご迷惑おかけして、すみませんでした」と李花が頭を下げると、「本当だよ」と彼はちょっと嫌味な感じでそう言った。ムッとして顔を上げると、運命の人はボールを人差し指のてっぺんで回しながら、やれやれと呆れたまなざしをこちらへ向けた。

「なんですか、今の『本当だよ』って」

「大事なボールじゃないって言ったのに。もし事故に遭っていたらどうするつもりだったんだ」

「でも、あなただって賛成してくれましたよね。未来の僕らが奇跡を起こすかもしれないって」

「……それは、まぁ」

「あの言葉、どういう意味だったんですか？」

運命の彼はふっと、かつてを懐かしむように微笑んだ。

「大切だった人が昔、僕に言ってくれたんだ」

すごく寂しそうな顔だ。その横顔を夕陽が照らす。雪はまだ少し降っているのに、鮮やかな夕陽が世界をオレンジ色に優しく染めている。その光の中、彼は続けた。

「奇跡が起こるかどうかを決めるのは、君じゃないよって」

「誰が決めるんですか？　神様？」

「違うよ」

「じゃあ誰？」

「未来の君だよ」

奇跡を起こすのは、いつだって未来のわたし……。

この人と出逢えたことが奇跡なら、わたしは生まれてから今日まで、たくさんの奇跡を起こしてきたんだ。この指輪を拾ったのも奇跡だった。今日この指にはめたのだってそう。おじいちゃんの身体のことも、大学受験もそうだ。あの日、受験に失敗したから横須賀に来ることができたんだ。

それに、この指輪が見つめてきたであろう、たくさんの奇跡も……。

わたしの手に辿り着くまでにも、きっとたくさんの出逢いが、恋が、涙が、あったに違いない。たくさんの人の手から手へと渡って、指輪はわたしの薬指に辿り着いたんだ。遠い昔のどこかからはじまった奇跡の物語。その果てに、わたしは今、立っているんだ。

そんな奇跡の連鎖を、人は『運命』って呼ぶのかもしれない。

「素敵な言葉ですね」と李花は微笑んだ。

春風がいたずらをして彼女の髪を揺らした。左手で髪をそっと整えると、彼は手にしていたボールを落として目を見開いた。どうしたんだろう？　怪訝に思い小首を傾げた。

そのとき、左手が驚くくらいの温かさに包まれた。

手を握られたのだ。気づけば引き寄せられていた。彼の身体がすぐ目の前にある。

李花は突然のことに目を丸くした。どうしたんですか？　と訊ねようとした――そのとき、彼女の手の甲に、涙の雫が雨のように降り注いだ。指輪を見つめる彼の目からこぼれた涙だ。

「この指輪……どうしたの……？」

「え？　地元の介護施設で拾って」

彼は顔をくしゃくしゃにして笑った。その顔が、懐かしさと、いくつもの涙に包まれた。

「ここにあったんだ……」

赤い糸が落涙の輪郭を美しい恋色に染める。

我に返った彼が慌てて手を離した。謝りながら照れくさそうに目元を拭っている。

涙の理由は訊かなかった。きっとこの人も色々な経験を、色々な運命を巡って、今日この場所に辿り着いたんだ。わたしと出逢うために。そう思うと、彼に出逢えたことが最高の奇跡に思える。

「質問してもいいですか？　あなたはプロのバスケット選手？」

「まさか、違うよ。膝が悪くてプロにはなれなかったんだ。でも、これから横須賀のバスケチームで広報の仕事をするんだ。時々用事があって帰ってきてたけど、改めて今日、引っ越して来てね」

「お名前、訊いてもいいですか？」

彼は頷いた。そして、李花のことをまっすぐ見た。

「市村征一です」

「わたしは楽野李花です」と左手を差し出した。

彼は「初めまして」と彼女の手を握った。

「初めまして！」と李花も笑って応えた。

指輪が輝く李花の手と、彼の節くれ立った大きな手。桜舞う夕空の下、ふたつの手がつながっている。その手を、恥じらうその笑顔を、太陽の光のような輝きを放つ赤い糸が優しく包んでいる。

雪の終わった、新しい季節の中で……。


風がボールを運んだその先に、二人の笑顔を見つめる背中がある。

花耶だ――。

彼女はあの頃の姿のまま、目に涙を浮かべて、大人になった征一を見つめていた。

悲しそうだけど、それでも、うんと嬉しそうなまなざしで。

彼女は届かぬ声で囁いた。

征ちゃん……。

今日までずっと、わたしを想ってくれて、ありがとう。

今日までずっと、指輪を探してくれて、ありがとう。

今日までずっと、ずっとずっと、苦しめてごめんね。

今日までずっと、あなたを好きでいられてよかったよ。

征ちゃんは今、誰を愛してる？

今はまだわたしかもしれないね。

でも、いいよ。もういいからね。わたしはもう十分だから。

大丈夫。あなたはまた前に向かって歩いていけるよ。

だって、こうして運命の人と出逢えたんだから。

指輪が連れてきてくれた素敵な運命の人と。

だから、その人と幸せになってね。

わたしのこと、もう忘れて……。

桜の花びらが指輪のない花耶の手をすり抜けると、その身体がゆっくりと、静かに、不確かな透明さに包まれてゆく。風に消える淡雪のように。きっと願いが叶ったからだ。

花耶が宝物の指輪に込めたひとつの願い。ひとつの奇跡。それは、

いつか君が運命の人と出逢えますように……。

その願いが、ようやく叶った。奇跡は起こった。

そして、これが最後だ。彼に伝える最後の言葉だ。

だから花耶は心を込めた。

出逢えた幸福を、ずっと想ってくれた感謝を、すべての気持ちを込めて、彼に伝えた。

「さようなら、征ちゃん……」

涙が、風に舞う桜の花びらのように溢れた。

身体が、意識が、だんだんと消えてゆく。そのとき、彼がこちらに振り向いた。征一には花耶の姿は見えていないはずだ。だけど、それなのに、彼と目が合った気がした。入学式の朝のように。

彼が微笑んでくれている。駅のホームで見せてくれたときと同じ笑顔で。

だから花耶も満面の笑みを浮かべた。笑顔でしっかり手を振った。

やっぱり最後は「さようなら」なんて寂しいね。

ずっと想っていたこの言葉でバイバイしたい。

指輪をくれたあの雪の日に伝えた言葉で。

征ちゃん、
初めて逢ったあの桜の朝から、
この身体がなくなってからも、
きっときっと、これからも、
わたしはあなたのことが、
ずっと、ずっと――

「大好きだよ……」

初出
「小説すばる」二〇二二年一一月号～二〇二三年二月号
「チェイン・ストーリーズ　ひとつなぎの恋の物語」より改題

＊本書は、音楽ユニット「ザ・チェインスモーカーズ」の日本プロモーションの一環として制作されたTikTokショート動画シリーズ「THE CHAINSTORIES」を原案としています。

装幀　高橋健二（テラエンジン）
本文デザイン　目﨑羽衣（テラエンジン）
装画　つじこ

宇山佳佑（うやま・けいすけ）

脚本家、作家。ドラマ『スイッチガール!!』『主に泣いてます』、ドラマ・映画『信長協奏曲』などの脚本を執筆。著書に『桜のような僕の恋人』『今夜、ロマンス劇場で』『君にささやかな奇蹟を』『この恋は世界でいちばん美しい雨』『恋に焦がれたブルー』『ひまわりは恋の形』などがある。

いつか君《きみ》が運命《うんめい》の人《ひと》 THE《ザ》 CHAINSTORIES《チェインストーリーズ》

二〇二三年三月三〇日　第一刷発行

著者　宇山佳佑《うやまけいすけ》
発行者　樋口尚也
発行所　株式会社 集英社
〒一〇一-八〇五〇　東京都千代田区一ツ橋二-五-一〇
☎〇三-三二三〇-六一〇〇（編集部）
三二三〇-六〇八〇（読者係）
三二三〇-六三九三（販売部）書店専用
印刷所　凸版印刷株式会社
製本所　加藤製本株式会社

©2023 Keisuke Uyama, Printed in Japan
ISBN978-4-08-771830-0　C0093
定価はカバーに表示してあります。

造本には十分注意しておりますが、印刷・製本など製造上の不備がありましたら、お手数ですが小社「読者係」までご連絡下さい。古書店、フリマアプリ、オークションサイト等で入手されたものは対応いたしかねますのでご了承下さい。
本書の一部あるいは全部を無断で複写・複製することは、法律で認められた場合を除き、著作権の侵害となります。また、業者など、読者本人以外による本書のデジタル化は、いかなる場合でも一切認められませんのでご注意下さい。

宇山佳佑の既刊　好評発売中

桜のような僕の恋人

カメラマン見習いの晴人と、新米美容師の美咲。恋に落ちた二人だが、美咲は人の何十倍もの早さで年老いる難病を発症する。しかも、治療法はないと告げられ……。切なく哀しい、愛おしさ溢れるラブストーリー。

（集英社文庫）

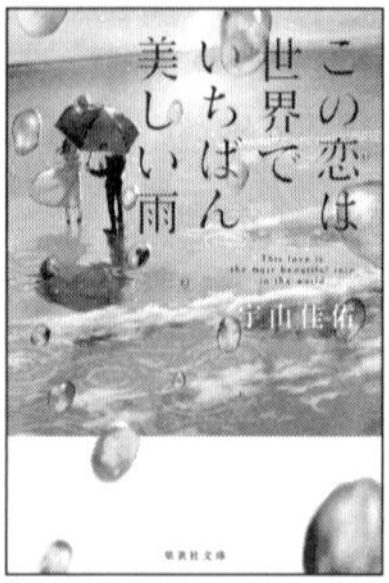

この恋は世界でいちばん美しい雨

事故で死に瀕した恋人同士の誠と日菜は、二人で二十年の余命を授かり生き返る。しかしそれは互いの命を奪い合うという、痛みをともなう日々のはじまりだった――。涙せずにはいられない、胸打つ長編小説。

（集英社文庫）

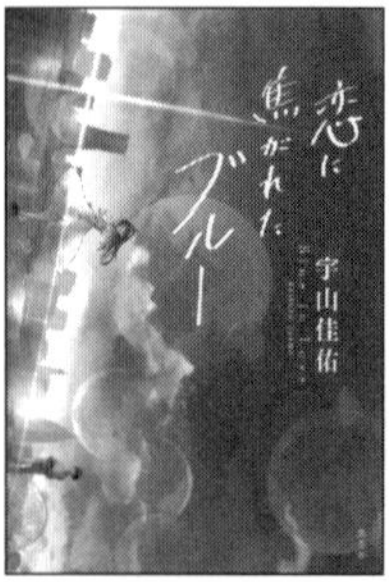

恋に焦がれたブルー

靴職人を目指す高校生の歩橙《あゆと》は、いつもボロボロの靴を履いている青緒《あお》に恋をした。そんな惹かれ合う二人を、ある試練が襲う。歩橙を恋しく思うと、青緒の身体に異変が起きるのだ。切なく胸を焦がす物語。

（集英社 文芸単行本）